피터 래빗 전집

옮긴이 **구자언**

서강대학교에서 영문학 학사와 석사를 마치고, 연세대학교에서 박사 과정을 수료했다. 한성대학교에서 강의했고, 19세기 영국소설과 영화에 관한 논문을 발표했다. 현재 꾸준한 번역 활동을 하고 있으며, 번역서로는 《피터 래빗 시리즈》를 비롯해 《악마의 덧셈》 《존 카터: 화성의 신》 《킬리만자로의 눈》 등이 있다.

피터 래빗 전집

초판 1쇄 펴낸 날 2018년 6월 30일

지 은 이   베아트릭스 포터
옮 긴 이   구자언
펴 낸 이   장영재
펴 낸 곳   (주)미르북컴퍼니
자 회 사   더클래식
전   화   02)3141-4421
팩   스   02)3141-4428
등   록   2012년 3월 16일 (제313-2012-81호)
주   소   서울시 마포구 성미산로32길 12, 2층 (우 03983)
E-mail   sanhonjinju@naver.com
카   페   cafe.naver.com/mirbookcompany

(주)미르북컴퍼니는 독자 여러분의 의견에
항상 귀 기울이고 있습니다.

파본은 책을 구입하신 서점에서 교환해 드립니다.
책값은 뒤표지에 있습니다.

피터 래빗 전집

The Tale of PETER RABBIT

베아트릭스 포터 지음 | 구자언 옮김

더클래식

/ 차례 /

1. 피터 래빗 이야기　7
2. 다람쥐 넛킨 이야기　30
3. 글로스터의 재봉사　56
4. 벤저민 버니 이야기　87
5. 말썽꾸러기 쥐 두 마리 이야기　108
6. 티기 윙클 부인 이야기　128
7. 제레미 피셔 이야기　149
8. 톰 키튼 이야기　168
9. 제미마 퍼들덕 이야기　190
10. 플롭시의 아기 토끼들 이야기　211
11. 티틀마우스 아주머니 이야기　232
12. 티미 팁토스 이야기　250
13. 도시 쥐 조니 이야기　274
14. 토드 씨 이야기　295
15. 피글링 블랜드 이야기　349
16. 새뮤얼 위스커스 이야기　400

17. 파이와 파이틀 이야기 441
18. 진저와 피클 이야기 471
19. 꼬마 돼지 로빈슨 이야기 494
20. 사납고 못된 토끼 이야기 570
21. 미스 모펫 이야기 577
22. 애플리 대플리 자장가 584
23. 세실리 파슬리 자장가 593

• 미출간 작품 •
1. 작은 생쥐 세 마리 605
2. 간사한 늙은 고양이 609
3. 여우와 황새 왕 618
4. 토끼들의 크리스마스 파티 624

작품 해설 630
작가 연보 636

1. 피터 래빗 이야기

옛날 옛적에 아기 토끼 네 마리가 살고 있었어요.

아기 토끼들의 이름은 플롭시, 몹시, 코튼테일 그리고 피터였답니다.

이 아기 토끼들은 아주 커다란 전나무 뿌리 밑 모래 언덕에서 엄마 토끼와 함께 살고 있었어요.

어느 날 아침, 엄마 토끼가 말했습니다.
"우리 귀염둥이들, 들판이나 오솔길에서는 마음껏 놀아도 되지만, 맥그레거 아저씨네 정원에는 절대로 들어가면 안 된단다. 너희 아빠도 맥그레거 아저씨한테 잡혀서 파이 속으로 들어가시고 말았잖니."

"엄마는 잠시 나갔다 올 테니 밖에 나가 놀고 있으렴. 조심조심 놀아야 한다."

엄마 토끼는 바구니와 우산을 챙겨 집을 나섰어요. 그러고는 숲을 지나 빵집에 가서 통밀 빵 한 덩어리와 건포도 빵 다섯 개를 샀답니다.

 착하디착한 아기 토끼 플롭시, 몹시, 코튼테일은 산딸기를 따러 오솔길로 들어갔어요.

하지만 말썽꾸러기 피터는 맥그레거 아저씨네 정원으로 곧장 달려가서 울타리 문 밑으로 기어들어가는 게 아니겠어요?

피터는 먼저 상추와 강낭콩을 마구마구 먹어 댔어요. 그리고 당근도 와작와작 씹어 먹었답니다.

피터는 배가 아프기 시작했어요.
그래서 배가 아플 때 먹는 미나리를 찾아 나섰지요.
하지만 오이밭을 돌아가다가 피터는 그만 맥그레거 아저씨와 덜컥 마주치고 말았지 뭐예요?

맥그레거 아저씨는 땅에 엎드려 양배추 모종을 심고 있다가 피터를 보자마자 벌떡 일어났어요. 그러고는 갈퀴를 마구 휘두르며 피터를 쫓아왔어요.

"이 도둑놈! 거기 서지 못해?"

피터는 몹시 겁에 질려 부리나케 달아났어요. 하지만 대문으로 가는 길을 몰라 정원을 이리저리 헤맸답니다.

저런, 피터가 신발을 잃어버리고 말았네요. 한 짝은 양배추밭, 다른 한 짝은 감자밭에서요.

신발을 잃어버린 피터는 네 발로 더 빨리 달렸어요. 무사히 도망쳐나갈 수 있을 것 같군요.

앗, 그런데 이걸 어쩌죠? 피터가 그만 까치밥나무 그물로 뛰어들어가는 바람에 윗도리의 커다란 단추가 그물에 걸리고 만 거예요! 그 파란 윗도리는 반짝반짝 빛나는 단추가 달린 새 옷이었답니다.

이제 죽었구나 생각한 피터는 단념한 채 왕방울만 한 눈물을 뚝뚝 흘렸어요.
　그런데 이 울음소리를 들은 상냥한 참새 친구들이 단숨에 날아와서는 조금만 더 노력해보라고 애원했답니다.
　"피터! 좀 더 힘을 내! 짹짹!"
　바로 그때, 맥그레거 아저씨가 커다란 체를 들고 나타났어요! 그 체로 피터를 가두어 잡아버리려는 것이었지요.
　그러나 마구 발버둥 치던 피터는 잡히려는 순간, 윗도리를 벗어둔 채로 간신히 빠져나왔답니다.

 헐레벌떡 헛간으로 달음박질한 피터는 양철로 된 물뿌리개 속으로 뛰어들었어요.
 아기 토끼가 몸을 숨기기에는 아주 훌륭한 장소였지만, 물뿌리개 속에는 물이 가득 차 있었답니다.
 맥그레거 아저씨는 피터가 틀림없이 헛간 어딘가에 숨어 있을 거라고 생각했어요.
 그러고는 피터가 화분 밑에 숨었다고 생각했는지, 아저씨는 화분을 하나하나 뒤집어보기 시작했어요.
 그런데 바로 그때, 피터가 "에엣취" 하고 재채기를 해버렸지 뭐예요!

 그러자 맥그레거 아저씨가 쏜살같이 달려와, 발로 피터를 막 밟으려고 했어요.
 그 순간, 피터는 창문 밖으로 껑충 뛰어나갔어요. 그 바람에 화분 세 개가 와르르 쏟아졌답니다.
 그러나 맥그레거 아저씨는 창문이 너무 작아 빠져나올 수가 없었어요. 결국 피터를 쫓아다니느라 지친 맥그레거 아저씨는 다시 일을 하러 돌아갔답니다.

피터는 잠시 앉아 쉬면서 숨을 헐떡거렸어요. 너무 무서운 나머지 다리까지 후들거렸답니다.

물뿌리개 속에 들어간 바람에 피터의 몸은 쫄딱 젖어버린 데다가 어디로 가야 할지도 몰라 눈앞이 캄캄했어요.

그러나 잠시 후 피터는 폴짝폴짝 뛰어다니며 천천히 주변을 살펴보기 시작했어요.

그러던 중 피터가 마침내 문을 찾았어요.

하지만 문은 굳게 잠겨 있었고, 문 밑에는 토실토실한 아기 토끼가 기어나갈 만한 틈이 전혀 없지 뭐예요?

그 옆에는 늙은 생쥐 한 마리가 문 아래로 부지런히 왔다 갔다 하며 완두콩과 열매들을 주워 숲속에 있는 가족들에게 가져다주고 있었어요.

피터가 생쥐에게 출구를 물었지만 입안 가득 커다란 완두콩을 물고 있던 생쥐는 대답할 수가 없어, 그저 고개만 가로저을 뿐이었지요.

결국 피터는 훌쩍훌쩍 울기 시작했어요. 정원을 가로질러 가 보았지만 길은 점점 더 복잡해질 뿐이었어요.

바로 그때 피터는 연못을 발견했어요. 그 연못은 맥그레거 아저씨가 물뿌리개에 물을 뜨러 오는 곳이었답니다.

하얀 고양이가 그 연못가에 앉아서 금붕어들을 바라보고 있었어요. 고양이는 꿈쩍도 하지 않고 아주 조용히 앉아 있었지만, 가끔씩 꼬리 끝이 씰룩씰룩 움직이는 것을 보니 살아 있기는 한 모양이었어요.

피터는 왠지 고양이에게는 아무 말도 하지 않고 지나가는 게 좋겠다고 생각했지요.

사촌 벤저민이 고양이에 대한 이야기를 해주곤 했거든요.

피터는 다시 헛간 쪽으로 돌아갔어요.

그런데 바로 그때, 주위에서 "쏙, 쓰윽, 쏙" 하고 괭이질을 하는 소리가 나는 게 아니겠어요?

 놀란 피터는 덤불 밑으로 허겁지겁 들어가 몸을 숨겼어요. 하지만 아무런 일도 일어나지 않자, 덤불에서 나와 손수레 위에 올라탔답니다.

 피터가 수레 너머로 슬쩍 보니 제일 먼저 맥그레거 아저씨가 보였어요. 아저씨는 피터 쪽으로 등을 돌리고 양파를 캐고 있었는데, 아저씨 뒤로 뭐가 보였는지 아세요? 바로 밖으로 나가는 문이었어요!

피터는 소리 나지 않게 조심조심 손수레에서 내려와 까치밥 덤불 뒤로 뻗은 길을 있는 힘껏 달리기 시작했답니다.

모퉁이를 돌 때는 결국 맥그레거 아저씨의 눈에 띄고 말았지만 피터는 앞만 보고 계속 달렸어요.

그리고 마침내 울타리 문 밑을 쏙 빠져나온 피터는 숲속으로 무사히 돌아올 수 있었답니다.

　맥그레거 아저씨는 정원 한가운데에 있는 허수아비에 피터가 잃어버린 자그마한 윗도리와 신발을 걸어두었어요.
　검은 새들이 더 이상 오지 못하도록 겁을 주기 위해서였지요.
　피터는 절대 멈추거나 뒤를 돌아보지 않고 계속 달렸어요.

그리고 드디어 커다란 전나무 집에 도착했을 때 피터는 지칠 대로 지쳐 있었답니다. 결국 토끼 굴로 들어가자마자 푹신한 모래 바닥에 풀썩 쓰러져 잠이 들고 말았어요.

분주하게 음식을 만들던 엄마 토끼는 피터가 어쩌다 옷을 잃어버렸는지 궁금했답니다. 피터는 2주 전에도 윗도리와 신발을 잃어버려서 엄마가 새 윗도리와 신발을 사주었거든요!

가엾은 우리 피터는 저녁 내내 아팠답니다.

　엄마 토끼는 피터를 침대에 눕히고는 국화차를 끓여 피터에게 주었어요.
　"자기 전에 국화차 한 스푼을 꼭 먹어야 한다."

하지만 플롭시, 몹시, 코튼테일은 저녁으로 빵과 우유, 산딸기를 마음껏 먹었답니다.

2. 다람쥐 넛킨 이야기

 이번 이야기는 붉은 아기 다람쥐 넛킨의 엉덩이에 달려 있던 꼬리에 얽힌 이야기랍니다.
 넛킨에게는 트윙클베리라는 사촌 형이 있었어요. 그리고 다른 사촌들도 엄청나게 많았답니다. 그 다람쥐들은 호숫가에 있는 숲속에서 함께 살고 있었어요.

 호수 가운데에는 섬이 하나 있었는데, 그곳에는 커다란 나무들과 키 작은 도토리 나무들이 가득했답니다.
 그중에서도 속이 텅 빈 떡갈나무에는 올빼미 브라운 할아버지가 살고 있었어요.

어느 가을날이었어요. 도토리가 주렁주렁 열리고, 밤나무가 금빛과 푸른빛으로 물들어가고 있었지요.

넛킨과 트윙클베리는 다른 다람쥐들과 함께 숲속에서 우르르 몰려와 호숫가로 내려갔어요.

　다람쥐들은 나뭇가지들을 모아 자그마한 뗏목을 만들고는, 줄을 지어 열심히 노를 저었습니다. 호수 건너 올빼미 할아버지가 사는 섬에 도토리를 따러 가는 것이었지요.
　모두들 어깨에는 작은 주머니를, 손에는 커다란 노를 쥐고, 꼬리는 돛을 단 것처럼 꼿꼿이 세운 채로 호수를 건너갔어요.

 다람쥐들은 브라운 할아버지께 선물로 드릴 통통한 생쥐 세 마리도 가져갔어요. 트윙클베리와 다른 아기 다람쥐들은 생쥐를 올빼미 할아버지네 문 앞 계단에 놓고는 공손하게 절하며 말했어요.
 "브라운 할아버지, 할아버지네 섬에서 저희가 도토리를 따갈 수 있도록 부디 허락해주세요."
 그러나 넛킨은 다른 아기 다람쥐들과 다르게 무례하기 짝이 없었답니다. 마치 잘 익은 빨간 체리가 굴러다니듯 촐랑대며 노래를 부르는 게 아니겠어요?

뭘까요, 뭘까요, 알아맞혀보세요!
빠알간 옷을 입은 땅딸막한 아저씨가
한 손에는 지팡이, 목구멍엔 돌멩이!
뭘까요, 뭘까요, 알아맞혀보세요!

그런데 이 수수께끼는 아주아주 오래전부터 전해 내려오던 것이었어요.
브라운 할아버지는 넛킨의 말에 눈도 깜짝하지 않고 자러 들어가버렸답니다.

저녁이 되자 다람쥐들은 주머니 속에 도토리를 가득 채워서 뗏목을 타고 다시 집으로 돌아갔어요.

그러나 다음 날 아침이 되자 다람쥐들은 다시 올빼미 할아버지가 사는 섬으로 건너갔답니다. 이번에도 트윙클베리와 다람쥐 친구들은 토실토실한 두더지 한 마리를 잡아가서 브라운 할아버지네 집 앞 돌계단에 올려놓고는 말했어요.

"친절한 브라운 할아버지, 저희가 도토리를 더 따갈 수 있도록 부디 너그러이 허락해주세요."

하지만 버릇없는 아기 다람쥐 넛킨은 또 깡충깡충 춤을 추며 노래를 하는 게 아니겠어요?

쐐기풀로 브라운 할아버지에게 간지럼까지 태우면서 말이에요!

할아버지, 할아버지, 알아맞혀보세요!
이쪽도 뾰족뾰족, 저쪽도 뾰족뾰족,
만지기만 해도 손끝이 따끔따끔, 나는 누구일까요?

브라운 할아버지가 갑자기 벌떡 일어났어요.
그러고는 두더지를 들고 집 안으로 들어가버렸답니다.
저런, 할아버지가 문을 쾅 하고 닫아버려서 넛킨이 코를 찧을 뻔했지 뭐예요?

잠시 후 떡갈나무 집 꼭대기에 있는 굴뚝에서 거무스름한 연기가 모락모락 피어났어요.

넛킨은 열쇠 구멍 틈으로 집 안을 들여다보며 노래를 불렀죠.

집 안 가득, 구멍 가득 채울 수는 있지만,
먹어도 먹어도 배부르지 않은 것은 무엇일까요?

다람쥐들은 섬 구석구석을 다니며 도토리를 주워 주머니 속에 담았어요.

하지만 넛킨은 노랗고 빨간 떡갈나무 열매들을 주워 나무 그루터기에 앉아서 구슬치기를 하고 놀았지요. 그러고는 브라운 할아버지네 집 대문을 뚫어져라 쳐다봤답니다.

셋째 날이 밝자 다람쥐들은 아침 일찍 일어나 물고기를 잡으러 갔어요. 다람쥐들은 브라운 할아버지께 갖다 드릴 송사리 일곱 마리를 잡았답니다.

 그러고는 뗏목을 타고 호수를 건너가 섬 근처에 있는 구부러진 밤나무 밑에서 내렸어요.

 트윙클베리와 여섯 명의 아기 다람쥐들은 송사리를 한 마리씩 손에 들고 걸어갔어요.

 그러나 예의를 모르는 말괄량이 넛킨은 빈손으로 맨 앞에 뛰어가며 노래를 불렀답니다.

> 사막에서 만난 사나이가 물었어요.
> '바다에서는 딸기가 얼마나 자라지요?'
> 나는 이렇게 멋지게 대답했어요.
> '숲속에서 붉은 청어가 자라는 만큼이지요.'

 그러나 브라운 할아버지는 수수께끼엔 눈곱만큼도 관심이 없었어요.

이미 넛킨이 답을 다 말해주었는데도 말이지요.

넷째 날이 되었어요. 다람쥐들은 브라운 할아버지를 위해 오동통한 딱정벌레 여섯 마리를 준비했답니다. 브라운 할아버지에게는 쫄깃쫄깃한 딱정벌레야말로 과일 케이크에 들어 있는 건포도만큼이나 맛있는 음식이었으니까요.

다람쥐들은 딱정벌레를 하나하나 나뭇잎으로 정성껏 싸고 뾰족한 솔잎으로 찔러 묶었답니다.

그러나 넛킨은 여전히 무례하게 노래를 불러댔어요.

할아버지, 할아버지, 알아맞혀보세요!
밀가루 왕국의 왕자님과, 과일 왕국의 공주님이
소나기가 주룩주룩 내리던 날 결혼식을 올렸대요.
예쁘게 리본 달고 상자 속에 들어 있는
나는 나는 누구일까요? 맞추시면 제가 반지를 드리지요!

사실 넛킨에게는 브라운 할아버지께 드릴 반지가 없었어요.
어리석은 넛킨이 거짓말을 하고 만 거지요.
다른 다람쥐들은 덤불을 부지런히 오르내리며 도토리를 따느라 정신이 없었어요.

하지만 넛킨은 찔레 덤불 속에서 울새의 바늘꽂이*를 주워다가 뾰족한 솔잎을 가득 꽂아놓았답니다.

 다섯째 날, 다람쥐들은 선물로 벌꿀을 가져왔어요. 벌꿀이 어찌나 달콤하고 끈적거렸는지 다람쥐들은 돌계단 위에 벌꿀을

내려놓고는 손가락에 묻은 꿀을 핥아 먹었답니다. 그 벌꿀은 산꼭대기 제일 위에 있는 호박벌의 집에서 훔쳐온 것이었어요.

 넛킨은 또다시 계단을 오르락내리락하며 노래를 부르기 시작했어요.

---

* robin's pincushion : 동그란 혹 모양의 식물을 일컫는다.

윙, 윙, 위잉, 알아맞혀보세요!
깊고 깊은 산속에 우리만큼
어여쁜 곤충은 어디에도 없답니다.
등에도, 배에도, 샛노란 줄무늬를 뽐낼 수 있으니
이 깊고 깊은 산속에 우리만큼 어여쁜 곤충은
어디에도 없지요!

브라운 할아버지는 넛킨의 무례함을 참을 수 없다는 듯이 눈을 부라렸어요. 그러고는 벌꿀을 먹어 치워버렸답니다.

다람쥐들은 도토리를 주워 주머니에 담았어요.
하지만 넛킨은 커다랗고 평평한 바위 위에 앉아서 사과와 솔방울로 볼링을 치며 놀았답니다.

드디어 여섯째 날이 되었어요. 그날은 토요일이었지요.
다람쥐들은 마지막으로 한 번 더 도토리를 따가기 위해 올빼미 할아버지가 사는 섬으로 갔어요.
이번에는 갓 낳은 달걀을 작별 선물로 준비해서 작은 밀짚 바구니에 놓고 조심조심 브라운 할아버지 댁까지 걸음을 옮겼답니다.
그런데 넛킨은 아니나 다를까 앞장서 가면서 깔깔대며 소리를 고래고래 지르는 게 아니겠어요?

땅딸보가 강물에 풍덩 빠졌대요!
하얀 망토를 목에 두르고 풍덩 빠졌대요!
많고 많은 의사와 천하장사도
땅딸보를 구할 수가 없었대요!

브라운 할아버지는 달걀을 좋아하는 것 같았어요.
 하지만 잠시 한쪽 눈을 떠서 힐끔 쳐다보고는 다시 눈을 감았답니다.

그러고는 여전히 아무런 말도 하지 않았어요.
넛킨은 더욱더 버릇없게 촐랑댔지요.

할아버지! 할아버지! 알아맞혀보세요!
살금살금 슬금슬금 문틈 새로 도둑처럼 들어오지만
용감한 장군도, 재빠른 말들도 나를 막아낼 수 없지요!
살금살금 슬금슬금 나는 누구일까요?

넛킨은 마치 햇살이 일렁이듯 덩실덩실 춤을 췄어요. 하지만 브라운 할아버지는 여전히 아무 말도 하지 않았답니다.

그러자 넛킨은 또다시 노래를 부르기 시작했어요.

바람 장군이 몰려와요!
호되게 꾸짖으며 불어와요!
아무리 힘이 센 군대도 바람 장군을 막을 수는 없지요.

넛킨은 휘잉 하고 바람 같은 소리를 냈답니다. 그러고는 글쎄 브라운 할아버지 머리를 향해 힘껏 뛰어오르는 게 아니겠어요?
순간 브라운 할아버지는 너무 놀라서 날개를 푸드덕거리며 허둥대다가 "꽥!" 하고 소리를 질렀어요.

다른 다람쥐들은 모두 덤불 속으로 허겁지겁 달아났답니다.
잠시 후 다람쥐들은 살금살금 돌아와 나무 뒤에서 고개를 빼꼼히 내밀었어요.

  그런데 브라운 할아버지는 아무 일도 없었다는 듯이 눈을 지그시 감고 꿈쩍도 하지 않은 채 문 앞 돌계단에 앉아 있는 것이 아니겠어요?
  그런데 바로 그때, 할아버지가 입고 있는 조끼 주머니 안으로 아기 다람쥐 넛킨이 보였답니다.

하지만 이야기는 여기에서 끝이 아니랍니다. 넛킨은 이제 다시 돌아올 수 없는 걸까요?

브라운 할아버지는 넛킨을 손에 쥐고 집 안으로 들어갔어요. 그러고는 넛킨의 털을 박박 밀어버릴 생각으로 넛킨의 꼬리를 대롱대롱 매달았답니다. 하지만 넛킨이 마구 발버둥을 치는 바람에 그만 꼬리가 뚝 끊어져버리고 말았지 뭐예요!

가까스로 풀려난 넛킨은 층계참으로 줄행랑을 쳐서는 다락방 창문으로 겨우겨우 빠져나왔답니다.

그 후로 지금까지 넛킨은 수수께끼 이야기만 들어도 나뭇가지를 마구 던지고 으르렁대면서 불같이 화를 낸답니다.
"찍찍찍, 찌익찍!"

3. 글로스터의 재봉사

 옛날 사람들이 어떤 옷을 입었는지 아세요? 허리에는 칼을 차고, 머리에는 가발을 쓰고, 발목까지 내려오는 꽃무늬 주름치마를 입기도 했답니다. 그리고 남자들은 주름 장식과 금색 수가 놓인 빳빳한 비단 조끼를 입곤 했지요.
 그때 영국의 글로스터라는 마을에 한 재봉사 할아버지가 살고 있었답니다. 재봉사 할아버지는 이른 아침부터 캄캄한 밤이 될 때까지 웨스트게이트가의 작고 초라한 양복점 창가에 책상다리를 하고 앉아 줄곧 일만 했습니다.
 창 틈새로 희미하게 스며드는 불빛 아래 온종일 새틴과 퐁파두르, 러스터링 같은 천과 씨름하며 바느질과 가위질, 땜질을 했지요. 그 시절에는 옷감의 이름도 괴상했을 뿐만 아니라 값

도 엄청나게 비쌌답니다.

　재봉사 할아버지는 깡마른 작은 노인이었는데, 안경을 쓴 얼굴은 홀쭉했고, 손가락은 울퉁불퉁했으며, 옷차림은 늘 너덜너덜했어요. 마을 사람들에게는 최고급의 비단옷을 만들어주면서도 정작 자기 자신은 찢어지게 가난했던 것이었죠. 할아버지는 외투를 만들 때 옷감을 낭비하지 않기 위해서 옷감 가장자리에 자수를 두르고 그 선을 따라 자르곤 했어요. 그래서 탁자 위에 버려지는 천 조각들이 거의 없을 정도였답니다.

"이 천 쪼가리들은 너무 작아서 아무 짝에도 쓸모가 없군. 생쥐들이 입을 조끼라면 또 모를까."

크리스마스가 코앞으로 다가온 몹시도 추운 겨울날이었어요. 재봉사 할아버지는 새 외투를 만들기 시작했답니다. 줄무늬가 있는 비단 천에 팬지와 장미가 수놓아진 체리빛깔 외투였어요. 그리고 하늘하늘한 비단과 번지르르한 녹색 털실로 장식된 크림색 비단 조끼도 만들기 시작했지요. 이 고급 외투와 조끼는 글로스터 시장님에게 선물하기 위한 것이었답니다.

재봉사 할아버지는 중얼중얼 혼잣말을 하며 쉬지 않고 일했습니다. 비단천의 치수를 재고, 싹둑싹둑 가위질을 하여 외투 모양을 만들었어요. 탁자 위에는 잘라낸 체리빛 천 조각들이 흩어졌답니다.

"옷감을 조금도 낭비해서는 안 돼. 비단이 얼마나 비싼데. 남은 천 쪼가리로는 생쥐 녀석들 목도리나 머리띠라도 만들어줘야지. 귀여운 생쥐 녀석들!"

하늘에서 눈송이가 하나 둘씩 내려와 양복점의 녹슨 유리창에 쌓이기 시작하자, 밖에서 스며들어오던 희미한 불빛마저도 사라지고 말았어요. 할아버지는 더 이상 일을 할 수가 없었지요. 가위로 오려 낸 천 조각들은 여전히 탁자 위에 놓여 있었답니다.

탁자 위에는 외투를 만드는 데 쓸 비단 천 열두 조각과 조끼에 쓸 비단 천 네 조각, 호주머니 덮개와 소맷부리 그리고 단추가 가지런히 정돈되어 있었어요.

그리고 외투의 가장자리 장식으로 쓸 금빛 비단과 조끼의 단춧구멍에 쓸 체리빛 비단실도 놓여 있었답니다. 모든 준비가 다 끝났어요. 이제 내일 아침에 와서 바느질만 하면 세상에서 가장 멋진 외투와 조끼가 완성될 거예요. 앗, 한 가지가 빠졌군요. 체리빛 비단실 한 타래가 더 필요해요!

캄캄한 밤이 되자 재봉사 할아버지는 양복점에서 나와 모든 창문과 문을 꼭꼭 걸어 잠근 뒤 열쇠를 가지고 집으로 향했답니다. 밤에는 그 누구도 양복점에 들어갈 수 없었지요. 물론 자그마한 갈색 생쥐들은 열쇠도 없이 들락날락했지만요!

글로스터의 집들은 아주 오래되고 낡았어요. 그래서 집집마다 나무로 된 벽 뒷면에는 생쥐들이 오르내리는 비밀 계단과 쥐구멍들이 있었지요. 생쥐들은 그 좁다랗고 기다란 통로를 따라 이 집 저 집은 물론, 마을 전체를 돌아다녀도 절대 사람들 눈에 띄지 않았답니다.

 그런 비밀을 알 턱이 없는 재봉사 할아버지는 양복점에서 나와 하얀 눈으로 뒤덮인 길을 터벅터벅 걸어갔어요. 할아버지는 풀잎 학교 옆으로 뻗은 정원 가까이에 살았는데, 너무나도 가난한 나머지 집이 부엌 한 칸뿐이었답니다.

할아버지는 심킨이라는 고양이와 함께 살았어요. 할아버지가 일을 하러 나가면 심킨은 하루 종일 혼자서 집을 지켰지요. 그리고 심킨은 생쥐를 아주 좋아했어요. 할아버지처럼 생쥐들에게 비단옷을 지어주지는 않았지만요!

"야옹! 야옹!"

재봉사 할아버지가 문을 열고 집에 들어서자 고양이가 반갑게 인사했어요. 할아버지가 심킨에게 말했어요.

"심킨, 지금은 우리가 이렇게 가난하지만 이번이야말로 부자가 될 수 있는 좋은 기회다. 자, 여기 마지막 남은 동전 네 닢이 있단다. 이 동전과 저 항아리를 가지고 가서 동전 한 닢으로는 빵을 사고, 다른 한 닢으로는 우유를, 또 한 닢으로는 소시지를 사오렴. 아, 그리고 심킨, 마지막 한 닢으로는 체리빛 비단실을 사오렴. 절대로 마지막 한 닢을 잃어버려서는 안 된다. 알겠니, 심킨? 그 비단실이 없으면 외투를 완성할 수가 없어."

"야옹!"

심킨은 알겠다는 듯이 대답하고는 동전과 항아리를 가지고 밖으로 나갔습니다.

재봉사 할아버지는 너무 고단한 나머지 몸이 아프기 시작했어요.

할아버지는 벽난로 앞에 앉아 혼자 중얼거리며 세상에서 가장 멋진 외투를 상상했답니다.

"이번엔 반드시 부자가 될 수 있을 거야. 시장님께서 크리스마스 아침에 열리는 결혼식에서 입을 옷을 주문하시다니. 그 누구도 본 적 없는 아름다운 모양의 외투와 금실로 수놓은 조끼! 정말 아름다울 거야. 가만 보자, 금실은 넉넉히 있고…… 천 조각은 더 이상 남은 게 없어. 생쥐들에게 만들어줄 조끼라면 모를까…….”

바로 그때, 할아버지는 화들짝 놀랐어요. 갑자기 부엌 저편에 있는 찬장에서 이상한 소리가 들리는 게 아니겠어요?

"달그락, 달그락, 덜그럭, 덜그럭.”

할아버지가 자리에서 벌떡 일어나며 말했어요.

"아니, 이게 대체 무슨 소리람?”

찬장 위에는 그릇과 항아리와 접시 그리고 찻잔과 물컵들이 가득했답니다.

재봉사 할아버지는 조심조심 찬장 쪽으로 걸어가 소리가 어디에서 나는지 가만히 들어봤어요.

또다시 이상한 소리가 들려왔어요. 바로 찻잔 아래에서 나는 소리였지요.

"달그락, 달그락, 덜그럭, 덜그럭.”

"거 참 이상한 일이로군.”

글로스터의 재봉사 할아버지가 거꾸로 놓여 있는 찻잔을 열어봤어요.

그랬더니 갑자기 어떤 생쥐 아가씨가 툭 튀어나오는 것이 아니겠어요? 그 생쥐 아가씨는 재봉사 할아버지께 고개 숙여 정중히 인사를 하고는 찬장에서 깡충 뛰어내려와 벽 뒤로 쪼르르 사라졌답니다.

재봉사 할아버지는 다시 난롯가에 앉아 꽁꽁 언 손을 녹이며 중얼거렸습니다.

"복숭아색 조끼에 비단실로 수놓은 장미꽃 봉우리는 정말 멋지지. 체리빛 단춧구멍도 스물한 개나 있고 말이야! 그나저나 심킨에게 동전 네 닢을 다 줘버리길 잘한 건지 모르겠군!"

바로 그때, 찬장에서 또다시 이상한 소리가 들려왔어요.

"달그락, 달그락, 덜그럭, 덜그럭."

"뭐 이런 일이 다 있담!"

글로스터의 재봉사 할아버지는 다른 찻잔 하나를 뒤집어보았습니다.

글쎄 이번에는 어떤 생쥐 신사가 툭 튀어나와서는 재봉사 할아버지에게 인사를 하지 뭐예요!

그러더니 갑자기 찬장 여기저기서 합창이라도 하듯 한꺼번에 소리가 나기 시작했어요.

"딸그락! 딸그락! 떨그럭! 떨그럭!"

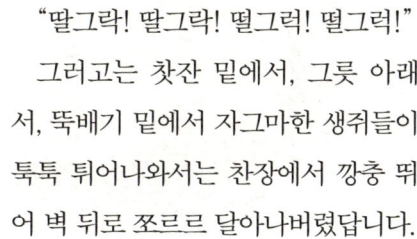

그러고는 찻잔 밑에서, 그릇 아래서, 뚝배기 밑에서 자그마한 생쥐들이 툭툭 튀어나와서는 찬장에서 껑충 뛰어 벽 뒤로 쪼르르 달아나버렸답니다.

재봉사 할아버지는 다시 난롯불 앞에 바짝 붙어 앉아 슬픈 목소리로 말했습니다.

"토요일 낮 열두 시까지 완성해야 할 체리빛 단춧구멍이 스물한 개나 되다니! 오늘이 벌써 화요일 저녁인데……. 가만 있자……, 이 생쥐들을 놓아주지 말았어야 했나? 분명히 심킨이 잡아놓은 것일 텐데……. 아아! 어쩌지? 비단실이 없으면 외투를 완성할 수가 없는데!"

꼬마 생쥐들은 다시 올라와서 재봉사 할아버지가 하는 말을 들었습니다. 아름다운 외투에 새겨질 무늬에 대해서도 다 들은 것이지요! 생쥐들은 외투의 금빛 장식과 생쥐를 위해 남겨둔 천 조각에 대해 속닥속닥 귓속말을 했습니다.

그때, 갑자기 생쥐들이 벽 뒤의 통로로 우르르 달려가며 찍찍 소리를 질렀습니다. 심킨이 우유가 든 항아리를 들고 돌아왔기 때문이었어요. 이제 재봉사 할아버지네 집에 남아 있는 생쥐는 한 마리도 없었지요.

"야옹!" 심킨은 문을 열고 들어오며 화가 난 듯 그르렁댔습니다. 심킨은 눈 오는 날을 싫어했기 때문이었지요. 귀와 목 뒤로 들어간 눈 때문에 화가 난 모양이었어요. 심킨은 빵과 소시지를 찬장 위에 올려놓고는 쿵쿵거리며 냄새를 맡았습니다.

재봉사 할아버지가 심킨에게 물었어요.

"심킨, 비단실은 어디 있니?"

하지만 심킨은 찬장 위에 우유 항아리를 올려놓고는 의심스러운 눈초리로 찻잔들을 바라봤어요. 저녁에 먹으려고 잡아놓았던 통통한 생쥐들이 다 어디로 도망갔을까요?

재봉사 할아버지가 또다시 물었어요.

"심킨, 비단실은 어디에 있냐고?"

하지만 심킨은 자그마한 꾸러미를 찻주전자 속에 슬쩍 숨겼어요. 그러고는 재봉사 할아버지를 보며 그르렁댔지요. 만약 심킨이 말을 할 줄 알았다면 이렇게 말했을지도 몰라요.

"대체 내 생쥐는 어디로 간 거죠?"

할아버지는 슬픈 목소리로 말했어요.

"아아, 이런! 나는 이제 완전히 빈털터리야!"

그러고는 슬픔에 잠겨 잠이 들었답니다.

심킨은 그날 밤이 새도록 주방을 샅샅이 뒤졌습니다. 찬장과 벽면 뒤, 그리고 비단실을 숨겨둔 찻주전자 속도 들여다보았지요. 그러나 생쥐는 한 마리도 보이지 않았어요. 할아버지가 중

얼중얼 잠꼬대를 하는 동안에도 심킨은 화가 나서 그르렁댔습니다.

"야옹! 그르렁……."

불쌍한 재봉사 할아버지는 아파서 열이 펄펄 났어요. 그런데도 할아버지는 계속 잠꼬대를 해대는 게 아니겠어요? "비단실이 부족해! 비단실이 부족해!" 하고 말이에요. 그날도, 그다음 날도, 또 그다음 날도 할아버지는 계속 아팠습니다. 체리빛 외투를 만들어야 하는데 큰일이군요!

웨스트게이트가의 양복점에는 수놓인 비단옷이 탁자 위에 그대로 놓여 있었습니다. 스물한 개의 단춧구멍을 꿰매야 하는데, 창문도, 문도 단단히 잠겨 있어서 아무도 들어갈 수가 없지 뭐예요?

그러나 갈색 꼬마 생쥐들은 할 수 있지요! 생쥐들은 열쇠 없이도 어디든 들어갈 수 있으니까요!

문밖에는 거위와 칠면조를 사러 나온 사람들과 크리스마스 케이크를 구우러 나온 사람들이 눈밭을 저벅저벅 걸어갔습니

다. 하지만 심킨과 불쌍한 재봉사 할아버지에게는 먹을 것이 아무것도 없었답니다.

 재봉사 할아버지는 3일 내내 아팠고, 어느새 크리스마스 이브 저녁이 되었어요. 아주 늦은 밤이 되자 달은 지붕 위로 높이 떠서 마을을 훤히 밝혀주었지요. 집집마다 불은 다 꺼진 후였고, 눈이 소복이 쌓인 마을은 쥐 죽은 듯이 고요했답니다.

하지만 아직도 생쥐를 찾지 못한 심킨은 갑자기 벌떡 일어났어요.

옛날 이야기에 따르면, 크리스마스 새벽에는 동물들이 말을 할 수 있게 된다고 해요. 물론 동물들의 말을 알아들을 수 있는 사람은 없었지만 말이에요.

열두 시를 알리는 교회 종소리가 울리자 마치 대답이라도 하듯 메아리 소리가 멀리서 들려왔어요. 그 소리를 들은 심킨은 재봉사 할아버지의 집에서 몰래 빠져나와 눈길 위를 어슬렁거렸습니다.

글로스터 마을의 집집마다 동물들이 즐겁게 크리스마스 동요를 불러댔지요. 제일 먼저 수탉이 목청껏 소리를 질러댔어요.

"꼬꼬댁들, 어서 일어나서 파이를 좀 구워요!"

심킨이 한숨을 쉬며 말했어요.

"아! 여기서도 하하하, 저기서도 하하하!"

이윽고 저 멀리 다락방에도 불이 켜지고 춤추는 소리가 들려왔답니다. 그리고 다른 고양이들이 반대쪽에서 우르르 뛰어나왔어요. 또다시 심킨이 말했어요.

"아! 여기서도 쿵작쿵작, 저기서도 쿵작쿵작! 글로스터의 고양이들은 나만 빼고 다 모였네."

지붕 위에서 참새들이 노래를 불러대자, 까마귀가 교회 종탑에서 눈을 비비며 잠에서 깨어났어요. 여기저기서 새들이 짹짹 지저귀는 소리도 들려왔답니다.

그러나 배고픈 심킨은 더욱더 슬퍼질 뿐이었어요!

그때 어디선가 아주 작지만 날카로운 소리가 들려 심킨은 귀를 쫑긋 세웠어요. 아마도 박쥐들이 내는 소리 같았답니다. 박쥐들은 항상 속닥거리면서 말하니까요. 마치 글로스터의 재봉사 할아버지가 잠꼬대를 할 때처럼 말이에요. 소리가 너무 작아서 잘 들리지는 않았지만, 마치 이렇게 말하는 것 같았어요.

"파리는 앵앵, 꿀벌은 윙윙, 그럼 나도 흉내를 한번 내볼까? 애앵 앵, 위잉 윙!"

마치 벌이 귓가에서 윙윙거리는 것 같아 심킨은 몸을 부르르 떨었답니다.

그때 웨스트게이트가의 양복점에서 불빛이 새어 나오는 것이 보였어요. 심킨이 살금살금 다가가 창문 사이로 몰래 들여다보니 글쎄 방 안 가득 촛불이 켜져 있는 것이 아니겠어요?

싹둑싹둑 가위질 소리와 쓱싹쓱싹 바느질 소리가 방 안을 가득 채웠어요.

그리고 꼬마 생쥐들은 입을 모아 노래를 불렀답니다.

재봉사 스물네 명이 달팽이를 잡으러 갔다네,
그 누구도 달팽이 꽁무니조차 잡지 못했네,
뿔을 바짝 세우고 쫓아오니 코뿔손가 달팽인가,
더 빨리 달리지 않으면 달팽이에게 잡혀 먹겠네!

생쥐들은 쉴 새 없이 노래를 불러댔어요.

여주인 몰래 귀리를 체로 쳐서
여주인 몰래 밀가루를 빻아서
밤송이 안에 꾹꾹 채워 넣고
오븐에 한 시간만 기다리면…….

"야옹! 야옹!"

심킨이 문을 박박 긁으며 시끄럽게 소리를 질렀습니다. 그러나 열쇠는 재봉사 할아버지의 베개 밑에 있었기에 심킨은 들어갈 수가 없었지요.

꼬마 생쥐들은 심킨을 보고 깔깔거렸어요. 그리고 다른 노래를 부르기 시작했답니다.

생쥐 세 마리가 물레로 실을 뽑고 있었네,
지나가던 고양이가 힐끔힐끔,
생쥐들아 무엇을 하고 있니?
아주 멋진 외투를 만들고 있단다.
오, 그것 참 재미있겠네. 내가 들어가서 실을 잘라줄까?
오, 안 돼 야옹아, 우리 머리를 깨물려는 것을 모를 줄 알고?

"야옹! 야옹!"
심킨이 소리를 지르자 꼬마 생쥐들이 대답했어요.

용용 죽겠지! 용용 죽겠지!
영국 사람들은 빨간 옷을 입는다네.
옷깃은 비단으로, 소매는 금실로,
반짝반짝 새 옷 입고 씩씩하게 걸어가네!

생쥐들은 발을 콩콩 굴러가며 박자를 맞췄지만 심킨은 하나도 즐겁지 않았어요. 그저 문 앞에 코를 박고 킁킁거리며 낑낑댈 뿐이었답니다.

시장에 가서 과일과 과자를 샀다네.
탁자와 의자도 샀다네.

이 모든 걸 동전 세 닢에 샀다네.

그때 갑자기 한 생쥐가 외쳤어요.
"그리고 찬장 위엔 뭐가 있냐면!"
그 말을 들은 심킨이 창문을 벅벅 긁어대며 외쳤어요.
"야옹! 야옹!"
그러자 방 안에 있는 생쥐들이 펄쩍펄쩍 뛰며 찍찍대는 것이 아니겠어요?

비단실이 없네! 비단실이 없어!

그러고는 창문으로 가서 덧문까지 완전히 잠가버렸답니다. 이제 심킨은 방 안을 들여다볼 수도 없었어요.
하지만 콩콩 발을 구르며 불러대는 생쥐들의 노랫소리는 창문 틈으로 계속 들려왔어요.

비단실이 없네! 비단실이 없어!

심킨은 갑자기 무슨 생각이라도 난 듯 양복점 앞에서 발을 돌려 집으로 돌아갔어요. 불쌍한 재봉사 할아버지는 깊은 잠에 빠져 있었답니다.

심킨은 살금살금 걸어가 찻주전자 속에서 비단실 한 타래를 꺼냈어요. 비단실이 달빛을 받아 반짝였지요. 심킨은 착한 꼬마 생쥐들을 생각하며 자신의 못된 행동을 반성했답니다.

드디어 크리스마스 아침이 되었어요. 재봉사 할아버지가 잠에서 깨어 이불 위로 가장 먼저 발견한 것이 뭐였는지 아세요? 바로 체리빛 비단실 한 타래였어요! 그리고 침대 옆에는 자신의 잘못을 뉘우친 심킨이 서 있었답니다.

"아, 이제 난 완전 빈털터리인데 비단실이 있어서 뭐 하겠니!"

 글로스터의 재봉사 할아버지는 자리에서 일어나 옷을 갈아입고 거리로 나왔어요. 심킨도 할아버지를 쫓아 뛰어갔답니다. 소복이 쌓인 눈 위로 따사로운 햇살이 비추고 있었어요.
 찌르레기가 굴뚝 위에서 삐이 삐이 울어대고 참새들이 아름다운 노래를 불러댔어요. 그러나 새벽에 들었던 노랫말들은 사라지고 짹짹거리는 소리만 들릴 뿐이었답니다.

재봉사 할아버지가 말했어요.

"아아, 비단실은 있다만 더 이상 힘도 없고 시간도 없구나. 단춧구멍도 겨우 하나밖에 만들지 못할 거야. 벌써 크리스마스 아침이라니! 시장님의 결혼식은 낮 열두 시에 시작인데 체리빛 외투는 그때까지 완성할 수 없을 테니 큰일이군!"

재봉사 할아버지가 웨스트게이트가의 초라한 양복집의 문을 열자 심킨이 부리나케 달려들어갔어요. 마치 먹이를 쫓는 고양이처럼 말이에요. 하지만 양복점 안에는 아무도 없었어요! 갈색 생쥐 꼬리조차도 눈에 띄지 않았답니다! 그리고 바닥은 실오라기나 천 조각 하나 없이 깨끗했어요.

"아니, 이럴 수가!"

탁자 위를 본 재봉사 할아버지는 기쁨의 탄성을 질렀어요. 글쎄 탁자 위에는 세상에서 가장 아름다운 외투와 비단 조끼가 놓여 있는 것이 아니겠어요? 할아버지가 양복점을 나섰을 때는 분명히 별 볼 일 없는 천 조각이었는데 말이에요!

외투는 장미와 팬지로 화려하게 장식되어 있었고, 비단 조끼에는 양귀비와 국화가 수놓여 있었어요.

딱 한 군데만 빼고 모든 것이 완벽했답니다. 그 한 군데는 바로 체리빛 단춧구멍 하나였어요. 그리고 그 단춧구멍 위에는 누군가가 작디작은 글씨로 "비단실이 없어요"라고 쪽지를 적어놓았지 뭐예요?

 그 이후로 글로스터의 재봉사 할아버지는 굉장히 유명해지기 시작했답니다. 몸도 건강해지고, 아주 부자가 되었지요. 글로스터의 재봉사 할아버지가 만든 조끼는 세상에서 가장 아름다운 조끼였어요. 그 소문을 들은 글로스터의 부자들과 이웃 마을의 신사들은 모두 할아버지를 찾아왔답니다. 이전까지는 그 누구도 그렇게 아름답게 수놓인 레이스와 소매 장식을 본 적이 없었지요! 하지만 단춧구멍이야말로 그중에서 가장 아름다 웠답니다!

특히 단춧구멍을 꿰맨 바느질 솜씨가 어찌나 흠이 없고 깔끔한지, 안경 낀 재봉사 할아버지가 울퉁불퉁한 손으로 그 단춧구멍들을 꿰맸다는 것을 믿을 수가 없을 정도였어요! 게다가 그 바느질 자국이 너무나도 작고 섬세해서 마치 자그마한 꼬마 생쥐들이 꿰맨 것 같았답니다!

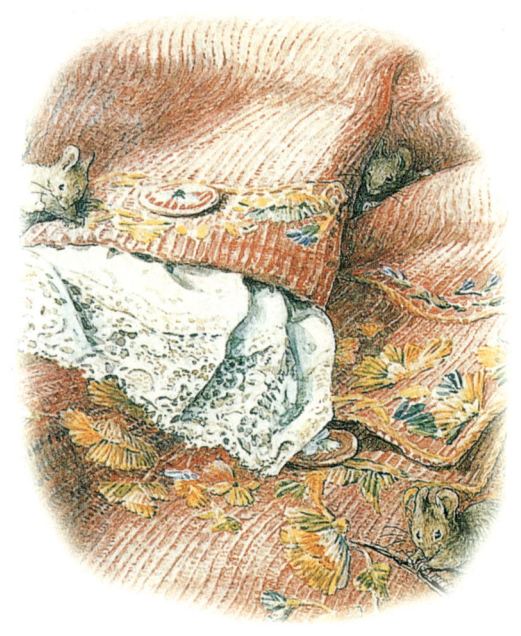

4. 벤저민 버니 이야기

어느 날 아침, 한 아기 토끼가 강기슭에 앉아 있었어요. 다그닥다그닥 조랑말이 지나가는 소리에 아기 토끼는 귀를 쫑긋 세웠답니다. 길 위로 마차가 지나가고 있는 것이 보였어요. 마차에는 맥그레거 아저씨와 그의 부인이 타고 있었고, 맥그레거 부인은 가장 예쁜 모자를 쓰고 있었답니다.

 마차가 지나가자 벤저민 버니는 언덕을 미끄러지듯 뛰어내려갔어요. 그러고는 맥그레거 아저씨네 정원 뒤의 숲속에 살고 있는 사촌들을 부르러 달려갔지요. 벤저민은 깡충깡충 폴짝폴짝 뛰고 또 뛰었답니다.

숲속은 토끼 굴로 가득했어요. 그중에서 가장 예쁘고 보드라운 모래 언덕 밑에 바로 벤저민의 이모와 사촌들이 살고 있었지요. 그 사촌들의 이름은 플롭시, 몹시, 코튼테일, 피터였답니다. 그 아기 토끼들에게는 아빠가 없었어요.

 그래서 엄마 토끼는 토끼털로 만든 장갑이나 목도리를 팔아서 돈을 벌어오곤 했지요. 저도 시장에서 엄마 토끼에게 장갑 한 짝을 사본 적이 있답니다. 그리고 엄마 토끼는 허브와 로즈메리 차, 토끼 담배를 팔기도 했어요. 사람들은 토끼 담배를 라벤더라고 부른답니다.

이모를 만나고 싶지 않았던 아기 토끼 벤저민은 전나무 뒤에 숨어서 어슬렁거렸어요. 그러다 그만 사촌 피터의 머리를 밟을 뻔했지 뭐예요!

피터는 나무 구석에서 혼자 웅크리고 앉아 있었어요. 빨간 손수건으로 몸을 감싼 피터는 왠지 기운이 없는 모습이었어요.
"피터, 옷은 어디서 잃어버렸니?"
벤저민이 속삭였어요.

"맥그레거 아저씨네 정원의 허수아비가 입고 있어."

피터는 아저씨네 정원에서 이리저리 도망치다가 신발과 윗도리를 잃어버린 이야기를 해주었어요. 아기 토끼 벤저민은 피터 옆에 앉아서 피터를 토닥여주었어요.

맥그레거 아저씨와 아줌마가 마차를 타고 나갔는데, 맥그레거 부인이 아주 예쁜 모자를 쓴 것으로 보아 분명히 멀리 갔을 거라고 말했답니다. 피터는 비나 쏟아졌으면 좋겠다고 말했어요. 그때 토끼 굴속에서 엄마 토끼의 목소리가 들려왔어요.
"코튼테일! 코튼테일! 캐모마일을 좀 더 따오렴!"

피터는 잠시 산책을 하고 싶다고 말했어요. 피터와 벤저민은 손을 꼭 잡고 숲의 입구에 있는 높다란 돌담 위로 올라가 맥그레거 아저씨네 정원을 내려다보았어요. 허수아비에는 피터의 윗도리와 신발 그리고 맥그레거 아저씨의 커다란 모자도 걸려 있었답니다.

아기 토끼 벤저민이 말했어요.

"울타리 문 아래로 기어들어가면 옷이 더러워지니까 배나무로 올라가서 넘어가는 게 좋겠어."

피터는 배나무에서 내려오다가 거꾸로 떨어지고 말았어요. 하지만 다행히도 부드럽게 손질된 화단 덕분에 다치지는 않았답니다.

밭에는 상추 싹이 빼꼼히 돋아나고 있었어요. 저런, 벤저민이 장화를 신고 이리저리 돌아다니는 바람에 화단 위에 작고 우스꽝스런 발자국이 마구 찍히고 말았네요. 아기 토끼 벤저민은 잃어버린 옷부터 찾아오자고 말했어요. 그렇게 해야 피터 몸에 두른 손수건을 쓸 수 있으니까요.

피터와 벤저민은 허수아비에 걸린 옷을 가져왔어요. 지난밤에 내린 비 때문에 신발에는 물이 고여 있었고, 외투는 좀 줄어

든 것 같았어요. 벤저민은 맥그레거 아저씨의 모자를 써보았지만 아기 토끼가 쓰기에 모자는 너무 컸답니다.

벤저민은 손수건에 양파를 담아서 이모에게 드려야겠다고 생각했어요. 하지만 피터는 하나도 즐겁지 않은 모양이었어요. 어디선가 자꾸 이상한 소리가 들리는 것 같았답니다.

그러나 벤저민은 마치 집에 있는 것처럼 신이 나서 상추를 와작와작 씹어 먹었어요. 벤저민은 일요일 저녁마다 아빠와 함께 상추를 먹으러 온다고 자랑했답니다. (아빠 토끼의 이름도 벤저민 버니였어요.)

맥그레거 아저씨네 상추는 정말 끝내주게 맛있었거든요.

하지만 피터는 아무 것도 먹지 않은 채 빨리 집에 가고 싶다고 말할 뿐이었지요. 피터는 벌벌 떨면서 들고 있던 양파를 반이나 떨어뜨렸답니다.

 양파 꾸러미를 들고 배나무에 올라갈 수는 없다고 생각한 아기 토끼 벤저민은 정원 반대쪽을 향해 용감하게 걸어갔어요. 피터와 벤저민은 붉은 벽돌담 아래 나무판자 길을 걸어갔답니다.
 생쥐들이 돌계단에 앉아 체리 씨앗을 갉아 먹으며 피터 래빗과 벤저민 버니에게 윙크를 했어요. 그러자 피터는 또다시 양파를 떨어뜨리고 말았답니다.

피터와 벤저민은 화분과 나무틀, 물통 사이를 지나갔어요. 피터의 귀에는 더욱더 이상한 소리가 들려왔고, 눈망울은 커다란 막대 사탕만큼이나 동그래졌지요.

  그때, 이 아기 토끼들이 모퉁이를 돌자마자 무엇을 보았는지 아세요? 아기 토끼 벤저민은 그것을 보자마자 양파를 가지고 피터와 함께 커다란 바구니 속에 재빨리 몸을 숨겼답니다. 그러자 고양이가 일어나 기지개를 켜더니 바구니로 다가와 킁킁 냄새를 맡는 게 아니겠어요?
  아마도 고양이는 향긋한 양파 냄새가 좋았나 봐요! 고양이는

바구니 위에 올라가 앉더니 다섯 시간 동안이나 일어나지 않았답니다. 바구니 안이 너무 어두워서 그 안에 숨은 피터와 벤저민의 모습을 보여드릴 수가 없네요. 그러나 양파 냄새가 너무 매운 나머지 아기 토끼 피터와 벤저민은 그만 눈물을 줄줄 흘리고 말았답니다.

늦은 오후가 되어 해가 나무 뒤로 숨어버릴 때까지도 고양이는 여전히 바구니 위에 앉아 있었어요. 한참 후, 돌담 위에서 후드득후드득 하는 소리와 함께 벽돌 부스러기가 아래로 떨어졌어요. 고양이가 돌담 위를 올려다보자 벤저민 버니 아저씨가 돌담 위를 의젓하게 걷고 있는 게 아니겠어요? 입에는 토끼 담배를 물고, 손에는 가느다란 회초리를 들고 말이에요! 아저씨는 아들을 찾는 중이었답니다.

버니 아저씨는 고양이들을 싫어했어요. 아저씨는 갑자기 돌담 위에서 풀쩍 뛰어내려 고양이 머리 위로 달려들었어요. 그러고는 고양이를 바구니 위에서 밀쳐낸 후 온실 속으로 걷어차 버렸답니다. 아저씨가 날카로운 손톱으로 고양이를 할퀴는 바람에 고양이의 털이 한 움큼이나 뽑혀버렸지만, 고양이는 너무 놀라 꼼짝할 수가 없었어요.

 고양이를 온실 속으로 밀어 넣은 버니 아저씨는 온실 문을 철커덕 잠가버렸답니다. 그러고는 바구니 밑에 숨어 있는 아들 벤저민의 귀를 잡아 올려 회초리로 엉덩이를 찰싹찰싹 내려쳤어요. 그러고는 조카 피터를 꺼내준 뒤 양파 꾸러미를 들고 씩씩하게 정원을 빠져나왔답니다.

삼십 분쯤 뒤 맥그레거 아저씨가 돌아왔을 때, 아저씨는 몇 가지 이상한 점을 발견했어요. 마치 누군가가 장화를 신고 정원을 이리저리 돌아다닌 것 같았는데, 그 발자국은 사람 발자국이라고 할 수 없을 만큼 엄청나게 작았답니다! 게다가 아저씨는 고양이가 어떻게 스스로 온실 속에 갇혔는지도 이해할 수가 없었지요.

피터가 집에 돌아오자, 엄마 토끼는 피터의 잘못을 다 용서해주었답니다. 피터가 신발과 윗도리를 찾아온 것이 너무나 기특했기 때문이었지요. 코튼테일과 피터는 함께 손수건을 접었고, 엄마 토끼는 양파를 줄로 엮어 허브와 라벤더 묶음과 함께 부엌 천장에 매달아두었답니다.

5. 말썽꾸러기 쥐 두 마리 이야기

 옛날 옛적에 아주 아름다운 인형의 집이 있었어요. 새하얀 창문과 현관문, 굴뚝이 달린 빨간 벽돌집이었답니다. 창문에는 보드라운 레이스 커튼도 걸려 있었지요. 그 인형의 집에는 루신더와 제인이라는 인형이 살고 있었어요.

 그 집의 주인은 루신더였지만 루신더는 요리사에게 요리를 하라고 꾸짖지 않았어요. 그 요리사가 바로 제인이었답니다. 그러나 제인은 요리를 한 번도 해본 적이 없었어요. 왜냐하면 루신더와 제인은 늘 다 만들어진 음식을 사먹곤 했거든요.

음식 포장 상자 안에는 톱밥이 가득했답니다. 상자 안에는 붉은 바닷가재 두 마리와 햄 한 덩어리, 생선 한 마리와 파이 한 접시 그리고 배와 오렌지 몇 개가 들어 있었어요. 음식들은 접시에 찰싹 달라붙어 절대 떨어지지 않았지만, 정말이지 엄청 먹음직스러워 보였답니다.

어느 날 아침 루신더와 제인은 장난감 유모차를 타고 소풍을 갔어요. 아무도 없는 아기 방 안은 쥐 죽은 듯 조용했답니다. 그때, 벽난로 근처의 한쪽 구석에서 누군가 쪼르르 달려와 바스락바스락 긁어대는 소리가 들렸어요. 바로 바닥 밑의 자그마한 쥐구멍에서 나는 소리였지요.

 톰텀은 고개를 재빨리 한 번 내밀어 방 안을 살피고는 다시 쥐구멍 속으로 들어갔어요. 톰텀은 이 이야기 속에 등장하는 생쥐의 이름이랍니다. 잠시 후, 톰텀의 아내 헝카멍카도 쥐구멍 밖으로 고개를 삐죽 내밀었어요.

 방에 아무도 없는 것을 확인한 헝카멍카는 석탄 통 앞 양탄자 위로 용감하게 달려갔어요. 인형의 집은 벽난로 맞은편에 있었고, 톰텀과 헝카멍카는 살금살금 조심스럽게 양탄자를 가로질러 갔답니다. 그러고는 인형의 집 현관문을 끙끙대며 밀었어요. 자그마한 생쥐들에게는 그 작은 문조차도 무거웠답니다.

톰텀과 헝카멍카는 곧장 위층으로 올라가 식당을 몰래 들여다보고 찍찍대며 기쁨의 환호성을 질렀어요! 식탁 위에 먹음직스러운 음식들이 가득 차려져 있는 게 아니겠어요? 뿐만 아니라 반짝반짝 윤이 나는 숟가락과 칼과 포크도 놓여 있었고, 인형 의자도 두 개나 놓여 있었어요! 모든 것이 다 준비되어 있으니 이제 먹기만 하면 되겠군요!

 톰텀은 곧장 달려가 햄을 자르기 시작했어요. 노릇노릇하게 잘 구워져 윤기가 좔좔 흐르고, 빨간 줄무늬가 있는 먹음직스러운 햄이었어요. 그러나 그때, 칼이 부러져서 톰텀은 손을 베고 말았어요. 톰텀은 다친 손가락을 입에 넣으며 말했습니다.

"햄이 왜 이렇게 딱딱하지? 아무래도 덜 익은 것 같아. 헝카멍카, 당신이 한 번 해보겠어?"

헝카멍카는 의자에 발을 딛고 일어나 다른 칼로 햄을 힘껏 썰었어요.

"정말 치즈 장수가 파는 햄만큼이나 단단하네요."

갑자기 햄이 접시에서 뚝 떨어져 나와 식탁 밑으로 굴러떨어졌어요.

그러자 톰텀이 말했어요.

"그건 그냥 두고 생선이나 먹읍시다, 여보."

헝카멍카는 생선을 접시에서 떼어내려 안간힘을 썼어요. 모든 숟가락을 다 써보았지만 생선은 접시에 달라붙어 꿈쩍도 하지 않았답니다.

그러자 잔뜩 약이 오른 톰텀은 햄을 바닥 한가운데 올려놓고는 집게와 삽으로 힘껏 내리쳤답니다.

퉁, 탕, 쾅, 빠지직!

요란한 소리를 내며 햄은 산산조각이 나버렸어요. 겉은 번지르르하게 칠해놓았지만 속은 그저 석고 덩어리였지 뭐예요!

톰텀과 헝카멍카가 얼마나 화가 났을지 상상이 가세요? 잔뜩 실망한 생쥐 부부는 파이와 바닷가재와 배와 오렌지까지 모두 깨뜨려버렸답니다. 그러나 물고기가 접시에서 떨어지지 않자 톰텀과 헝카멍카는 생선을 주방에 있는 벽난로에 집어넣었어요. 하지만 물론 그 벽난로도 은박지로 만든 가짜 벽난로였기 때문에 생선이 구워질 리가 없었지요.

톰텀은 주방 굴뚝으로 올라가 지붕 위를 살펴보았지만 지붕 위에는 연기나 그을음도 없었답니다.

톰텀이 굴뚝 위로 올라가 있는 동안 헝카멍카는 찬장에서 작은 양념 통들을 찾아냈어요. 양념 통에는 쌀, 커피, 설탕과 같이 이름표가 붙어 있었어요.

그런데 뚜껑을 열어 쏟아보니, 빨갛고 파란 구슬만 좌르르 쏟아지는 게 아니겠어요?

헝카멍카는 크게 실망했답니다.

생쥐 부부는 집 안을 마구 어지르기 시작했어요. 특히 톰텀은 제인의 방으로 가서 옷장 서랍 문을 열고는 옷을 창문 밖으로 마구 내던져버렸답니다.

그러나 헝카멍카는 역시 알뜰한 주부였어요. 루신더의 베개에서 깃털을 마구 잡아 뜯던 헝카멍카는 문득 집에 깃털 침대가 필요하다는 사실을 기억했지요.

그래서 생쥐 부부는 깃털 베개를 아래층으로 가지고 내려가 낑낑대며 양탄자 위를 가로질러 갔어요. 커다란 깃털 베개를 쥐구멍 속으로 쑤셔 넣느라 애를 먹었지만, 둘이 힘을 합쳐 베개를 집어넣는 데는 가까스로 성공했답니다.

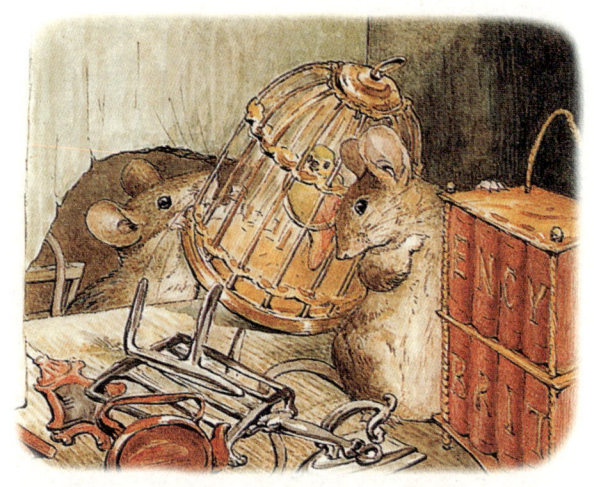

헝카멍카는 다시 인형의 집으로 돌아가 책장과 새장 그리고 의자와 온갖 잡동사니들을 가져왔어요. 하지만 책장과 새장은 너무 커서 쥐구멍 속으로 들어갈 수가 없었지요.

그래서 헝카멍카는 책장과 새장은 그대로 석탄 통 옆에 두고 이번엔 아기 침대를 가지러 달려갔어요.

 그런데 마침내 요람을 쥐구멍 속에 집어넣고 형카멍카가 다시 달려가 의자를 가지고 돌아가는 순간, 갑자기 문밖 계단에서 말소리가 들리는 게 아니겠어요? 생쥐 부부는 허겁지겁 쥐구멍 속으로 달아났어요. 그러자 문이 열리고 인형들이 방으로 들어왔답니다.

제인과 루신더는 눈앞에 펼쳐진 광경을 보고 깜짝 놀랐어요! 루신더는 넘어진 가스레인지 위에 앉아서 엉망진창이 된 방 안을 둘러봤어요. 그리고 제인은 찬장에 기대어 선 채 입가에는 계속 미소를 띠었답니다. 두 인형 모두 너무 놀란 나머지 아무 말도 할 수 없었어요.

책장과 새장은 석탄 통 옆에 있었어요. 하지만 아기 침대와 루신더의 옷 몇 벌은 이미 헝카멍카가 가져가버린 뒤였답니다.

그것 말고도 헝카멍카가 훔쳐온 물건들은 아주 많았지요. 그 중에는 쓸 만한 냄비와 프라이팬 몇 개도 있었답니다.

그 인형의 집을 가진 소녀가 말했어요.
"경찰 인형을 사야겠어요!"
그러자 엄마는 말했답니다.
"아무래도 쥐덫을 놓아야겠구나!"

자, 여기까지가 말썽꾸러기 생쥐 두 마리 이야기랍니다. 하지만 생쥐 부부가 나쁘기만 한 것은 아니었어요. 톰텀은 인형의 집을 망가뜨린 것에 대해 미안한 마음이 들었답니다.

그러던 어느 날 톰텀은 양탄자 밑에서 구부러진 은화 한 닢을 주웠어요. 그리고 크리스마스이브가 되자 톰텀과 헝카멍카는 그 동전을 루신더와 제인의 양말 속에 넣어주었어요.

 그리고 헝카멍카는 매일 아무도 잠에서 깨지 않은 이른 아침마다 빗자루와 쓰레받기를 들고 와서 인형의 집을 청소해주었답니다.

6. 티기 윙클 부인 이야기

 옛날 옛적 리틀타운이라는 농장에 루시라는 소녀가 살고 있었어요. 루시는 아주 착한 아이였지만 항상 손수건을 잃어버리곤 했답니다. 하루는 루시가 울면서 앞마당으로 나왔어요. 저런! 정말 구슬프게 울고 있군요!
 "흑흑, 또 손수건을 잃어버렸네. 이걸 어쩌지? 얼룩 고양아,

혹시 내 손수건 세 장과 앞치마 한 장을 못 봤니?"

얼룩 고양이는 소녀의 말을 들은 체 만 체 새하얀 발을 계속 핥아댔어요.

그래서 이번에 루시는 알록달록한 암탉에게 물었지요.

"꼬꼬댁 아주머니, 혹시 제 손수건 세 장 못 보셨어요?"

하지만 알록달록한 암탉은 헛간 안으로 들어가며 투덜거릴 뿐이었어요.

"내 신발 어디 갔어! 내 신발! 내 신발!"

그래서 루시는 나뭇가지 위에 앉아 있는 울새 아저씨에게 물었어요. 하지만 울새 아저씨는 초롱초롱하고 까만 눈망울로 루시를 쳐다보더니 울타리를 훌쩍 넘어 훨훨 날아가버렸답니다! 결국 루시는 울타리에 나 있는 계단을 넘어가 마을 뒷산을 바라봤어요. 산봉우리가 구름에 가려져 마치 올라가고 또 올라가도 끝이 없을 것만 같았답니다.

그때, 저 멀리 산허리에 새하얀 것들이 잔디 위에 펼쳐져 있는 것이 보였어요. 키가 작은 루시는 허겁지겁 산 위로 기어올라갔어요. 좁다랗고 가파른 길을 지나 위로 더 위로 올라가자 리틀타운이 바로 발밑에 있는 것처

럼 보였어요. 굴뚝 안으로 돌멩이를 던져 넣을 수도 있을 것 같 았답니다!

이윽고 루시는 산비탈에서 졸졸 흘러나오는 샘물을 발견했어요. 바위 위에는 누군가가 물을 긷기 위해 양철 물통을 놓고 간 모양이었어요.

하지만 그 물통은 겨우 달걀만 한 크기라서 물이 벌써 철철 넘치고 있었답니다! 그리고 젖은 모래 위에는 아주 자그마한 발자국들이 찍혀 있었어요.

 루시는 달리고 또 달렸습니다. 하지만 산길은 커다란 바위 밑에서 끝이 났어요. 푸른 잔디밭 위에는 풀을 땋아 만든 빨랫줄이 고사리 줄기 사이에 걸려 있었고, 그 옆에는 빨래집게가 수북이 쌓여 있었어요. 하지만 여기에도 손수건은 없었답니다!
 그때 루시가 문 하나를 발견했어요! 그 문은 산속으로 들어가는 문이었답니다. 그리고 문 안쪽에서 누군가의 노랫소리가 들려왔어요.

깜찍한 주름 달린 앙증맞은 원피스를,
백합같이 새하얗고 깨끗하게 쓱싹쓱싹!
뜨거운 다리미로 쭈욱, 쭈욱,
깨끗한 옷 입으면 하루 종일 룰루랄라!

 루시가 문을 똑똑 두드리자 노랫소리가 뚝 멈췄어요. 그러고는 안에서 겁먹은 듯한 목소리가 들려왔답니다.
 "누구셔유?"
 루시가 문을 열고 들어갔어요. 대체 이런 산속에 누가 살고 있는 걸까요? 문을 열고 들어가니 아담하고 깔끔한 부엌이 나타났어요. 여느 시골집 부엌과 마찬가지로 돌바닥과 나무 기둥이 있는 부엌이었답니다. 천장이 너무 낮아 루시의 머리가 천장에 닿을 뻔했던 것만 빼고요. 뿐만 아니라 냄비와 프라이팬을 비롯한 방 안의 모든 것이 하나같이 다 작았답니다.

방 안에서 뭔가를 뜨겁게 달구는 듯한 향긋한 냄새가 솔솔 풍겨왔어요. 그리고 탁자 앞에는 아주 뚱뚱한 여인이 한 손에는 다리미를 들고 겁에 질린 채 루시를 바라보고 서 있었답니다. 그녀는 원피스를 허리까지 걷어 올린 채 줄무늬 속치마 위에 커다란 앞치마를 두르고 있었어요. 그녀는 새까만 코를 계속 훌쩍훌쩍거렸고, 두 눈은 반짝반짝했어요. 머리에는 레이스가 달린 모자를 쓰고 있었답니다. 그런데 글쎄 그 모자 아래로 뭐가 보였는지 아세요? 바로 뾰족뾰족한 가시였어요!

루시가 물었어요.

"아줌마는 누구세요? 혹시 제 손수건 못 보셨나요?"

키 작은 아주머니는 무릎을 살짝 굽혀 정중하게 인사를 하고는 말했습니다.

"네네, 들어오셔유. 티기 윙클이라고 하는구먼유. 앉으셔유. 빨래라면 저에게 맡겨 주셔유. 제가 이 동네 최고랍니다."

티기 윙클 아줌마는 빨래 바구니에서 옷 하나를 꺼내어 다리미판 위에 펼쳐놓았어요.

루시가 물었어요.

"그게 뭐죠? 혹시 제 손수건 아닌가요?"

"아, 아녜유 아씨, 이 작고 새빨간 조끼는 울새 로빈의 것이구먼유!"

티기 윙클 아줌마는 울새 아저씨의 조끼를 다린 후 접어서 한쪽에 놓았어요.

그러고는 빨래걸이에서 다른 옷 하나를 가져왔어요.

"그건 제 앞치마 같은데요?"

루시가 말했습니다.

"아, 아녜유 아씨, 이건 굴뚝새 제니의 식탁보여유. 글쎄, 포도주를 쏟아버려서 아무리 씻어도 얼룩이 안 지워지지 뭐예유!"

티기 윙클 아줌마가 투덜대며 말했어요.

티기 윙클 아줌마는 코를 훌쩍훌쩍거리더니, 눈을 반짝반짝 빛내며 아궁이에서 뜨거운 다리미 하나를 꺼내왔어요.

"그건 제 손수건이에요! 그리고 그건 제 앞치마고요!"

루시가 외쳤습니다.

티기 윙클 아줌마는 루시의 손수건과 앞치마를 정성껏 다리고, 주름을 잡은 뒤 레이스를 예쁘게 펴주었어요.

"우와, 너무너무 깨끗하고 예뻐요!"

루시가 말했습니다.

"그런데 저것은 뭐죠? 마치 장갑처럼 손가락이 달려 있는 기다랗고 노란 것 말이에요."

"아, 저것은 꼬꼬댁 샐리의 스타킹이랍니다. 글쎄, 뜰 안에서 내내 신고 다닌 나머지 발뒤꿈치 부분이 다 긁혀서 너덜너덜해졌지 뭐예유! 이제 곧 맨발 신세가 되겠네유!"

티기 윙클 아줌마가 말했습니다.

"어? 여기에 또 다른 손수건이 하나 있어요! 빨간색인 걸 보니 제 것은 아닌데요."

"아, 맞아유 아씨, 그 손수건은 토끼 부인의 것이랍니다. 양파 냄새가 어찌나 고약하던지, 이 손수건만 따로 빨았는데도 냄새가 아직 안 없어지지 뭐예유!"

"아, 여기 제 손수건이 하나 더 있어요!"

루시가 말했습니다.

"저기 이상하게 생긴 작고 하얀 것들은 뭐죠?"

"저것은 얼룩고양이 타비의 벙어리장갑이랍니다. 저것들은 다림질만 하면 된답니다. 타비는 스스로 핥아서 깨끗하게 만드니까유!"

"여기 제 마지막 손수건이 있어요!"

루시가 말했습니다.

"녹말풀에는 무엇을 담고 계신 거예요?"

"뱁새 톰의 셔츠 앞부분이에유. 가장 까다로운 손님이지유!"
티기 윙클 아줌마가 말했어요.
"자, 이제 다림질을 끝냈으니 햇볕 아래에 좀 널어놓아야 되겠구먼유."
"이 보드랍고 보송보송한 털은 뭐예요?"
루시가 물었습니다.
"아, 그건 스켈길이라는 동네에 사는 아기 양들의 털외투랍니다!"

"양털을 벗을 수 있단 말씀이세요?"

루시가 놀라서 물었어요.

"아, 벗을 수 있고말고요. 어깨에 찍힌 도장을 보셔유. 한 벌은 게이츠가스라고 찍혀 있고, 다른 세 벌은 리틀타운에서 온 것이구먼유. 항상 이렇게 도장이 찍혀 있답니다!"

티기 윙클 아줌마가 말했어요.

 티기 윙클 아줌마는 다양한 종류와 크기의 옷들을 빨랫줄에 널었어요. 우선 생쥐들이 입는 자그마한 갈색 외투들과, 아주 부드러운 까만 두더지 가죽조끼를 널었지요. 그리고 다람쥐 넛킨이 입는 꼬리가 없는 연미복과 피터 래빗의 쪼그라든 파란 윗도리도 널었답니다. 그리고 마지막으로 빨래 중에 잃어버렸던 주인 모를 속치마까지 널고 나자 빨래 바구니는 텅 비었답니다.

 그러고 나서 티기 윙클 아줌마는 루시와 함께 홍차를 한 잔씩 마셨어요. 아줌마와 루시는 아궁이 앞쪽의 기다란 의자에 앉아 서로를 힐끔힐끔 쳐다봤답니다. 찻잔을 쥔 티기 윙클 아줌마의 손은 아주아주 짙은 갈색이었고, 비누거품 때문에 아주아주 쭈글쭈글했어요. 그리고 원피스와 모자 위로는 뾰족뾰족한 머리털이 튀어나와 있었지요. 그래서 루시는 아줌마 옆에 가까이 가고 싶지 않았답니다.

홍차를 다 마시고 나서 티기 윙클 아줌마와 루시는 옷들을 보따리에 챙겼어요. 루시의 손수건은 깨끗한 앞치마 속에 잘 접어 넣은 뒤 떨어지지 않도록 은색 옷핀으로 고정시켰답니다.

그러고는 장작으로 아궁이에 불을 지핀 뒤 밖으로 나와 문을 잠갔어요. 그리고 열쇠는 문 아래에 숨겼답니다.

루시와 티기 윙클 아줌마는 옷 보따리를 들고 총총걸음으로 언덕을 내려왔어요. 언덕을 내려오는 동안 작은 아기 동물들이 숲속에서 나와 반겨주었답니다. 가장 먼저 피터 래빗과 벤저민 버니를 만났지요!

티기 윙클 아줌마는 아기 동물들에게 깨끗한 옷들을 돌려주었어요. 아기 동물들과 아기 새들은 티기 윙클 아줌마에게 고맙다고 소리 높여 말했답니다.

산길을 다 내려와 울타리에 도착하자 남아 있는 것은 루시의 작은 옷 꾸러미뿐이었어요!

루시는 옷 꾸러미를 손에 쥔 채 계단을 올라가 울타리를 넘었어요. 그러고는 빨래집 아줌마에게 작별 인사를 하려고 돌아섰지요. 그런데 이게 웬일이에요? 티기 윙클 아줌마는 고맙다는 인사도, 세탁비도 받지 않고 저 멀리 달아나버린 것이 아니겠어요?

티기 윙클 아줌마는 산 위로 쪼르르르 쪼르르르 뛰어

가고 있었어요. 그런데 이상하게도 아줌마가 입었던 레이스가 달린 새하얀 모자도, 망토도, 원피스도, 속치마도 감쪽같이 사라졌지 뭐예요!

게다가 티기 윙클 아줌마는 아주 작아져 있었어요. 그리고 갈색 몸통은 온통 뾰족뾰족한 가시로 뒤덮여 있었답니다!

이럴 수가! 티기 윙클 아줌마는 그저 작은 고슴도치일 뿐이었던 거예요!

(사람들은 루시가 울타리 위에서 잠이 들었던 거래요. 하지만 그렇다면 은색 옷핀으로 동여맨 깨끗한 손수건 세 장과 앞치마는 어떻게 찾은 걸까요? 제가 비밀 하나 알려드릴까요? 사실은 저도 캣벨이라고 불리는 마을 뒷산 깊은 곳에 있는 문을 본 적이 있답니다. 그리고 쉿! 이건 정말 비밀인데요. 사실 저는 티기 윙클 아줌마와 아주 친한 사이랍니다!)

7. 제레미 피셔 이야기

옛날 옛적에 제레미 피셔라는 개구리가 살고 있었어요. 제레미 피셔의 집은 연못가에 핀 노란 꽃들 사이에 있었는데, 언제나 축축하고 물이 뚝뚝 떨어지곤 했답니다.

그리고 식품 창고와 복도 바닥은 물이 고여 미끌미끌했어요. 하지만 제레미 아저씨는 발을 적시는 것을 좋아했답니다. 발이 젖어도 아무도 혼내는 사람이 없었고, 감기에 걸리는 일도 결코 없었으니까요!

제레미 아저씨는 굵은 빗방울이 후드득후드득 연못 위에 떨어지는 것을 보고 기분이 좋아져서 말했어요.

"지렁이를 잡아서 낚시를 하러 가야겠군. 오늘 저녁으로는 송사리를 먹어야지. 다섯 마리보다 더 많이 잡으면 톨레미 거북 의원님과 아이작 뉴턴 경을 초대해야지. 아 참, 의원님은 샐러드만 드셨었지."

 제레미 아저씨는 고무로 만든 비옷을 입고 반들반들한 장화를 신었어요. 그러고는 낚싯대와 바구니를 챙겨서 낚싯배를 매어둔 곳까지 풀쩍풀쩍 뛰어갔지요. 아저씨의 점프 실력은 정말 대단했답니다.
 둥그렇고 푸른 낚싯배는 다른 연꽃잎과 다를 바가 없어 보였어요. 그 배는 연못 한가운데 있는 물풀에 매여 있었답니다.

 제레미 아저씨는 갈대 가지를 꺾어 깊은 곳을 향해 노를 저었어요.
 "송사리가 잘 잡힐 만한 곳을 내가 알고 있지."
 제레미 피셔 아저씨가 혼잣말을 했어요.
 원하는 곳에 도착한 제레미 아저씨는 갈대 가지를 진흙 바닥에 깊이 꽂고 배를 가지에 묶었어요.

그리고 제레미 아저씨는 책상다리를 하고 앉아 낚시 도구를 준비했어요. 빨갛고 자그마한 예쁜 찌도 준비했지요. 낚싯대는 튼튼한 풀 대로 만들었고, 낚싯줄은 길 고 가느다란 말의 꼬리털이 었어요. 그리고 낚싯줄 끝에 는 꿈틀대는 지렁이도 끼웠 답니다.

빗방울이 제레미 아저씨의 등 위로 줄줄 흘러내렸어요. 아저씨는 빗속에서 찌를 바라보며 거의 한 시간 동안이나 앉아 있었답니다.

"슬슬 따분해지는군. 점심이라도 먹어야겠어."

제레미 아저씨는 다시 노를 저어 물풀 사이로 돌아가 바구니에서 도시락을 꺼냈습니다.

"비가 그칠 때까지 호랑나비 샌드위치나 먹으면서 기다려야겠군."

그때 아주 커다란 물방개가 연꽃 아래를 헤엄치며 장화 속 아저씨의 발가락을 꼬집었어요.

제레미 아저씨는 물방개가 꼬집을 수 없도록 다리를 바짝 끌어당겨 앉은 뒤 계속 샌드위치를 먹었어요.

 한두 번쯤 연못가의 수풀 속에서 뭔가가 바스락대고 첨벙대는 소리가 들렸답니다.
 제레미 피셔 아저씨가 중얼댔어요.
 "설마 생쥐는 아니겠지? 어서 여길 벗어나야겠군."

 제레미 아저씨는 다시 낚싯배를 움직여 조금 떨어진 곳으로 가서 미끼를 던졌어요. 그런데 이번엔 미끼를 던지자마자 물고기가 바늘을 덥석 무는 것이 아니겠어요? 낚시찌가 격렬히 흔들렸어요!

"송사리 이 녀석! 넌 이제 내 밥이다!"
제레미 피셔 아저씨가 외치며 낚싯대를 힘껏 낚아챘어요.

 에구머니나! 하지만 그것은 매끈하고 통통한 송사리가 아니라 온통 가시로 뒤덮인 큰가시고기 잭 샤프였어요!

 큰가시고기는 낚싯배 위에서 퍼덕퍼덕하며 거의 숨이 끊어질 때까지 아저씨를 콕콕 찌르고 철썩철썩 때렸어요. 그러고는 물속으로 풍덩 하고 다시 들어가버렸지요.

그러자 작은 물고기 떼가 물 밖으로 머리를 삐쭉 내밀고 제레미 피셔 아저씨를 놀려댔답니다.

제레미 아저씨가 낚싯배 가장자리에 앉아 따끔거리는 손가락을 입에 문 채 넋을 놓고 물속을 바라보고 있을 때였어요. 그때 더욱더 무시무시한 일이 일어났답니다! 만약 제레미 아저씨가 고무로 만든 비옷을 입고 있지 않았다면 정말 끔찍한 일이 일어날 뻔했지 뭐예요!

어마어마하게 큰 송어가 물살을 헤치고 수면 위로 올라와서 제레미 아저씨를 덥석 물어버렸어요!

"아야! 아야!"

그러고는 아저씨를 입에 물고 연못 깊은 곳으로 다시 헤엄쳐 들어갔답니다!

그러나 고무 비옷이 어찌나 맛이 없었던지 송어는 삼십 초도 안 되어 제레미 아저씨를 내뱉어버렸어요! 아저씨의 장화는 이미 송어가 삼켜버린 뒤였지요.

제레미 아저씨는 연못 바닥에서 펄쩍 뛰어 수면 위로 올라왔어요. 그 바람에 물방울이 뽀르르 올라와 마치 탄산

음료의 병마개가 뻥 하고 터지는 것 같았답니다. 수면 위로 올라온 제레미 아저씨는 온 힘을 다해 연못가로 헤엄쳐갔어요.

강기슭에 도착한 아저씨는 재빨리 기어올라가 풀밭을 가로질러 집까지 껑충껑충 한걸음에 달려갔어요. 입고 있던 고무 비옷은 너덜너덜해진 채로 말이에요.

"휴! 십 년 감수했네! 낚싯대와 바구니는 잃어버렸지만 괜찮아. 앞으로는 두 번 다시 낚시를 하지 않을 테니까!"

제레미 아저씨는 손가락에 반창고를 붙이고는 저녁 식사에 초대한 친구들을 반갑게 맞이했어요.

 안타깝게도 생선 요리는 대접할 수 없었지만, 식품 창고에 있는 다른 재료들로 요리를 했지요.

 아이작 뉴턴 경은 검은색 반점 무늬가 찍힌 금색 조끼를 입고 왔어요. 그리고 톨레미 거북 의원님은 샐러드가 든 그물자루를 가져왔답니다.

친구들은 다 함께 앉아 저녁 식사를 했어요. 맛있는 송사리 요리는 없었지만 그 대신 무당벌레로 양념한 메뚜기 구이 요리를 먹었답니다. 나라면 그런 음식은 절대로 먹지 않겠지만, 개구리들은 메뚜기 요리를 아주 좋아한답니다.

8. 톰 키튼 이야기

 옛날 옛적에 아기 고양이 세 마리가 살고 있었어요. 고양이들의 이름은 미튼스, 톰 키튼, 모펫이었답니다.
 얼룩덜룩하고 복슬복슬한 고양이털은 마치 아리따운 외투 같았지요. 아기 고양이들은 먼지가 풀풀 날리는 집 앞 뜰에서 뒹굴며 뛰놀곤 했답니다.

 그러던 어느 날이었어요. 그날은 엄마 고양이 타비사 트위칫의 친구들이 차를 마시러 집에 놀러 오기로 한 날이었지요. 그래서 엄마 고양이는 친구들이 도착하기 전에 아기 고양이들을 얼른 집 안으로 데리고 들어와 깨끗이 씻기고 옷을 입혔답니다. 엄마 고양이의 친구들은 항상 멋지게 차려입기를 좋아했거든요.

첫 번째로 엄마 고양이는 아기 고양이들의 얼굴을 북북 문질러 씻었습니다. (이 아기 고양이는 모펫이에요.)

두 번째로 엄마 고양이는 아기 고양이들의 털을 쓱쓱 빗겨주었어요. (이 아기 고양이는 미튼스입니다.)

 그리고 마지막으로 아기 고양이들의 꼬리와 수염도 가지런히 빗겨주었지요. (바로 이 아기 고양이가 톰 키튼이랍니다.)
 아주 말썽꾸러기였던 톰은 그만 엄마 고양이의 손을 할퀴고 말았어요!

엄마 고양이 타비사는 모펫과 미튼스에게 하얀 원피스와 레이스 목도리를 입혀주었어요. 그러고는 서랍장 안에서 가장 우아하고 불편한 옷들만 계속 꺼내놓는 게 아니겠어요? 바로 아들 톰 키튼에게 입히기 위해서였지요.

 그러나 톰 키튼이 너무 뚱뚱해지고 키도 쑥쑥 자라버린 나머지 단추 몇 개가 떨어져 나가고 말았답니다!

엄마 고양이는 톰의 옷에 단추를 다시 달아주어야 했지요.

세 마리의 아기 고양이들이 모든 준비를 마치고 나자 엄마 고양이 타비사는 어리석게도 아기 고양이들을 정원으로 다시 내보내고 말았어요. 빵을 굽는 동안 아기 고양이들이 집 안을 어지럽힐까 봐 그랬던 것이었지요.

"우리 귀염둥이들, 옷을 더럽히면 안 된다! 두 발로 서서 조

심조심 걸어 다니렴. 흙탕물이나 꼬꼬댁 샐리는 피해 다니고, 돼지우리나 오리들 근처에는 가지도 말아라."

모펫과 미튼스는 정원 사이로 난 길을 뒤뚱뒤뚱 걸어갔어요. 하지만 금세 원피스 자락을 발로 밟아 땅에 고꾸라져 코를 박고야 말았지요.

저런! 원피스가 온통 초록색 얼룩투성이가 되고 말았네요!

"우리는 이제 바위 정원에 올라가서 돌담 위에 얌전히 앉아 구경이나 하자."

모펫이 말했어요.

모펫과 미튼스는 입고 있던 원피스를 뒤로 돌려 입고는 바위 정원을 폴짝폴짝 넘어 돌담 위로 껑충 뛰어올라갔어요. 그 바람에 모펫의 하얀 레이스 목도리가 길 위로 떨어지고 말았답니다.

하지만 바지를 입은 채 두 발로 걷고 있던 톰 키튼은 마음껏 뛰어다닐 수가 없었어요. 톰 키튼은 고사리 풀 사이를 헤치면서 힘겹게 바위 정원 위로 올라갔어요. 그러던 바람에 또 단추가 떨어져 여기저기 흩어지고 말았답니다.

 그리고 마침내 톰 키튼이 돌담 위에 올랐을 때는 이미 옷이 다 갈기갈기 찢어져버렸지 뭐예요?

 모펫과 미튼스가 톰을 돌담 위로 힘껏 잡아당기자 톰의 모자는 길 위로 떨어졌고, 나머지 단추들도 모두 떨어져버렸답니다.

아기 고양이들이 옷과 씨름하고 있을 때 어디선가 자박자박 척척 하는 소리가 들려왔어요! 글쎄 오리 세 마리가 딱딱하게 굳은 흙 길 위에서 발을 맞춰 나란히 행진을 하는 게 아니겠어요? 자박자박 척척! 뒤뚱뒤뚱 꽥꽥!

오리들은 일렬로 멈춰 서서 돌담 위의 아기 고양이들을 쳐다봤어요. 오리의 작은 눈이 놀라 휘둥그레졌답니다.

그때, 바닥에 떨어진 모자와 레이스 목도리를 발견한 오리 레베카와 제미마는 그것들을 주워 머리에 썼답니다.

그 모습을 본 미튼스는 깔깔거리고 웃다가 그만 돌담에서 굴러떨어

지고 말았어요. 모펫과 톰이 미튼스를 따라 내려왔답니다.
 아기 고양이들이 돌담에서 내려오는 동안 하얀 원피스들과 톰의 옷마저 땅에 떨어지고 말았어요.

모펫이 말했어요.

"어서요! 드레이크 퍼들덕 아저씨, 톰에게 옷을 입히는 것을 도와주세요! 단추 잠그는 것을 좀 도와주세요!"

드레이크 퍼들덕 아저씨는 느릿느릿 옆으로 걸어와서는 옷가지를 주섬주섬 집어 올렸어요.

하지만 아저씨는 그 옷들을 자기 몸에 걸치는 것이 아니겠어요? 그 옷은 톰 키튼이 입었을 때보다도 더 우스꽝스러워 보였답니다.

"아침부터 이게 웬 횡재람!"

드레이크 퍼들덕 아저씨가 말했습니다.

그러고 나서 아저씨는 제미마, 레베카와 함께 다시 발을 맞춰 길을 가기 시작했어요. 자박자박 척척, 뒤뚱뒤뚱 꽥꽥!

그때 정원으로 나온 엄마 고양이 타비사 트위칫은 발가벗은 채 돌담 위에 앉아 있는 아기 고양이들을 발견했답니다.

엄마 고양이는 아기 고양이들을 돌담에서 끌어 내렸어요. 그러고는 엉덩이를 찰싹찰싹 때려 혼을 내준 뒤 집으로 데리고 들어갔답니다.

"이제 곧 친구들이 올 텐데 너희들 꼴이 이게 뭐니! 정말 창피하구나!"

엄마 고양이 타비사 트위칫이 화가 나서 말했어요.

엄마 고양이는 아기 고양이들을 다락방으로 올려보냈어요. 그리고 친구들에게는 아기 고양이들이 홍역에 걸려 자고 있다고 말해야 했답니다. 물론 그 말은 사실이 아니었지만요.

아니나 다를까, 아기 고양이들은 자러 갈 생각조차도 하지 않았답니다.

 엄마 고양이와 친구들이 우아하고 얌전하게 다과회를 즐기고 있는 동안 위층에서는 계속해서 이상한 소리들이 들려왔지요.
 아무래도 말썽꾸러기 톰 키튼에 대한 이야기를 다 들려주기엔 이 책은 너무 짧은 것 같군요! 다음에 더 긴 이야기를 들려드릴게요!

 아 참, 오리들은 어떻게 되었냐고요? 오리들은 연못으로 돌아갔답니다. 하지만 옷들은 곧바로 흘러내려 연못 바닥으로 가라앉고 말았지요. 옷에는 단추가 하나도 없었으니까요.

그 후로 드레이크 퍼들덕 아저씨와 제미마 그리고 레베카는 지금까지 연못 속에 머리를 파묻고 옷을 찾아다니고 있답니다.

9. 제미마 퍼들덕 이야기

 어머나! 아기 오리들이 암탉을 졸졸 따라다니고 있다니 이게 어찌 된 일일까요?

 오늘은 제미마 퍼들덕에 관한 이야기를 해드릴게요. 농장 주인 아주머니가 제미마의 알을 모두 암탉에게 줘버려서 제미마는 잔뜩 화가 나 있었답니다.

하지만 제미마의 사돈이었던 레베카 퍼들덕은 오히려 누군가가 자신의 알을 대신 품어주는 것을 아주 고맙게 여겼지요.

"둥지 위에서 이십팔 일 동안이나 앉아 있는 것은 정말 따분하기 짝이 없는 일이야. 너도 그렇잖니, 제미마? 너도 인내심이 부족해서 결국 알을 차갑게 만들어버리고 말 거야. 너도 잘 알잖니!"

"나는 내 알을 스스로 품고 싶어요. 끝까지 다 잘 품을 수 있다고요!"

제미마 퍼들덕이 꽥꽥 소리를 질렀어요.

제미마는 알을 숨겨보려 노력했지만 농장의 일꾼들은 어김없이 숨겨진 알들을 찾아내 가져가버리곤 했답니다.

그러자 제미마 퍼들덕은 알에 대한 마음이 더욱더 간절해졌어요. 결국 제미마는 농장에서 멀리 떨어진 곳에 둥지를 만들어야겠다고 다짐했답니다.

어느 화창한 봄날 오후 제미마는 드디어 길을 나섰어요. 어깨에는 커다란 망토를 두르고 머리에는 널따란 챙이 달린 모자를 쓴 채 울퉁불퉁한 길을 따라 언덕 위로 걸어 올라갔답니다. 드디어 언덕 꼭대기에 다다른 제미마는 저 멀리 있는 숲속을 바라봤어요.

어느 화창한 봄날
오후 제미마는 드
디어 길을 나섰어요.
어깨에는 커다란 망토를 두

르고 머리에는 널따란 챙이 달린 모자를 쓴 채 울퉁불퉁한 길
을 따라 언덕 위로 걸어 올라갔답니다. 드디어 언덕 꼭대기에
다다른 제미마는 저 멀리 있는 숲속을 바라봤어요.

숲속은 고요하고 안전한 장소처럼 보였답니다. 사실 제미마
퍼들덕은 하늘을 나는 데 익숙하지 않았어요. 그래도 망토를
펄럭이며 언덕을 뛰어내려가 힘차게 하늘로 날아올랐답니다.

멋지게 뛰어오른 제미마는 나무 꼭대기들 위로 아름답게 훨
훨 날았어요. 그러던 중 제미마는 숲 한가운데 탁 트인 장소를
발견했지요. 그곳에는 나무도, 덤불도 없었답니다.

제미마는 무겁게 쾅당 하
고 땅에 내려와 뒤뚱
거리며 알을 낳기
에 알맞은 아늑한
곳을 찾아 헤맸어요. 키
큰 보라색 꽃들 사이의 나무 그루터기가 제미마의 마음에 쏙
들었답니다.

그런데 글쎄, 멋진 옷을 차려입은 어떤 신사가 그루터기에 앉아 신문을 읽고 있는 게 아니겠어요? 신문 너머로는 신사의 쫑긋 선 귀와 갈색 수염이 삐쭉삐쭉 튀어나와 있었답니다.

"꽥?"

제미마 퍼들덕이 모자를 쓴 머리를 갸우뚱하며 말했어요.

"꽥꽥?"

그러자 신사는 읽고 있던 신문을 살짝 내리고 호기심 가득한 눈을 들어 제미마를 쳐다봤어요.

"저런, 부인께서 길을 잃으셨나 보군요."

신사가 말했습니다. 신사는 축축한 그루터기에 길고 덥수룩한 꼬리를 깔고 앉아 있었답니다.

제미마는 그 신사가 아주 점잖고 잘생겼다고 생각했어요. 그래서 길을 잃은 것이 아니라 알을 낳기에 알맞은 아늑한 둥지를 찾고 있다고 말했지요.

"아! 그렇습니까? 그렇군요!"

갈색 수염 아저씨가 호기심 가득한 눈으로 제미마를 쳐다보며 말한 뒤 신문을 접어 외투 뒷주머니에 집어넣었어요.

제미마는 욕심 많은 암탉에 대해 푸념을 늘어놓기 시작했답니다.

"저런! 속상하시겠군요! 제가 그 암탉을 만나면 남의 알은 넘보지 말라고 따끔하게 충고라도 해줄 텐데요. 그건 그렇고, 둥지는 걱정 마세요. 저희 집 헛간 가득 깃털이 쌓여 있거든요.

아무도 방해하지 않을 겁니다, 부인. 언제까지든 원하시는 만큼 앉아 계셔도 됩니다."

아저씨가 길고 탐스러운 꼬리를 흔들며 말했습니다.

아저씨는 제미마를 보라색 꽃들로 둘러싸인 으스스한 외딴 집으로 데리고 갔어요. 나무와 짚으로 만든 초가집 지붕 위에는 굴뚝 대신 구멍 난 양동이 두 개가 얹어져 있었답니다.

"여긴 제가 여름에 지내는 별장이랍니다. 겨울에는 굴속에서 지내는데 거긴 불편하실 거예요."

아저씨가 친절하게 말했습니다.

 초가집 뒤쪽에는 낡은 널빤지로 만든 허름한 헛간이 있었답니다. 아저씨는 제미마가 들어갈 수 있도록 문을 열어주었어요.

 헛간에는 숨이 막힐 정도로 깃털이 가득 깔려 있었어요. 하지만 아주 푹신하고 보드라운 깃털이었답니다. 제미마 퍼들덕은 엄청난 양의 깃털을 보고 깜짝 놀랐지만 아무런 의심 없이 깃털 더미 위에 둥지를 만들었답니다.

 제미마가 밖으로 나왔을 때, 갈색 수염 아저씨는 통나무 위에 앉아 신문을 읽고 있었어요. 하지만 사실은 신문을 펼쳐놓고 힐끔힐끔 헛간을 쳐다보고 있었답니다.

 제미마가 밤에는 농장에 돌아가야 한다고 말하자 친절한 신사는 매우 아쉬운 표정을 지었어요. 그러고는 다음 날 제미마가 다시 돌아올 때까지 둥지를 잘 지키고 있겠다고 굳게 약속을 했답니다.

 아저씨는 오리 알과 아기 오리들을 아주 좋아한다고 말했어요. 자신의 헛간에 오리 알이 둥지 한가득 있다는 것에 자랑스러워하면서 말이에요.

제미마 퍼들덕은 매일 오후마다 헛간에 들렀답니다. 둥지에는 모두 아홉 개의 알이 있었는데, 아주 큼지막하고 푸른빛이 도는 하얀색 알이었어요.

여우 아저씨는 알을 보며 감탄을 금치 못했답니다. 그리고 제미마가 없을 때는 알을 이리저리 굴려보며 숫자를 헤아리곤 했지요.

그러던 어느 날, 드디어 제미마가 다음 날부터는 알을 품고 앉아 있어야겠다고 말했어요.

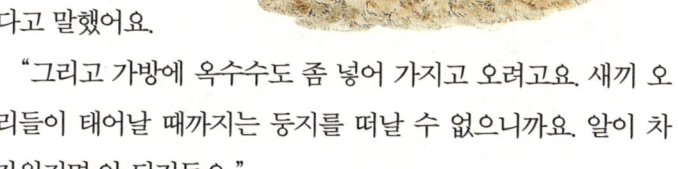

"그리고 가방에 옥수수도 좀 넣어 가지고 오려고요. 새끼 오리들이 태어날 때까지는 둥지를 떠날 수 없으니까요. 알이 차가워지면 안 되거든요."

제미마가 진지한 얼굴로 말했습니다.

"부인, 옥수수는 들고 오지 않으셔도 됩니다. 제게 귀리가 많이 있으니 나눠 드릴게요. 하지만 알을 품기 시작하면 지겹고 힘드실 테니, 그 전에 제가 요리를 하나 해드리지요. 우리끼리 파티나 한 번 하는 게 어떨까요?"

갈색 수염 아저씨가 공손하게 말했습니다.

"맛있는 오믈렛을 만들어 드리고 싶은데, 실례가 안 된다면 농장 정원에서 채소를 좀 가져다주실 수 있겠습니까? 깻잎과 꿀풀, 박하와 양파 두 개 그리고 미나리를 좀 가져다주세요. 고기는 제가 준비하죠, 부인."

머리 나쁜 제미마 퍼들덕은 깻잎과 양파라는 말을 듣고도 조금도 의심하지 않았답니다. 그러고는 오리 구이에 들어갈 채소들을 따 모으며 농장 정원을 돌아다녔지요.

채소를 다 딴 뒤 제미마는 부엌으로 살금살금 들어가 바구니에서 양파 두 개를 꺼내 왔답니다. 몰래 부엌에서 빠져나오던 제미마는 양치기 개 켑과 마주치고 말았어요.

"그 양파로는 뭘 하려고 그래, 제미마 퍼들덕? 요즘 오후마다 매일 어딜 가는 거야?"

제미마는 양치기 개를 매우 존경했답니다. 그래서 그동안 있었던 이야기를 켑에게 들려주었지요.

양치기 켑은 고개를 숙이고는 제미마의 말을 귀 기울여 들었어요. 그리고 제미마가 친절한 갈색 수염 아저씨에 대해 이야기했을 때는 빙긋 웃었답니다.

켑은 숲과 초가집 그리고 헛간의 정확한 위치에 대해 제미마에게 자세히 물었어요. 그러고는 당장 아랫마을로 달려가서 산책 중이던 꼬마 사냥개 두 마리를 불렀답니다.

　제미마 퍼들덕은 따뜻한 햇살 아래 언덕 위로 향하는 울퉁불퉁한 길을 마지막으로 오르기 시작했어요. 채소 다발과 양파가 든 주머니가 여간 무거운 게 아니었답니다.
　제미마는 또다시 하늘로 껑충 뛰어올라 숲 위를 날아갔어요. 그러고는 길고 덥수룩한 꼬리를 가진 신사의 집 앞에 사뿐히 내려왔답니다.
　여우 아저씨는 통나무 위에 앉아 코를 킁킁거리며 숲 주변을 불안한 눈으로 계속 둘러봤어요. 그러다 제미마를 보고는 깜짝 놀라 펄쩍 뛰었답니다.

"알을 살펴보는 즉시 집으로 들어오세요. 오믈렛에 쓸 채소는 저에게 주세요. 빨리요 빨리! 서둘러요!"

웬일인지 아저씨는 조금 퉁명스러웠어요. 아저씨가 그렇게 퉁명스럽게 말하는 모습을 제미마는 한 번도 본 적이 없었답니다. 아저씨의 그런 모습에 놀란 제미마는 왠지 불안해졌지요.

제미마가 헛간 안에 들어가 있을 때였어요. 갑자기 헛간 뒤쪽에서 타닥타닥 하는 발소리가 들렸어요. 그러고는 까만 코가 문 아래로 쿵쿵대며 냄새를 맡더니 글쎄 문을 철컥 잠그는 것이 아니겠어요? 제미마는 겁에 질려 발을 동동 굴렀답니다.

 잠시 후 바깥에서는 사납고 무시무시한 소리가 들려왔어요! 멍멍, 으르렁, 왈왈! 깨갱, 꽥! 그리고 여우 아저씨는 흔적도 없이 사라지고 말았답니다.
 잠시 후 켑이 헛간의 문을 열어 제미마 퍼들덕을 꺼내주었어요. 그런데 눈 깜짝할 사이에 그만 꼬마 사냥개들이 헛간 속으로 뛰어들어가 제미마의 알들을 다 먹어 치워버리고 말았지 뭐예요!

켑은 귀를 물려 상처가 나 있었고, 꼬마 사냥개들도 다리를 절뚝거리고 있었어요. 제미마 퍼들덕은 켑과 꼬마 사냥개들의 보호를 받으며 집으로 돌아왔어요. 그러나 결국 태어나지 못한 알들을 생각하며 눈물을 뚝뚝 흘렸답니다.

하지만 유월이 되자 제미마는 또다시 알을 낳았고, 직접 알을 품어도 된다는 허락을 받아냈어요! 그러나 겨우 네 마리의 오리만 알을 깨고 나왔답니다. 제미마 퍼들덕은 여우 아저씨가 생각나 무서워서 알을 제대로 품지 못했다고 말했지만, 원래 제미마는 가만히 앉아 있지를 못하는 성격이었답니다!

10. 플롭시의 아기 토끼들 이야기

상추를 너무 많이 먹으면 잠이 쏟아진다는 말을 들어본 적이 있나요?

저는 상추를 먹고 나서 졸린 적이 한 번도 없었답니다. 토끼가 아니라서 그런가 봐요.

하지만 플롭시 버니 형제들은 상추만 먹고 나면 바로 쿨쿨 잠이 들곤 했답니다!

벤저민 버니는 어른이 되자 사촌 플롭시와 결혼을 하여 아기 토끼들을 아주 많이 낳았어요. 아기 토끼들은 못 말리는 개구쟁이들이었답니다.
 아기 토끼들의 이름은 하나하나 생각이 나지 않지만, 흔히 '플롭시 버니 형제들'이라고 불리곤 했지요.

종종 먹을거리가 떨어지는 날이면 벤저민은 플롭시의 오빠인 피터 래빗의 텃밭에 가서 양배추를 얻어오곤 했어요.

하지만 가끔은 피터 래빗도 더 이상 나눠줄 양배추가 없었답니다.

그런 날이면 플롭시 버니 형제들은 들판을 가로질러 맥그레거 아저씨네 정원 밖의 도랑에 쌓인 쓰레기 더미로 달려갔어요.

맥그레거 아저씨네 쓰레기 더미에는 온갖 종류의 것들이 섞여 있었어요. 잼 항아리라든지 종이봉투, 또는 풀 깎는 기계로 깎아낸 기름 맛 나는 잔디 더미 그리고 썩은 애호박과 낡은 장화 한두 짝도 있었답니다. 그러던 어느 날이었어요. 글쎄 그날따라 운이 좋게도 쓰레기 더미 속에 커다란 상추들이 버려져 있는 게 아니겠어요? 상추가 너무 자라 꽃이 피면 사람이 먹을 수가 없거든요.

　플롭시 버니 형제들은 정신없이 상추를 갉아 먹었어요. 그러고는 서서히 하나둘씩 잠에 취해 잔디 더미 위에 드러눕기 시작했답니다.
　벤저민은 아기 토끼들처럼 바로 잠이 들지는 않았어요. 그래서 벤저민은 얼굴에 파리가 앉지 않도록 종이봉투를 뒤집어쓰고 스르르 잠이 들었답니다.

귀여운 플롭시 버니 형제들은 따사로운 햇살 아래 달콤한 낮잠을 즐겼어요. 저 멀리 정원 잔디밭에서는 풀 깎는 기계의 달달거리는 소리가 희미하게 들려왔답니다. 왕파리 한 마리가 정원 돌담 근처를 윙윙대며 날아다녔고, 자그마한 늙은 생쥐 한 마리는 잼 항아리 안에서 쓰레기를 골라내고 있었지요. (기다란 꼬리를 가진 이 붉은 생쥐의 이름은 토머시나가 티틀마우스랍니다.)

토머시나가 바스락거리며 종이봉투 위를 오르락내리락하는 바람에 벤저민 버니가 단잠에서 깨고 말았어요.

생쥐는 거듭해서 사과의 말을 내뱉고는 자기가 피터 래빗과 아는 사이라고 말했답니다.

 벤저민과 생쥐가 이야기를 나누고 있을 때였어요. 돌담 바로 밑에서 그들의 머리 위로 무거운 발자국 소리가 들려오는 게 아니겠어요? 그러더니 갑자기 맥그레거 아저씨가 나타나서는 잠자고 있는 플롭시 버니 형제들 위로 잔디를 잔뜩 쏟아내버렸답니다! 벤저민은 종이봉투 안으로 다시 쏙 들어갔고, 생쥐도 잼 항아리 속으로 숨었답니다.

아기 토끼들은 쏟아지는 잔디 아래서 행복한 미소를 지었어요. 하지만 상추를 너무 많이 먹어서 여전히 깊은 잠에서 깨어날 수 없었죠.

꿈속에서는 엄마 토끼 플롭시가 푹신한 지푸라기 침대 위에서 아기 토끼들에게 이불을 덮어주고 있었답니다.

잔디를 쏟아부은 뒤 아래를 내려다본 맥그레거 아저씨는 잔디 더미 사이로 삐죽삐죽 튀어나온 여러 개의 갈색 귀를 발견했어요. 아저씨는 한참 동안이나 그것들을 바라보고 서 있었답니다.

그 순간, 파리 한 마리가 날아와 아기 토끼의 귀에 앉는 바람에 귀가 꿈틀거렸어요.

맥그레거 아저씨는 도랑으로 내려가 쓰레기 더미로 올라갔답니다. 그러고는 아기 토끼들을 자루에 담으며 말했어요.

"토실토실한 토끼가 하나, 둘, 셋, 넷, 다섯, 여섯 마리나!"

플롭시 버니 형제들의 꿈속에서는 엄마 토끼가 아기 토끼들을 흔들어 깨우고 있었어요. 아기 토끼들은 잠결에 뒤척였지만 여전히 깨어나지 않았답니다.

맥그레거 아저씨는 자루를 끈으로 동여맨 후 돌담 위에 올려 두고는 잔디 깎는 기계를 갖다놓으러 집 안으로 들어갔어요.

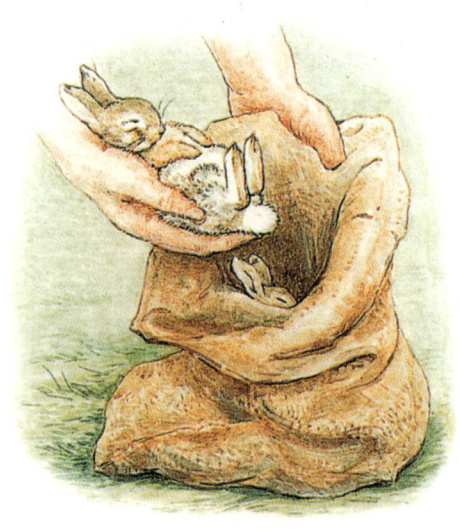

아저씨가 들어간 사이, 집에 남아 있던 엄마 토끼 플롭시는 들판을 가로질러 도랑 쪽을 향해 걸어갔어요. 엄마 토끼는 돌담 위에 놓인 자루를 이상하게 여기며 남편과 아기들이 다들 어디로 사라졌는지 궁금해했답니다.

바로 그때 잼 항아리에서 나온 생쥐와 종이봉투를 벗고 나온 벤저민이 플롭시에게 소식을 전해주었어요.

슬픔에 빠진 벤저민과 플롭시는 끈을 풀어볼 생각도 하지 못한 채 눈물만 뚝뚝 흘렸지요.

하지만 꾀 많은 티틀마우스가 자루 밑부분을 이빨로 갉아 구멍을 냈답니다.

 플롭시와 벤저민이 아기 토끼들을 자루에서 잡아 꺼내자 생쥐는 아기 토끼들을 마구 꼬집어 깨웠어요.

 그리고 엄마 토끼와 아빠 토끼는 빈 자루에 썩은 애호박 세 개와 까맣게 그을린 장작 그리고 썩은 순무 두 개를 허겁지겁 채워 넣었지요.

 그러고는 모두들 덤불 아래에 숨어서 맥그레거 아저씨를 지켜봤어요.

다시 돌아온 맥그레거 아저씨는 자루를 들고 걸어갔어요.
 자루가 꽤 무거웠는지 몸을 한쪽으로 갸우뚱 기울인 채 터벅터벅 걸어갔답니다.
 그 뒤로는 플롭시 버니 형제들이 들키지 않게 살금살금 아저씨를 따라갔어요.

토끼들은 아저씨가 집으로 들어가는 것을 바라봤어요.
그러고는 무슨 일이 벌어지는지 엿보기 위해 창문 위로 기어 올라갔답니다.

 맥그레거 아저씨는 돌바닥 위에 자루를 아무렇게나 휙 던져 놓았어요. 만약 플롭시 버니 형제들이 그 자루 안에 있었더라면 얼마나 아팠을까요!
 아저씨가 의자를 돌바닥 위로 드르륵 끌어와 앉는 소리가 들렸어요. 그리고 아저씨는 신이 나서 낄낄대며 말했답니다.

"토실토실한 토끼가 하나, 둘, 셋, 넷, 다섯, 여섯 마리나!"

"뭐라고요? 그게 무슨 말이에요, 여보? 토끼들이 또 뭘 먹어 치웠어요?"

맥그레거 부인이 물었습니다.

그러자 이번에는 맥그레거 아저씨가 손가락을 접어가며 말했습니다.

"토실토실한 토끼가 하나, 둘, 셋, 넷, 다섯, 여섯 마리나! 하나, 둘, 셋……."

"엉뚱한 소리 좀 그만해요. 대체 그게 무슨 말이냐고요!"
"자루 속에 말이야! 토끼가 하나, 둘, 셋, 넷, 다섯, 여섯 마리가 있다고!"
맥그레거 아저씨가 대답했어요.
(막내 플롭시 버니가 창문 틀 위로 올라가 앉았습니다.)
맥그레거 부인은 자루를 들고 손으로 만져봤어요. 분명히 여섯 마리인 것 같긴 했지만 아주 딱딱하고 모양이 각각 다른 것을 보아 아주 늙은 토끼들 같았답니다.

"먹을 수는 없겠네요. 하지만 내 낡은 망토의 안감으로 쓰기에는 딱 알맞겠어요."

"망토의 안감이라고? 차라리 팔아서 담배나 사겠소!"

맥그레거 아저씨가 화가 나서 소리쳤답니다.

"담배라니요! 내가 반드시 토끼털을 벗겨내고 머리를 잘라 버리고 말겠어요!"

맥그레거 부인은 자루의 끈을 풀고 손을 집어넣었어요.

 그러나 손에 채소가 만져지자 부인은 불같이 화를 냈답니다. 맥그레거 부인은 남편이 자기를 골탕 먹이려고 일부러 그런 것이 틀림없다고 말했어요.
 그러자 맥그레거 아저씨도 벌컥 화를 냈어요.
 그러더니 갑자기 썩은 애호박 하나가 부엌 창문을 향해 날아와서는 막내 플롭시 버니를 맞추고 말았답니다.
 아기 토끼는 어찌나 아픈지 눈물이 찔끔 났어요.

벤저민과 플롭시는 아기 토끼들을 데리고 서둘러 집으로 돌아갔답니다.

결국 맥그레거 아저씨는 담배를 살 수 없었고, 맥그레거 부인도 토끼털 망토를 만들 수가 없었지요.

 하지만 그해 성탄절 날, 토머시나 티틀마우스는 보드랍고 따뜻한 토끼털 선물을 한 아름 받았어요. 덕분에 티틀마우스는 토끼털 망토와 털모자 그리고 토시와 따뜻한 벙어리장갑으로 따뜻한 겨울을 보낼 수 있었답니다.

11. 티틀마우스 아주머니 이야기

 옛날에 티틀마우스 아줌마라고 불리는 숲쥐가 한 마리 살았습니다. 티틀마우스 아줌마는 산울타리 아래의 비탈에서 살고 있었어요.

정말 신기한 집이었어요! 길고 긴 모래가 덮인 통로를 따라가면, 열매들과 씨앗들이 들어 있는 저장실이 나왔습니다. 이것은 모두 울타리의 나무뿌리 사이에 있었죠.

집에는 부엌과 응접실, 식기실, 식품 저장실이 있었습니다. 게다가 티틀마우스 아줌마가 잠자는 방도 있었어요. 그곳에서 티틀마우스 아줌마는 상자 모양의 작은 침대에서 잠을 잤습니다.

티틀마우스 아줌마는 지나칠 정도로 깔끔했고 까다로웠어요. 그래서 부드러운 모래가 깔린 바닥을 항상 빗자루로 쓸고, 먼지를 털었습니다.

가끔 딱정벌레가 복도에서 길을 잃을 때도 있었습니다.

"저리 가! 저리 가! 더러운 발 저리 치워!"

티틀마우스 아줌마는 쓰레받기를 달그락거리면서 말했죠.

그러던 어느날, 몸집이 작은 노부인이 붉고 반점이 많은 망토를 입고 뛰어오르내리는 것이었어요.

"무당벌레 할머니! 집에 불이 났어요! 얼른 날아서 애들한테 가보세요!"

또 어떤 날은 크고 뚱뚱한 거미가 비를 피해서 들어왔어요.

"실례합니다. 혹시 여기 모펫 아가씨 집이 아닌가요?"

"저리 가요! 나쁜 거미 양반이 감히 겁도 없이! 멋지고 깨끗한 내 집 곳곳에 어디 거미줄을 치려고!"

티틀마우스 아줌마는 거미를 창밖으로 마구 밀어서 내쫓았어요. 거미는 가늘고 긴 거미줄을 타고 울타리 아래로 내려갔습니다.

어느 날 티틀마우스 아줌마는 멀리 떨어진 저장실로 향했어요. 저녁으로 먹을 버찌씨와 민들레 씨앗을 가져오려고요.

복도를 걸어가는 내내 티틀마우스 아줌마는 코를 벌름거리면서 냄새를 맡고, 바닥을 살펴보았어요.

"꿀 냄새가 나는데? 밖에 있는 울타리에 노란 앵초꽃이 핀 걸까? 더러운 작은 발자국이 난 게 보이는데."

모퉁이에서 갑자기 티틀마우스 아줌마는 배비티 호박벌과 마주쳤어요.

"붕붕, 윙윙, 위잉윙!"

호박벌이 말했어요.

티틀마우스 아줌마는 호박벌을 노려보며 빗자루가 있었다면 얼마나 좋을까 생각했어요.

"안녕하세요. 배비티 호박벌 씨. 댁에게서 벌집을 좀 샀으면 좋겠네요. 그런데 여기 아래에서 도대체 뭘 하고 있는 거죠? 왜 항상 창문으로 들어와서, 윙윙 하고 말을 거는 거죠?"

티틀마우스 아줌마는 화를 내기 시작했습니다.

"붕붕, 윙윙, 위잉윙!"

가늘고 힘없는 목소리로 배비티 호박벌 씨가 대답했습니다. 티틀마우스 아줌마는 옆으로 홱 비켜서 복도를 지나갔고, 도토리 창고 안으로 사라졌습니다.

티틀마우스 아줌마는 크리스마스가 되기 전에 도토리를 전부 먹어버렸습니다. 분명히 창고는 비어 있어야 하지만, 거기에는 희한하게도 어수선한 마른 이끼가 가득했습니다.

티틀마우스 아줌마는 이끼를 잡아 뜯기 시작했습니다. 다른 벌 서너 마리가 머리를 내밀고 거칠게 윙윙거렸습니다.

티틀마우스 아줌마가 말했습니다.

"나는 집을 빌려 준 적 없어. 이건 무단 침입이라고! 전부 다 쫓아낼 거야!"

"윙! 윙! 윙!"

"누군가 나를 도와줄 사람이 없을까?"

"윙! 윙! 윙!"

"아무리 그래도 잭슨 아저씨는 집에 들여놓지 말아야지. 발을 전혀 안 씻으니까."

티틀마우스 아줌마는 식사를 마칠 때까지 일단 벌들을 놔두기로 했습니다.

응접실로 돌아왔을 때, 티틀마우스 아줌마는 누군가 굵은 목소리로 쿨럭쿨럭 기침하는 소리를 들었습니다. 고개를 돌리니 소리가 나는 곳에는 잭슨 아저씨가 앉아 있었어요!

 아저씨는 작은 흔들의자에 온몸을 기대고 앉아 있었습니다. 미소를 띠고 손가락을 빙빙 돌리면서 발은 난롯가에 턱 올려놓고 있었지요.

 그는 울타리 밑에 있는 도랑에 살았습니다. 무척 더러운 도랑이었어요.

 "잭슨 아저씨, 안녕하세요? 이런 세상에! 온몸이 흠뻑 젖었어요!"

 "티틀마우스 아줌마! 아이고, 고맙습니다. 고맙습니다. 잠시 앉아서 몸 좀 말리려고요."

 잭슨 아저씨가 말했습니다.

잭슨 아저씨는 앉아서 미소를 지었고, 코트 끝에서 물방울이 뚝뚝 떨어져 내렸습니다. 티틀마우스 아줌마는 대걸레를 들고 주위를 돌아다녀야 했습니다.

 아저씨가 한참 동안 앉아 있는 바람에, 티틀마우스 아줌마는 같이 식사하자고 권해야만 했습니다.

 처음에 티틀마우스 아줌마는 그에게 체리씨를 주었습니다.

"티틀마우스 아줌마! 고맙습니다. 고맙습니다. 그런데, 제가 이빨이 없어서요. 이빨이 없습니다."

잭슨 아저씨가 말했습니다. 그러고는 입을 필요 이상으로 크게 벌렸는데, 정말 이빨이 없었습니다.

그래서 티틀마우스 아줌마는 민들레 씨앗을 내왔습니다.

"티들리, 위들리, 위들리! 푸푸푸!"

잭슨 아저씨가 민들레 씨앗을 불어서 방 안은 온통 민들레 씨앗으로 가득했습니다.

"티틀마우스 아줌마! 고맙습니다. 고맙습니다. 고맙습니다. 이제 제가 정말로 정말로 먹고 싶은 것은 꿀 한 접시입니다!"

"저런 어쩌죠? 잭슨 씨! 꿀은 없어요."
티틀마우스 아줌마가 말했습니다.
"티틀마우스 아줌마! 티들리, 위들리, 위들리."
미소를 지으면서 잭슨 아저씨가 말했습니다.
"꿀 냄새가 나는군요. 그래서 제가 방문한 것이지요."
잭슨 아저씨는 무겁게 몸을 일으켜서 식탁에서 일어났고, 찬장을 들여다보았습니다.
티틀마우스 아줌마는 행주를 손에 든 채, 아저씨를 뒤따라갔습니다. 복도 마루에 찍히는 축축하고 커다란 발자국을 지우기 위해서였지요.

 찬장에 꿀이 없는 것을 확인하자, 잭슨 아저씨는 복도를 걸어 내려가기 시작했습니다.

"잭슨 씨, 정말 없다니까요! 복도가 좁아서 꼼짝도 못하실 거예요."

"티틀마우스 아줌마! 티들리, 위들리, 위들리."

우선 그는 식품 저장실 안으로 몸을 디밀었습니다.

"티들리, 위들리, 위들리? 꿀이 없다고요? 꿀이 없다고요? 티틀마우스 아줌마?"

접시걸이에는 끔찍한 벌레들이 숨어 있었어요. 그중 두 마리는 도망쳤지만, 가장 작은 벌레는 잭슨 아저씨에게 붙잡혔어요.

그런 뒤에 그는 식품 저장실 안으로 몸을 밀어 넣었어요. 나비 아가씨가 설탕을 맛보고 있었지만, 곧 창밖으로 날아가버렸습니다.

"티틀마우스 아줌마! 티들리, 위들리, 위들리. 손님들이 많은 것 같군요!"

"네, 초대한 적도 없는데 말이죠."

티틀마우스 아줌마가 말했어요.

잭슨 아저씨와 티틀마우스 아줌마는 모래 통로를 따라 걸어갔어요.

"티들리 위들리!"
"윙! 윙! 윙!"
그는 모퉁이에서 배비티 호박벌을 만났고, 덥석 잡아챘다가 다시 내려놓았어요.
"전 호박벌이 싫어요. 온몸에 까칠까칠한 털이 나 있어서요."
잭슨 아저씨는 소맷자락으로 입을 닦으면서 말했습니다.
"나가, 이 지저분한 늙은 두꺼비야!"
배비티 호박벌이 소리를 질렀습니다.
"세상에, 정신이 하나도 없네!"
티틀마우스 아줌마가 소리쳤습니다.

티틀마우스 아줌마는 잭슨 아저씨가 벌집을 끌어내는 동안 잠시 견과류 저장실에 들어가서 문을 잠가버렸습니다. 아저씨는 벌침을 별로 무서워하지 않는 것 같았어요.

티틀마우스 아줌마가 밖으로 나오려고 하자, 모두들 도망쳤습니다.

하지만 그 자리는 끔찍할 정도로 지저분했습니다.

"이렇게 더러운 것은 난생 처음이야. 깨끗했던 우리 집이 온통 꿀과 이끼와 민들레 씨앗으로 얼룩지고, 크고 작은 더러운 발자국이 여기저기에 찍혔잖아!"

티틀마우스 아줌마는 이끼와 남은 밀랍을 정리했습니다.

그런 뒤에 나가서 가지를 몇 개 주워왔습니다. 현관문을 일부만 잠가놓기 위해서 말입니다.

"잭슨 씨가 들어오지 못하도록 작게 만들어야지!"

티틀마우스 아줌마는 창고에서 부드러운 비누와 플란넬 천과 수세미를 가져왔습니다. 하지만 더 이상 일할 수 없을 정도로 너무 피곤했습니다. 처음에는 의자에서 꾸벅꾸벅 졸다가, 침대로 갔습니다.

"집이 다시 깨끗해질 수 있을까?"

가엾은 티틀마우스 아줌마가 말했습니다.

다음 날 아침 티틀마우스 아줌마는 아주 일찍 일어나서 봄맞이 대청소를 시작했습니다. 꼬박 2주일이 걸렸습니다.

티틀마우스 아줌마는 쓸고, 문지르고, 먼지를 털었습니다.

가구는 밀랍으로 잘 닦았고, 작은 양철 숟가락도 닦았습니다.

집 안이 깨끗하게 정리되었을 때, 티틀마우스 아줌마는 잭슨 아저씨를 빼고 다른 꼬마 쥐 다섯 마리를 불러다가 잔치를 벌였습니다.

잭슨 아저씨는 음식 냄새를 맡고 둑으로 다가왔지만, 문 안으로 비집고 들어오지는 못했습니다.

그래서 다들 잭슨 아저씨에게 단물을 도토리 꼭지 컵에 담아 창문으로 건네주었습니다. 잭슨 아저씨는 조금도 기분 나빠하지 않았습니다.
 그는 햇볕 아래 앉아서 말했습니다.
 "티들리, 위들리, 위들리! 티틀마우스 아줌마의 건강을 위해서 건배!"

12. 티미 팁토스 이야기

 옛날에 티미 팁토스라고 불리는 작고 뚱뚱한 회색 다람쥐가 살았습니다. 그는 높은 나무 꼭대기 위에 나뭇잎으로 만든 둥지를 가지고 있었어요. 그에게는 구디라고 불리는 작은 다람쥐 아내가 있었지요.
 티미 팁토스는 산들바람을 즐기면서 바깥에 앉아 있었습니다. 그는 꼬리를 한 번 흔들더니, 껄껄 웃었습니다.

"여보 구디, 열매가 다 익었어. 겨울과 봄에 먹을 열매를 저장해야 해."

구디 팁토스는 이끼를 둥지 아래에 밀어 넣느라 바빴습니다.

"둥지가 아늑하니까, 겨울 내내 푹 잘 수 있을 거예요."

구디가 말했습니다.

"겨울잠에서 깨면 살이 많이 빠져 있겠지. 봄에는 먹을 게 없으니까."

슬기로운 티머시가 대답했습니다.

티미와 구디 팁토스가 밤나무 덤불에 와보니, 먼저 와 있던 다른 다람쥐들도 있었습니다. 티미는 재킷을 벗어서 나뭇가지에 걸고는 아내와 함께 조용히 계속 일했습니다.

매일같이 하루에도 몇 번씩 그들은 오르락내리락했고, 밤과 도토리를 충분히 땄습니다. 가방 안에 넣어서 날랐고, 자신들의 둥지 가까이에 있는 속이 빈 나무 그루터기 안에 저장했지요.

나무 그루터기가 꽉 찼을 때, 그들은 나무 높은 곳에 뚫린 구멍에 열매를 넣기 시작했습니다. 원래 그곳은 딱따구리 집이었지요. 열매들은 밑으로, 밑으로 떨어져 내렸습니다.

"밖으로 어떻게 꺼내죠? 저금통처럼 입구가 좁은데요."

구디가 말했습니다.

"괜찮아요. 여보, 봄에는 훨씬 빼빼해지니까."

티미 팁토스는 구멍을 들여다보면서 말했습니다.

티미와 구디는 열매를 많이 모았습니다. 하나도 잃어버리지 않았기 때문이지요!

열매를 땅에 묻었던 다람쥐들은 절반도 넘게 잃어버렸습니다. 묻은 곳을 잊어버렸기 때문입니다.

숲에서 가장 잘 잊어버리는 다람쥐가 있었는데, 이름은 실버테일이었습니다. 그는 땅을 파기 시작했지만, 어디에 묻었는지를 기억하지 못했습니다. 결국 다른 곳을 팠고, 다른 다람쥐가 묻어놓은 열매를 발견했습니다. 결국 싸움이 벌어졌습니다. 다른 다람쥐들도 땅을 파기 시작해서 숲은 온통 소동에 휩싸였습니다.

 불행히도, 바로 이때 작은 새들이 무리지어 날아가고 있었습니다. 새들은 수풀에서 수풀로, 거미와 초록색 애벌레를 찾아서 날아갔습니다. 그곳에는 작은 새들이 여러 마리 있었고, 서로 다른 노래들을 재잘거렸습니다.
 첫 번째 새가 노래를 불렀습니다.

누가 내 열매를 파서 가져갔나?
누가 내 열매를 파서 가져갔나?

그러자 다른 새가 노래를 불렀습니다.

빵은 약간 있지만, 치즈는 없다네!
빵은 약간 있지만, 치즈는 없다네!

다람쥐들은 새들을 따라가서 귀를 기울였습니다. 첫 번째 작은 새는 덤불 속으로 날아갔습니다. 그곳에서 티미와 구디 팁토스는 조용히 가방을 묶고 있었습니다. 작은 새는 다시 노래를 불렀습니다.

누가 내 열매를 파서 가져갔나?
누가 내 열매를 파서 가져갔나?

티미 팁토스는 대답하지 않고, 자기 일을 계속했습니다. 사실 작은 새는 대답을 기대하지 않았습니다. 그것은 단지 자연스럽게 나온 노래였을 뿐, 별다른 뜻이 없었거든요.

하지만 다른 다람쥐들은 그 노래를 듣고, 티미 팁토스에게 달려들어서 때리고, 할퀴고, 열매가 들어 있던 가방을 빼앗았습니다. 아무런 잘못이 없는 작은 새는 모든 말썽을 일으킨 다음 겁이 나서 멀리 날아가버렸습니다.

티미는 쓰러져서 구르고, 또 굴렀습니다. 그런 뒤에 꽁무니를 빼며 자신의 둥지 쪽으로 날다시피 도망쳤습니다. 뒤에는 수많은 다람쥐들이 "누가 내 열매를 파서 가져갔나?"라고 소리를 지르면서 쫓아갔습니다.

 다람쥐들은 티미를 붙잡아서, 작은 구멍이 있던 바로 그 나무 위로 끌어올렸습니다. 그러고는 티미를 구멍 안으로 밀어 넣었습니다. 티미의 몸집에 비해 구멍은 무척 작았습니다. 다람쥐들은 티미를 막무가내로 밀어 넣었는데, 갈비뼈가 부러지지 않은 게 신기할 정도였습니다. 실버테일이 말했습니다.
 "전부 말할 때까지 구멍 안에 가둬놓자."
 그러고는 구멍 안으로 소리쳤습니다.

"누가 내 열매를 파서 가져갔나?"

티미 팁토스는 대답하지 않았습니다. 그는 나무 안으로 굴러떨어졌고, 자신의 열매 위에서 기절한 채로 꼼짝하지 않고 누워 있었습니다.

구디는 열매가 든 가방을 들고 집으로 갔습니다. 티미를 위해 차를 한 잔 만들었지만, 티미는 아무리 기다려도 집에 오지 않았습니다.

구디 팁토스는 쓸쓸하고 외로운 밤을 보냈습니다.

다음 날 아침 구디는 티미를 찾아서 열매가 달린 덤불로 돌아갔습니다. 하지만 다른 다람쥐들이 구디를 쫓아버렸습니다.

구디는 숲 전체를 돌아다니면서 외쳤습니다.

"티미 팁토스! 티미 팁토스! 어디 있어요?"

 그사이에 티미는 정신이 돌아왔습니다. 어둠 속에서 작은 이끼 이불을 덮고 있는 자신을 발견했고, 온몸이 쑤셨습니다. 아마도 지하에 있는 것 같았습니다. 티미는 갈비뼈 부분이 아파서 기침을 했고, 신음 소리를 냈습니다. 찍찍 소리가 들리더니, 작은 얼룩다람쥐가 조명을 들고 나타났습니다. 티미가 몸이 좀 나아졌기를 바랐던 것일까요?

 티미에게 이렇게 친절을 베풀어준 이는 없었습니다. 얼룩다람쥐는 잠잘 때 쓰는 모자를 빌려주었고, 집에는 먹을 것이 가득했습니다.

다람쥐는 도토리가 나무 꼭대기에서 비처럼 쏟아졌다고 알려주었습니다.

"그리고 땅에 묻힌 도토리도 발견했어요!"

얼룩다람쥐는 티미의 이야기를 듣더니 크게 웃었습니다. 티미가 침대에 머물러 있는 동안에, 얼룩다람쥐는 티미에게 많이 먹으라며 자꾸 음식을 권했습니다.

"하지만 살을 빼지 않고, 도대체 제가 구멍으로 어떻게 나갈 수 있지요? 아내가 걱정할 거예요!"

"그럼 열매 한두 개만 먹어보세요. 제가 쪼개드릴게요."

얼룩다람쥐가 말했습니다.

티미 팁토스는 점점 뚱뚱해졌어요!

　이제 구디 팁토스는 다시 혼자 일하기 시작했습니다. 구디는 딱따구리 구멍에 열매를 더 이상 넣지 않았습니다. 왜냐하면 열매를 다시 꺼낼 수 있을 것이라고 확신하지 못했기 때문입니다. 구디는 열매를 나무뿌리 아래에 숨겼습니다. 열매는 아래로 구르고, 구르고, 또 굴렀어요. 구디가 한 차례 더 커다란 자루를 비웠을 때, 비명 소리가 들렸습니다. 그다음 구디가 한 자루를 더 비웠을 때, 작은 얼룩다람쥐가 급히 가까스로 기어나왔습니다.

"열매들로 아래층이 거의 꽉 찼어요. 응접실도 가득 찼고, 열매들도 복도를 따라 구르고 있어요. 그리고 내 남편인 치피는 도망쳐 떠났고요. 열매가 소나기처럼 내리는데 도대체 어떻게 된 일인가요?"

"죄송합니다. 여기에 누군가가 살고 있는 줄 몰랐어요. 그런데 치피 씨는 어디에 있나요? 제 남편 티미 팁토스도 사라졌거든요."

구디 팁토스가 말했습니다.

"치피가 어디에 있는지는 알고 있어요. 작은 새가 제게 말해 줬거든요."

얼룩다람쥐 치피 부인이 말했습니다.

치피 다람쥐 부인은 딱따구리가 살고 있는 나무로 올라가서, 구멍에서 나는 소리에 귀를 기울였습니다.

저 아래에서 열매를 깨는 소리가 들렸고, 굵은 목소리와 가는 목소리를 지닌 두 다람쥐가 함께 노래를 부르고 있었죠.

저의 조그만 할아버지와 제가 떨어져버렸어요.
어떻게 이런 일이 일어났을까요?
당신이 가져올 수 있을 만큼 가져와요.
그리고 가버려, 이 영감탱이야!

"당신은 그 작은 구멍으로 들어갈 수 있겠네요."
구디 팁토스가 말했습니다.
"네, 할 수 있어요."
다람쥐가 말했습니다.
"하지만 제 남편 치피가 깨물어서요!"
저 아래에서는 열매를 깨고, 씹어 먹는 소리가 들렸습니다. 그리고 그때, 아까 그 다람쥐들이 노래를 불렀습니다.

디들럼 데이를 위해
데이 디들 덤 디!
데이 디들 디들 덤 데이!

그때 구디가 구멍 안을 보았어요. 그리고 남편을 불렀어요.
"티미 팁토스! 아, 티미 팁토스!"
그러자 티미가 대답했어요.
"구디 팁토스, 당신 맞지? 세상에!"
그는 올라와서, 구멍을 통해 구디에게 입을 맞추었어요. 하지만 너무 뚱뚱해져서 밖으로 나올 수 없었어요.

치피 다람쥐는 뚱뚱하진 않았지만, 밖으로 나오고 싶어 하지 않았어요. 그는 저 아래에서 킥킥 웃고만 있었어요.

그렇게 2주가 지난 어느 날, 세찬 바람이 나무 윗부분을 꺾어 버렸어요. 구멍이 열렸고, 비가 들이쳤어요.

그때 티미 팁토스는 밖으로 나와 우산을 쓰고 집으로 갔어요.

하지만 치피 다람쥐는 불편을 무릅쓰고 1주일을 더 밖에서 야영을 했어요.

어느 날 커다란 곰 한 마리가 숲에서 걸어왔어요. 곰도 열매를 찾고 있는 것 같았어요. 곰은 냄새를 킁킁 맡으면서 주위를 돌아다녔어요.

치피 다람쥐는 재빨리 집으로 도망쳤어요!

치피 다람쥐는 집에 왔을 때, 코감기에 걸린 것을 알아챘어요. 그래서 그는 더욱 마음이 불편했어요.

그리고 이제 티미와 구디 팁토스는 자신들의 열매 창고에 작은 자물쇠를 달았어요.

그리고 그 작은 새는 다람쥐들을 볼 때마다 노래를 불렀죠.

누가 내 열매를 파서 가져갔나?
누가 내 열매를 파서 가져갔나?

하지만 아무도 대답하지 않았답니다!

13. 도시 쥐 조니 이야기

 도시 쥐 조니는 벽장에서 태어났어요. 시골 쥐 티미 윌리는 정원에서 태어났지만 실수로 상자에 담겨 도시로 갔지요. 티미 윌리가 태어난 정원의 농부는 일주일에 한 번씩 배달원을 통해 야채를 마을로 보냈습니다. 농부는 야채를 큰 고리버들 상자에 넣었습니다.

농부는 상자를 정원 문 옆에 놓아두었습니다. 배달원이 지나갈 때, 상자를 가지고 갈 수 있도록 말이죠. 티미 윌리는 상자에 난 구멍 속으로 기어들어갔어요. 그리고 콩을 몇 알 먹은 뒤, 깊은 잠에 빠져들고 말았어요.

배달원이 상자를 수레에 싣기 위해서 들어 올릴 때, 티미는 깜짝 놀라서 잠에서 깨어났어요. 수레가 덜커덩 하고 흔들리더니 딸가닥 딸가닥 말굽 소리가 들렸어요. 다른 짐들도 수레 안에 던져졌어요. 몇 킬로미터를 달가닥 달가닥 달가닥! 그리고 티미 윌리는 뒤섞인 야채 더미 속에서 몸을 떨었습니다.

마침내 수레가 멈추더니 배달원이 어느 집 앞에서 광주리를 꺼내서, 집 안으로 날랐어요. 광주리는 바닥에 놓였습니다. 요리사는 배달원에게 6펜스를 주었어요. 뒷문은 쾅 닫혔고, 수레는 덜거덕거리면서 저 멀리 사라졌어요. 하지만 주변은 계속 시끄러웠어요. 수레들 몇백 대가 지나가고 있는 것 같았고, 개들은 컹컹 짖었고, 소년들은 길에서 휘파람을 불었고, 요리사는 웃었으며, 시중드는 하녀는 계단을 뛰어서 오르락내리락했고, 카나리아는 증기기관차처럼 노래를 불렀습니다.

 평생 정원 밖을 나온 적이 없는 티미 윌리는 무서워서 죽을 것 같았어요. 곧바로 요리사는 바구니를 열어서, 채소를 꺼내기 시작했어요. 겁에 질린 티미 윌리는 곧바로 튀어 나왔습니다. 의자에 앉아 있던 요리사는 펄쩍 뛰어오르면서, 비명을 질렀습니다.
 "으악! 쥐, 쥐가 있어! 고양이를 데려와! 사라! 부지깽이 가져 와! 어서!"
 티미 윌리는 사라가 부지깽이를 들고 올 때까지 기다리지 않았어요. 티미는 벽 밑에 댄 좁은 널빤지를 따라 달리다가 작은 구멍을 발견했고, 구멍 안으로 뛰어들었습니다.

티미는 사람 키만 한 높이에서 아래로 떨어져 내렸고, 그만 저녁을 먹던 도시 쥐들의 식탁 위를 덮쳐서 유리컵 세 개를 깨뜨렸습니다.

"세상에! 이게 무슨 일이야?"

도시 쥐 조니가 소리쳤습니다. 하지만 처음에만 놀라서 소리를 질렀을 뿐 곧 예의를 갖추었습니다.

 조니는 예의를 갖추어서 다른 쥐 아홉 마리에게 티미 윌리를 소개했습니다. 다들 긴 꼬리에 하얀 넥타이를 매고 있었습니다. 티미 윌리는 꼬리가 짧았습니다. 도시 쥐 조니와 친구들은 이를 눈치챘습니다. 하지만 교육을 잘 받았기에 티미의 기분이 상할 말은 하지 않았습니다. 오직 한 마리만이 혹시 덫에 걸린 적이 있는지 티미 윌리에게 물어보았죠.

저녁은 8개의 코스 요리로 나왔습니다. 양은 많지 않았지만, 맛이 정말 훌륭했습니다. 전부 처음 보는 요리여서 티미는 먹기를 주저했습니다. 사실 무척 배가 고팠지만, 같이 식사하는 동료들 앞에서 식사 예의를 지키느라 바빴어요. 그러다 위층에서 계속 들리는 소리 때문에 불안한 나머지 그만 접시를 떨어뜨리고 말았습니다.

조니가 말했습니다.

"걱정 마, 우리랑 상관없는 일이야."

"이제 후식을 가지고 오는 게 어떨까?"

조니의 말을 듣자 주위 상황을 알 수 있었습니다.

다른 쥐들의 시중을 들던 두 어린 쥐가, 코스 요리가 나오는 사이에 위층 부엌으로 올라갔습니다. 잠시 후 그들은 웃고 소리를 지르면서 쿵쿵 뛰어들어 왔습니다. 티미는 그들이 고양이에 쫓긴 것을 알고 공포에 질렸습니다. 입맛이 뚝 떨어지고, 기절할 것 같았습니다.

"젤리 좀 먹어볼래?"

조니가 말했습니다.

"안 먹어? 일찍 잠자리에 들겠다고? 그럼 세상에서 가장 편안한 소파 베개가 있는 곳으로 가자."

소파 베개는 안에 구멍이 하나 나 있었습니다. 조니는 이 소파 베개가 특별히 방문객을 위해 따로 마련한 가장 훌륭한 침대라고 친절하게 설명해주었습니다.

 하지만 소파에서는 고양이 냄새가 났습니다. 티미 윌리는 차라리 난로망 밑에서 비참한 밤을 보내는 편이 더 낫겠다고 생각했습니다.

 다음 날도 똑같았습니다. 도시 쥐들은 베이컨을 즐겨 먹었는데, 그들을 위한 완벽한 아침 식사가 나왔습니다. 하지만 티미 윌리는 뿌리와 채소를 먹고 자란 쥐였습니다. 조니와 친구들은 마루 밑에서 떠들었고, 저녁에는 대담하게 밖으로 나와서 온 집을 돌아다녔습니다. 사라가 차가 놓인 쟁반을 들고 아래로 뛰어내려갈 때 특히 시끄러운 소리가 났습니다. 비록 고양이가 있었지만 쥐들은 잼, 설탕, 빵 부스러기를 여기저기에서 긁어모았습니다.

티미는 햇빛이 비치는 언덕 비탈 안에 있는 평화로운 집에 가고 싶었습니다. 음식도 입에 맞지 않았고, 시끄러운 소리 때문에 밤에는 잠도 제대로 못 잤습니다. 며칠 뒤에 조니는 티미가 홀쭉해진 것을 알아채고, 왜 그런지 물었습니다. 조니는 티미의 정원 이야기를 듣다가 궁금한 것이 생겼습니다.

"좀 지루한 곳 같은데? 비가 오면 뭘 하니?"

"모래 굴속에 들어앉아서 가을 저장고에 넣어둔 옥수수와 씨앗 껍질을 까지. 풀밭에 있는 개똥지빠귀와 검은 새를 내다보고, 내 친구인 수탉 로빈도 내다보지. 그리고 해가 다시 나올 즈음엔 정원에 핀 꽃들을 한번 봐야 하는데 장미꽃, 패랭이꽃, 팬지꽃……. 새들이 지저귀는 소리, 벌들이 윙윙 날아다니는 소리, 초원의 양들이 우는 소리밖에 들리지 않아."

"저기 또 고양이가 지나간다!"

조니가 다시 소리쳤습니다. 티미와 조니가 지하 석탄고에 숨었을 때, 조니는 다시 말하기 시작했습니다.

"솔직히 말하면, 좀 섭섭했어. 우린 널 잘 대접하려고 노력했거든, 티미."

"아, 그래, 맞아. 정말 잘해주었지. 하지만 좀 불편해서."

티미 윌리가 말했습니다.

"음식이 몸에 안 맞아서 배탈이 났을지도 모르지. 아마 상자로 다시 돌아가는 편이 나을지도 몰라."

"뭐? 정말!"

티미 윌리가 깜짝 놀라 소리쳤습니다.

조니가 톡 쏘아 말했습니다.

"솔직히 말하면, 우리는 지난주에 네가 살던 곳으로 널 돌려보낼 수 있었어. 토요일에 빈 광주리가 돌아가는 것 못 봤어?"

 그래서 티미 윌리는 새 친구들에게 잘 있으라고 작별 인사를 한 뒤, 케이크 한 조각과 마른 양상추 잎을 가지고 광주리 안에 숨었습니다. 수없이 흔들린 뒤에 티미는 무사히 정원에 내렸습니다.

토요일이면 가끔 티미는 문 옆에 놓인 상자로 가까이 가서 안을 들여다보곤 했습니다. 하지만 다시 상자 안으로 들어가기에는 너무 많은 것을 알고 있었지요. 조니가 방문하기로 약속했지만, 아무도 광주리 밖으로 나오지 않았습니다.

겨울이 지났습니다. 해가 다시 떴고, 티미 윌리는 자기 굴 옆에 앉아서 작은 털코트를 손질하며 제비꽃과 봄풀의 냄새를 맡았습니다.

티미는 도시를 방문했던 일을 거의 잊어버렸습니다. 그러던 어느 날, 모랫길 위에 도시 쥐 조니가 갈색 가죽가방을 든 채 서 있는 것이 아니겠어요!

티미 윌리는 두 팔을 벌려서 그를 반갑게 맞았습니다.

"한 해 중에서 가장 좋은 때에 왔네. 약초 푸딩을 먹고, 햇살 아래 앉아서 쉬자."

"음! 조금 습하네."

조니가 말했습니다. 그는 흙이 묻지 않도록 꼬리를 들고 있었습니다.

"저 무시무시한 소리는 뭐지?"
조니는 흠칫 놀랐습니다.
"저 소리 말야? 그냥 젖소일 뿐이야. 우유를 약간 얻어올게. 소들은 널 해치지 않아. 모르고 널 깔고 앉을 경우를 제외하면 말이지. 도시의 다른 친구들은 잘 지내?"
티미 윌리가 말했습니다.

조니가 한 이야기는 특별히 좋지도 나쁘지도 않았습니다. 그는 왜 이렇게 일찍 시골을 방문했는지 설명했습니다. 집안 식구들이 부활절을 맞아 해변에 가버렸고, 집에서 함께 살면서 일하는 요리사가 봄맞이 대청소를 했기 때문입니다. 주인은 쥐들을 모두 없애라는 특별 지시를 내렸다고 합니다. 새끼 고양이가 네 마리 있었는데, 고양이가 카나리아를 죽였습니다.

"사람들은 우리 짓이라고 말했지만 난 사실을 알고 있지."
조니가 말했습니다.
"그런데, 도대체 저 시끄러운 소리는 뭐지?"
"잔디 깎는 기계 소리야. 네 잠자리를 마련하기 위해 잘린 풀을 약간 가지고 올게. 아예 시골에 눌러앉는 게 더 좋다는 걸 알게 될 거야. 내가 장담해."

"음, 다음 주 화요일까지 있어볼게. 주인집이 해변에 있을 때는 채소 상자도 배달되지 않을 테니까."

"내가 장담하는데 다시는 도시에서 살고 싶어지지 않을걸."

티미가 말했습니다.

하지만 조니는 도시로 떠나버렸습니다. 야채 바로 옆에 놓인 상자에 담겨서요. "여긴 너무 조용해!"라고 말하면서 말이죠.

저마다 자신에게 맞는 곳이 있습니다. 저는 티미 윌리처럼 시골에서 사는 게 좋답니다.

14. 토드 씨 이야기

지금까지 예의 바른 사람들에 대한 책을 많이 썼습니다. 이번에는 무례한 두 동물이 나오는 이야기를 한번 해보겠습니다. 오소리 토미 브록과 토드 여우 아저씨에 대한 이야기입니다.

토드 씨를 "좋다"고 하는 이는 아무도 없었습니다. 토끼들은 그를 정말 싫어했고, 800미터 밖에서도 그의 냄새를 맡을 수 있었습니다. 기다란 수염이 난 그는 정처없이 떠돌아다니는 버릇이 있어서, 토끼들은 그가 다음엔 어디서 나타날지 전혀 알 수 없었습니다.

하루는 토드 씨가 잡목림 속 오두막에서 지내는 바람에 벤저민 바운서 할아버지네 가족들을 겁에 질리게 했어요. 다음 날에는 호수 근처 버드나무로 옮겨가서 들오리와 물쥐들을 놀라게 했습니다.

겨울과 이른 봄에는 대개 오트밀 바위산 아래 불(Bull) 강둑에 있는 바위들 사이의 땅 밑에서 지내곤 했습니다.

그는 집을 여섯 채나 가지고 있었지만, 집에 있을 때는 거의 없었습니다.

토드 씨가 집을 옮겼을 때에도 항상 집이 비어 있지는 않았습니다. 가끔씩 오소리 토미 브록이 집 안으로 들어왔기 때문입니다. (허락도 받지 않고 말이죠.)

토미 브록은 뻣뻣하고 짧은 털을 지녔고, 몸집이 뚱뚱해서 뒤뚱뒤뚱 걸어다녔습니다. 항상 씨익 웃고 다녔는데, 얼굴 전체에 웃음이 번져 있었습니다. 그리 좋지 않은 버릇을 가지고 있어서 말벌의 벌집과 개구리와 지렁이를 먹기도 하고, 달빛을 받으면서 여기저기 뒤뚱뒤뚱 걸어다니다가 땅을 파서 온통 헤집어놓았습니다.

 토미 브록은 옷이 무척 더러웠고 낮에 잘 때는 항상 신발을 신고 잠자리에 들었습니다. 그가 주로 기어드는 침대는 토드 씨 것이었습니다.

그는 가끔 토끼고기 파이를 먹을 때도 있었습니다. 하지만 다른 음식이 정말 부족할 때만 아기 토끼로 만든 파이를 먹는 정도였습니다.

토미 브록은 바운서 할아버지와 친했습니다. 못된 수달들과 토드 씨를 싫어한다는 점에서 둘은 마음이 맞았습니다. 그들은 수달과 토드가 너무 싫다면서 자주 이야기를 나누었습니다.

바운서 할아버지는 몇 년째 병에 시달렸습니다. 그는 굴 밖에서 봄 햇살을 받으면서 앉아 있었습니다. 목에 머플러를 두르고 토끼 담뱃잎을 채운 담배를 피우곤 했습니다.

그는 아들 벤저민과 며느리 플롭시와 함께 살았고, 손자들이 있었습니다. 그날 오후에는 벤저민과 플롭시가 외출했기 때문에 손자들을 돌보는 것은 바운서 할아버지의 몫이었습니다.

 작은 아기 토끼들은 이제 겨우 파란 눈을 뜨고, 발길질을 했습니다. 토끼들은 중앙 토끼 굴에서 따로 떨어져 있는 얕은 굴 속에서 보송보송한 울과 건초 침대에 누워 있었습니다. 사실, 바운서 할아버지는 아기 토끼들을 그만 잊어버리고 말았어요.

그는 햇살 아래 앉아서, 토미 브록과 다정하게 대화를 나누고 있었습니다. 토미 브록은 자루를 짊어지고, 땅을 파는 데 사용할 작은 삽과 두더지 덫 몇 개를 들고 마침 숲을 지나던 길이었습니다. 그는 꿩 알이 부족하다고 불평했고, 토드 씨가 꿩을 다 잡아간다며 비난했습니다. 또 자신이 겨울잠을 자는 사이에 수달들이 개구리를 죄다 가져갔다고 투덜거렸습니다.

"지난 2주 동안 밥을 제대로 먹지 못했어요. 호두나무 열매나 먹으면서 겨우 지낸단 말이죠! 채식주의자가 되든가, 아니면 내 꼬리라도 먹어야 할 판이에요!"

토미 브록이 말했습니다.

농담으로 하는 말이 아니었지만, 바운서 할아버지는 무척 재미있게 들었습니다. 왜냐하면 토미 브록은 너무 뚱뚱하고, 둥실둥실하게 항상 웃으며 다녔으니까요.

그래서 바운서 할아버지는 웃으면서 토미 브록에게 집에 들어와서 씨앗 케이크를 좀 맛보라고, 플롭시가 노란 야생화로 담근 술도 한잔하라고 권했습니다. 토미 브록은 재빨리 토끼 굴속으로 몸을 밀어 넣었습니다.

그때 바운서 할아버지는 담배를 한 대 더 피웠고, 토미 브록에게 양배추 여송연을 주었습니다. 담배가 너무 독해서, 토미 브록은 전보다 더 입을 크게 벌리고 웃었습니다. 그러자 연기가 굴을 가득 채웠습니다. 바운서 할아버지가 쿨럭쿨럭 기침을 하면

서 웃자 토미 브록도 담배를 뻐끔뻐끔 피우면서 씩 웃었습니다.

바운서 할아버지는 웃으면서 기침했고, 담배 연기 때문에 눈을 감았습니다. 그런데…….

벤저민과 플롭시가 돌아왔을 때에야 바운서 할아버지는 잠에서 깼습니다. 토미 브록과 아기 토끼들이 모두 없어져버린 뒤였죠!

바운서 할아버지는 토끼 굴 안에 누군가를 들여놓았다는 사실을 털어놓으려고 하지 않았습니다.

하지만 오소리 냄새가 나는 것은 숨길 수 없었고, 게다가 모래 위에 둥글고 깊게 파인 발자국들이 나 있었습니다. 바운서 할아버지는 망신을 당했습니다. 플롭시는 괴로운 나머지 자신의 귀를 쥐어뜯었고, 바운서 할아버지를 밀쳐냈습니다.

벤저민은 곧바로 토미 브록을 뒤쫓아갔습니다.

토미 브록을 쫓아가는 것은 그리 어렵지 않았습니다. 구불구불한 오솔길 위로 발자국을 남기면서 숲을 가로질러 천천히 올라갔기 때문입니다. 이끼와 토끼풀을 뿌리째 뽑은 곳이 있는가 하면, 꽤 깊은 구덩이를 판 뒤에 두더지 덫을 놓고 강아지풀을 심어놓은 곳도 있었습니다. 실개천이 길을 가로질렀습니다. 벤저민은 마른 발로 가볍게 건너뛰었습니다. 오소리 발자국이 진흙 속에 깊게 파여 있었습니다.

오솔길은 수풀로 이어졌습니다. 나뭇잎이 많이 달린 참나무가 있었고, 파란 히아신스가 바다처럼 깔려 있었습니다. 하지만 벤저민의 걸음을 멈추게 만든 냄새는 꽃향기가 아니었습니다!

벤저민 앞에 모습을 드러낸 것은 토드 씨의 오두막이었습니다. 토드 씨는 분명히 집에 있었습니다. 여우 냄새가 났을 뿐만 아니라, 부서진 양동이로 만든 굴뚝에서 연기가 나오고 있었기 때문입니다.

벤저민 버니는 앉아서 집 안을 노려보았습니다. 수염이 덜덜 떨렸습니다. 오두막 안에서 누군가 접시를 떨어뜨렸고, 말소리가 들리자 벤저민은 발을 구르며 달아났습니다.

벤저민은 숲의 반대편에 도착할 때까지 멈추지 않았습니다. 분명히 토미 브록도 같은 쪽으로 가고 있었습니다. 벽 위에는 오소리의 흔적이 있었고, 자루에서 풀려나온 실 몇 가닥이 가시에 걸려 있었습니다.

벤저민은 벽을 넘어서 초원으로 나갔습니다. 그는 새로 놓아 둔 두더지 덫을 발견했고, 여전히 토미 브록을 쫓고 있었습니다. 해가 지고 있었고 다른 토끼들은 저녁 공기를 즐기기 위해 밖으로 나왔습니다. 그중 한 토끼는 푸른색 외투를 입은 채, 바쁘게 민들레를 모으고 있었습니다.

"사촌! 피터 래빗! 피터 래빗!"

벤저민이 소리쳤습니다.

푸른색 외투를 입은 토끼는 귀를 쫑긋 세우고 앉았습니다.

"벤저민, 무슨 일이야? 고양이? 아니면 하얀 담비 때문에?"

"아니, 그게 아니라! 토미 브록이 내 자식들을 잡아가버렸어. 자루 속에 넣어서 말이야. 혹시 봤어?"

"토미 브록이? 벤저민! 몇 마리나 잡혀갔는데?"

"모두 일곱 마리야. 다들 쌍둥이고! 지나가는 거 봤어? 빨리 말해줘!"

"응, 봤지. 여길 지나간 지 10분도 채 안 됐어. 자루에 든 것은 애벌레라고 하더라고. 나는 애벌레치곤 발길질을 꽤 세게 한다고 생각했지."

"어디로? 어느 길로 갔어?"

"자루 속에 뭔가 살아 있는 게 들어 있었어. 그리고 그가 두더지 덫을 놓는 것을 봤어. 벤저민, 머리를 좀 굴려보게 처음부터 말해줘."

그래서 벤저민은 처음부터 전부 이야기했습니다.

"바운서 삼촌이 너무 경솔했네."

피터는 회상하듯이 말했습니다.

"하지만 두 가지 점에서 아직 희망이 있어. 우선 아기들이 발로 찬다는 것은 아직 살아 있다는 뜻이지. 그리고 토미 브록은 벌써 가볍게 식사를 한 셈이야. 아마 잠자러 갈 거고, 토끼들은 내일 아침에 먹으려고 남겨둘 거야."

"어느 길로 갔는데?"

"벤저민. 진정해. 길은 내가 잘 알고 있어. 토드 씨가 지금 오두막에 있기 때문에 토미 브록은 불(Bull) 언덕 꼭대기에 있는 토드 씨의 다른 집으로 가버렸어. 자기가 지나는 길이라고 내 여동생 코튼테일에게 말했대."

(코튼테일은 검은 토끼와 결혼하여 언덕에서 살고 있었습니다.)

피터는 모아두었던 민들레를 숨기고서 벤저민과 함께 갔습니다. 둘 다 흥분한 상태로 몇 개의 평야를 가로질렀고, 언덕을 오르기 시작했습니다. 토미 브록이 지나간 길은 분명하게 눈에 띄었습니다. 10미터마다 그는 자루를 내려놓고 쉬었습니다.

"무척 숨을 헐떡거린 게 틀림없어. 냄새가 나는 것을 보니 거의 따라잡았어. 정말 지독한 놈이군!" 피터가 말했습니다.

햇살은 여전히 따스했고, 언덕 초원을 비스듬히 비추고 있었습니다. 반쯤 올라가니 코튼테일은 현관에 앉아 있었고, 반쯤 자란 작은 토끼 네다섯 마리가 그녀 주위에서 뛰놀고 있었습니다. 그중 한 마리만 검은색이었고, 나머지는 갈색이었습니다.

 코튼테일은 토미 브록이 지나가는 것을 멀리서 봤었습니다. 피터가 남편이 집에 있느냐고 물어보자, 코튼테일은가 토미 브록이 걸어가다가 두 번 쉬었다고만 말했습니다.

 그리고 토미 브록이 고개를 끄덕거리더니 자루를 손으로 가리키며 크게 웃었다고도 했습니다.

 "피터! 빨리 와. 애들을 요리해 먹을 거야. 서둘러야 해!"

벤저민이 말했습니다.

피터와 벤저민은 위로 오르고, 또 올랐습니다.

"코튼테일 남편은 집에 있어. 검은 귀가 구멍 밖으로 튀어나온 걸 봤거든. 그들은 바위 가까이에 살아서 이웃들과 다툴 일에는 끼지 않아. 이리 와, 벤저민!"

불(Bull) 언덕 위에 있는 숲에 가까워졌을 때, 그들은 조심스럽게 나아갔습니다. 바위들이 쌓인 곳에서 나무들이 자라고 있었습니다. 그리고 그곳, 울퉁불퉁한 바위 아래에 토드 씨의 집이 한 채 있었습니다. 집은 가파른 언덕 꼭대기에 있었는데, 바위로 둘러싸이고 수풀이 드리워져 있었습니다. 토끼들은 귀를 기울이고, 주위를 경계하며 조심스럽게 기어갔습니다.

그 집은 동굴과 감옥처럼 보이는 데다 다 허물어져가는 돼지우리 같았고, 단단한 문이 닫힌 채로 잠겨 있었습니다.

 지는 해는 유리창을 불꽃처럼 빨갛게 물들였지만 아궁이에는 불이 지펴져 있지 않았습니다. 토끼들이 창문으로 몰래 들여다보니, 마른 나뭇가지들이 가지런히 정리되어 있었습니다.
 벤저민은 안도의 한숨을 내쉬었습니다.
 하지만 부엌 테이블 위에 준비해놓은 것을 보았을 때는 온몸을 떨었습니다. 거기에는 푸른 버들잎무늬가 그려진 큰 파이접시, 커다란 나이프와 포크, 고기 칼이 놓여 있었습니다.
 식탁 반대편에는 약간 접힌 식탁보, 접시, 큰 컵, 칼과 포크, 소금 그릇, 겨자와 의자가 있었습니다. 1인분의 저녁 식사 준비가 되어 있었습니다.
 아무도 보이지 않았고, 아기 토끼들도 보이지 않았습니다. 부엌은 텅 비어 조용했습니다. 시계조차 멈추었습니다. 피터와 벤

저민은 코가 눌릴 정도로 유리창에 바짝 붙어서 어두컴컴한 부엌을 노려보았습니다.

잠시 후 그들은 바위 주위를 한 바퀴 빙 돌아서 집의 반대쪽으로 갔습니다. 축축했고 냄새가 났으며, 들장미와 가시나무가 제멋대로 자라 있었습니다.

토끼들은 무서워서 오들오들 떨었습니다.

"아, 불쌍한 내 아기들! 이렇게 무서운 곳에 있다니! 다시는 애들을 못 보겠지!"

벤저민은 한숨을 쉬었습니다.

피터와 벤저민은 침대 쪽 창문으로 기어올랐습니다. 창문은 부엌처럼 닫힌 채로 잠겨 있었습니다. 하지만 얼마 전에 유리창이 열렸던 흔적이 있었습니다. 거미줄이 망가져 있었고, 창가에는 검은 발자국이 뚜렷하게 나 있었습니다.

방 안이 어두워서, 처음에는 아무것도 알아볼 수 없었습니다. 하지만 그들은 느리고 깊게 코 고는 소리를 들을 수 있었습니다. 눈이 어둠에 익숙해지자, 그들은 누군가가 토드 씨의 침대 위에서 담요를 덮고 몸을 웅크린 채 자고 있다는 것을 알 수 있었습니다.

"신발도 벗지 않은 채로 잠들었어."

피터가 속삭였습니다.

벤저민은 잔뜩 겁에 질려서 몸을 떨며 피터를 창가에서 떼어냈습니다.

토드 씨의 침대에서는 토미 브록이 그르렁거리며 코 고는 소리가 규칙적으로 들려왔습니다. 아기 토끼들은 전혀 보이지 않았습니다.

해가 완전히 지자 숲에서는 부엉이가 울기 시작했습니다. 어둠 속에서 묻혀 있어야 할 것들이 여기저기 나뒹굴고 있었습니다. 토끼 뼈들과 해골들, 닭다리와 그 밖의 끔찍한 것들이었습니다. 어둡고 소름 끼치는 곳이었습니다.

그들은 집 앞으로 되돌아갔고, 부엌 창문의 빗장을 움직여

보려고 온갖 노력을 다했습니다. 창문 틀 사이에 있는 녹슨 못을 뽑아내려고 했지만 아무 소용이 없었고, 특히 빛이 없어서 더 어려웠습니다.

그들은 작은 소리에도 귀를 기울이고 속삭이면서 창밖에 나란히 앉았습니다.

30분 뒤에 달이 나무 위로 떠올랐습니다.

보름달이 선명하고 차갑게 빛나며 바위들 사이에 있는 집을 비추었고, 부엌 창가로 비쳐들었습니다. 하지만 아아, 아기 토끼들은 하나도 보이지 않았습니다!

부엌칼과 파이 그릇에 달빛이 비쳐서 반짝였고, 달빛이 지저분한 마루 위에 길게 드리워졌습니다.

달빛은 부엌 아궁이 옆에 난 작은 문을 비추었습니다. 옛날에 장작을 땔 때 사용하던 작은 철문이 벽돌로 만들어진 아궁이에 달려 있었습니다.

곧 피터와 벤저민은 창문을 흔들 때마다 동시에 반대쪽에 있는 작은 문이 응답하는 것처럼 흔들리는 것을 발견했습니다. 아기 토끼들은 오븐 안에 갇힌 채 살아 있었습니다!

벤저민은 무척 흥분했지만 그 바람에 토미 브록을 깨우지 않은 것은 천만다행이었습니다. 토미 브록이 코 고는 소리는 계속 들려왔습니다.

하지만 아기 토끼들이 살아 있다는 사실만으로는 안심할 수 없었습니다. 창문이 열리지 않았기 때문입니다. 비록 아기 토끼들은 살아 있었지만, 스스로 빠져나올 수 없었고 아직 어려서 기어다니지도 못했기 때문입니다.

오랫동안 속삭이면서 의논한 뒤에 피터와 벤저민은 굴을 파기로 결심했습니다. 그들은 비탈 아래 1~2미터 깊이로 굴을 파기 시작했습니다. 집 아래에 있는 큰 돌들 사이에 굴을 뚫기 위해서였습니다. 부엌 마루는 너무 더러워서 원래 흙으로 만들어졌는지, 아니면 돌로 만들어졌는지 분간할 수 없었습니다.

그들은 몇 시간 동안 굴을 파고, 또 팠습니다. 돌 때문에 똑바로 팔 수도 없었습니다. 하지만 밤이 되었을 때, 부엌 바닥 밑까지 도달할 수 있었습니다. 벤저민은 등을 대고 누워서, 굴 천장을 팠습니다. 피터는 발톱이 다 닳도록 모래를 굴 밖으로 날랐습니다. 잠시 후 피터는 해가 떴다고 알렸습니다! 숲에서는 참새들이 시끄럽게 울고 있었습니다.

벤저민은 귀에 들어간 모래를 털어내면서, 어두운 굴 밖으로 나왔습니다. 그는 앞발로 자기 얼굴을 닦았습니다. 해가 점점 떠오를수록 언덕 위는 점점 따뜻해졌습니다. 계곡에는 하얀 안개가 자욱이 펼쳐져 있었고, 그 사이로 금빛으로 물든 나무 꼭대기가 보였습니다.

한 번 더 안개 속에 묻힌 저 아래 벌판에서 참새의 화난 울음소리가 들려왔고, 뒤따라 여우가 내지르는 날카로운 울음소리가 들려왔습니다.

그 순간 피터와 벤저민은 완전히 당황했습니다. 그래서 그만 가장 어리석은 짓을 했습니다. 그들은 새로 뚫은 좁은 굴속으로 재빨리 기어들어갔고 굴의 제일 끝에, 그러니까 토드 씨의 부엌 마루 아래에 숨었습니다.

토드 씨는 불(Bull) 언덕으로 점점 다가오고 있었습니다. 정말 기분이 좋지 않았습니다. 첫째로, 접시가 부서져서 화가 났습니다. 사실 그것은 토드 씨 잘못이었습니다. 하지만 그 사기 접시는 빅슨 토드 할머니가 남겨주신 식기 세트 중 마지막으로 남아 있던 것이었습니다. 게다가 둥지에 있던 수탉도 놓쳐버렸습니다. 달걀이 다섯 개밖에 없었는데, 하필 두 개는 상한 달걀이었습니다. 토드 씨는 불쾌한 기분으로 밤을 보냈습니다.

기분이 안 좋을 때면 늘 그랬듯이, 토드 씨는 집을 옮기기로 결심했습니다. 먼저 그는 가지친 버드나무에서 묵을 생각을 했지만, 너무 축축했습니다. 게다가 수달들이 근처에 죽은 물고기를 놔두었습니다. 토드 씨는 자기 주변에 다른 동물들이 뭔가 남겨놓는 것을 좋아하지 않았습니다.

그는 계속 언덕을 올라갔습니다. 그러면서 오소리가 남긴 흔적을 발견했습니다. 그의 기분은 조금도 나아지지 않았습니다. 이끼를 그토록 아무렇게나 헤집어놓는 동물은 토미 브록 말고는 없었기 때문입니다.

 토드 씨는 지팡이로 땅을 후려쳤고, 벌게진 얼굴로 씩씩거렸습니다. 그는 토미 브록이 지나갈 만한 곳을 추측했습니다. 그러다가 끈질기게 쫓아오는 참새들 때문에 더욱 짜증이 났습니다. 참새들은 나무에서 나무로 날아다니면서, 소리가 들리는 곳에 있는 모든 토끼들에게 고양이나 여우가 농장으로 다가오고 있다고 경고했습니다. 한번은 참새가 소리를 지르면서 머리 위로 날아가자, 토드 씨는 참새를 덥석 물어버리고는 크게 짖었습니다.

 그는 녹이 슨 커다란 열쇠를 들고 매우 조심스럽게 집으로 다가갔습니다. 쿵쿵 냄새를 맡자 수염이 떨렸습니다. 문은 잠겨 있었지만, 토드 씨는 집에 과연 아무도 없는지 의문이 들었습니다. 그가 녹슨 열쇠를 자물쇠에 끼우고 돌리자 바닥 아래에 있던 토끼들은 열쇠가 돌아가는 소리를 들을 수 있었습니다. 토드 씨는 조심스럽게 문을 열고 안으로 들어갔습니다.

부엌에 들어섰을 때 눈에 비친 광경 때문에 토드 씨는 무척 화가 났습니다. 토드 씨의 의자는 물론이고, 식탁 위에는 파이 그릇, 칼과 포크, 겨자, 소금통과 찬장에 개어놓은 식탁보가 놓여 있었습니다. 이는 전부 저녁(혹은 아침)을 위한 것이었고 그가 지독히도 싫어하는 토미 브록의 짓이 틀림없었습니다.

집 안에는 신선한 흙내와 더러운 오소리 냄새가 섞여 있어서, 다행스럽게도 토끼 냄새를 감출 수 있었습니다.

무엇보다도 토드 씨의 주의를 끈 것은 소리였습니다. 침대 쪽에서 깊고 느리게 코 고는 소리가 규칙적으로 들려왔습니다.

 그는 반쯤 열린 침실 문으로 흘깃 들여다보고 몸을 돌려 급히 집 밖으로 나왔습니다. 화가 난 토드 씨의 수염은 곤두섰고, 코트의 깃도 바짝 섰습니다.

 다음 20분 동안 토드 씨는 집 안에 살짝 들어왔다가 서둘러 나가기를 반복했습니다. 그러다 점점 더 그는 안쪽으로 움직여 결국 침실까지 들어갔습니다.

 집 밖에 나와서는 화가 나서 땅을 마구 긁어댔지만 막상 집 안에 들어서서 토미 브록의 이빨을 보면 참을 수밖에 없었습니다.

토미 브록은 실실 웃으면서, 입을 헤벌린 채 누워 있었습니다. 그는 평화롭게, 규칙적으로 코를 골았습니다. 하지만 한 눈은 완전히 감지 않았습니다. 자는 척하고 있었던 거죠.

토드 씨는 침실을 들락날락했습니다. 두 차례 그는 지팡이를 가지고 왔고, 한 번은 석탄 통을 가지고 들어왔습니다. 하지만 그는 더 좋은 생각이 나서, 지팡이와 석탄 통을 들고 밖으로 나갔습니다.

토드 씨가 석탄 통을 들고 나간 뒤에 되돌아왔을 때, 토미 브록은 약간 옆에 누워 있었습니다. 겉으로 보기에는 더욱 곤히 잠든 것 같았습니다. 토미 브록은 아무도 못 말릴 정도로 게을렀고, 토드 씨를 조금도 무서워하지 않았습니다. 너무나 게을러서 편한 곳에 자리 잡으면 움직일 생각도 하지 않았습니다.

 토드 씨는 빨랫줄을 가지고 침실로 다시 돌아왔습니다. 그는 일 분 동안 토미 브록을 지켜보면서 가만히 서 있었습니다. 그리고 코 고는 소리를 주의 깊게 들었습니다. 그 소리는 매우 크고 자연스러웠습니다.

 토드 씨는 침대에서 등을 돌려서 창문을 열었습니다. 끼익 하는 소리가 들리자 그는 놀라서 그만 공중으로 뛰어올라 한 바퀴 돌고 말았습니다. 한 눈을 뜨고 있던 토미 브록은 재빨리 눈을 감고, 계속 코를 골았습니다.

이런 토드 씨의 행동들은 특이했고, 많이 불편해 보였습니다. (왜냐하면 침대는 창문과 침실 문 사이에 있었기 때문입니다.) 그는 창문을 약간 열었고, 더 많은 양의 빨랫줄을 밖으로 밀었습니다. 나머지 줄은 끝에 고리가 달린 채 그의 손에 남아 있었습니다.

토미 브록은 코를 계속 골았습니다. 토드 씨는 서서 그를 잠시 쳐다보았습니다. 그러고는 방을 다시 나갔습니다.

토미 브록은 두 눈을 떴습니다. 그리고 줄을 보고 씨익 웃었습니다. 창밖에서 소음이 들리자 토미 브록은 재빨리 눈을 감았습니다.

토드 씨는 현관문을 나섰고, 집 뒤로 돌아갔습니다. 도중에 그는 토끼 굴과 마주쳤습니다. 그 안에 누군가 있다고 생각했다면 재빨리 끄집어냈을 것입니다. 토드 씨는 벤저민과 피터 래빗이 파놓은 굴 바로 위로 지나갔습니다. 하지만 다행히도 그는 굴을 판 것은 토미 브록 짓이라고 생각했습니다.

토드 씨는 창가에서 줄 끝을 들어올리고, 잠시 귀를 기울였습니다. 그런 뒤에 줄을 나무에 묶었습니다.

토미 브록은 창문을 통해 토드 씨를 한 눈으로 쳐다보았습니다. 그는 어리둥절했습니다.

토드 씨는 샘으로 가서 크고 무거운 양동이에 물을 가득 받아왔습니다. 그리고 부엌을 지나 그의 침실 안으로 느릿느릿 걸어갔습니다.

토미 브록은 열심히 코를 골면서 코웃음을 쳤습니다.

토드 씨는 양동이를 침대 옆에 내려놓고, 끝에 고리가 달린 밧줄을 들어 올렸습니다. 그러다가 머뭇거리면서, 토미 브록을 한 번 보았습니다. 코 고는 소리는 거의 발작처럼 엄청나게 컸지만, 웃음은 그다지 크지 않았습니다.

토드 씨는 침대 머리맡에서 조심조심 의자 위로 올라갔습니다. 그의 다리는 위험할 정도로 토미 브록의 날카로운 이빨과 가까웠습니다.

어쨌든 그는 끝까지 올라가 원래는 커튼이 매달려 있어야 할

침대 지붕에 고리가 달린 밧줄 끝을 넘겼습니다.

집에는 아무도 없었기 때문에 토드 씨의 커튼은 둘둘 말린 채로 다른 곳에 치워져 있었습니다. 침대보도 마찬가지였습니다. 토미 브록은 단지 담요만 덮고 있을 뿐이었습니다. 토드 씨는 흔들거리는 의자 위에 서서 아래를 주의 깊게 내려다보았습니다. 토미 브록은 잠자기 대회 일등을 차지할 만큼 깊이 잠든 것처럼 보였습니다. 어떤 것도 그를 깨울 수 없는 것처럼 보였습니다. 심지어 밧줄이 침대 위에서 흔들려도 말이죠.

토드 씨는 의자에서 무사히 내려왔고, 물이 든 양동이를 들고 다시 올라가려고 애를 썼습니다. 그러고는 양동이를 토미 브록의 머리 위에서 흔들거리는 고리에 달려고 했습니다. 창문을 통해서 이어진 줄로 샤워기처럼 물을 들이붓기 위해서였습니다.

 태어날 때부터 다리가 가늘어서, 그는 무거운 양동이를 고리까지 들어 올릴 수 없었습니다. 그러다 거의 균형을 잃고 쓰러질 뻔했습니다.

코 고는 소리는 점점 더 요란하게 들려왔습니다. 토미 브록의 뒷다리 중 하나가 담요 밑에서 부들부들 떨렸지만, 겉으로는 계속 평화롭게 잠자는 것처럼 보였습니다.

토드 씨는 양동이를 들고 의자에서 무사히 내려왔습니다. 무척 고민한 끝에, 그는 물을 단지와 세숫대야에 비웠습니다. 텅 빈 양동이는 그다지 무겁지 않았습니다. 그는 양동이를 토미 브록의 머리 위에서 흔들거리도록 매달아놓았습니다.

그렇게 깊이 잠이 든 동물이 세상에 또 있을까요? 토드 씨는 의자에서 일어서고 앉기를 반복했습니다.

그는 양동이 물을 한 번에 들어 올릴 수가 없어서, 우유 항아리를 가져다놓고 국자로 조금씩 물을 양동이에 떠 옮겼습니다. 양동이는 점점 차올랐고 시계추처럼
흔들렸습니다. 이따금 물이 한 방울씩 튀었지만 토미 브록은 여전히 규칙적으로 코를 골았고, 한쪽 눈 외에는 전혀 움직이지 않았습니다.

 마침내 토드 씨는 모든 준비를 마쳤습니다. 양동이는 물로 가득 찼습니다. 줄은 침대 지붕에 걸친 채 단단히 매여 있었고, 유리창을 통해서 밖에 서 있는 나무까지 이어져 있었습니다.
 "이렇게 하면 침실이 엉망이 되겠지. 봄 대청소를 하지 않으면 저 침대에서 다시는 못 잘 거야."
 토드 씨가 말했습니다.
 토드 씨는 마지막으로 오소리를 한 번 더 쳐다보고, 방을 조용히 나갔습니다. 그는 집 밖으로 나가 현관문을 닫았습니다. 토끼들은 굴 위로 울리는 여우의 발자국 소리를 들었습니다.
 토드 씨는 줄을 풀어서 양동이에 담긴 물이 토미 브록 위로 떨어지게 할 속셈으로 집 뒤로 달려갔습니다.

"기겁을 하고 일어나게 만들어야지."

토드 씨가 말했습니다.

토드 씨가 집을 나서자 토미 브록은 재빨리 일어났습니다. 그는 토드 씨의 잠옷을 벗어서 둘둘 말아 양동이 밑의 침대 안에 넣었습니다. 자기 대신 말입니다. 그러고는 씩 웃으면서 방을 나갔습니다.

그는 부엌에 가서 불을 지피고, 주전자의 물을 끓였습니다.

지금 당장은 아기 토끼들을 요리할 생각이 없었어요.

토드 씨는 나무로 와서 밧줄을 풀려고 했지만, 물이 든 양동이 때문에 밧줄이 너무 탱탱해서 풀 수 없었습니다. 할 수 없이 토드 씨는 밧줄을 20분 동안이나 이빨로 씹어서 끊어야 했습니다. 그러다가 밧줄이 갑자기 획 풀어져서 하마터면 이빨이 다 뽑힐 뻔했고, 토드 씨는 뒤로 쓰러졌습니다.

집 안에서 철퍼덕 물이 쏟아지는 큰 소리가 들렸고, 뒤이어 양동이가 바닥을 구르는 소리가 요란하게 들렸습니다.

하지만 비명 소리는 들리지 않았습니다. 토드 씨는 얼떨떨하게 앉아서 귀를 기울였습니다. 그런 다음에 창문 안을 흘긋 들여다보니 침대에서 물방울이 떨어지고 있었고, 양동이는 한쪽 바닥 구석에서 뒹굴고 있었습니다.

침대 한가운데 이불 밑에, 뭔가가 납작하게 젖어 있었습니다. 양동이가 부딪힌 곳은 배 부분이었는데 움푹 파여 있었고, 머리는 젖은 담요로 덮여 있었으며 더 이상 코 고는 소리도 들리지 않았습니다.

아무것도 움직이지 않았습니다. 단지 침대 매트리스에서 똑, 똑, 똑 물방울 떨어지는 소리만 들렸습니다.

토드 씨는 30분 동안 물방울이 떨어지는 것을 보았습니다. 그의 눈은 반짝였습니다. 그런 뒤에 그는 신나게 뛰어다녔고, 용기를 내서 유리창을 두드리기도 했습니다. 하지만 침대 위에 있는 것은 전혀 움직이지 않았습니다.

좋았어! 틀림없었습니다. 토드 씨가 계획했던 것보다 훨씬 더 나았습니다. 양동이가 가엾은 토미 브록을 세게 내리쳐서, 그만 죽였던 것입니다!

"저 지독한 놈을 자기가 파놓은 구멍 안에 묻어버려야겠다. 이부자리를 꺼내서, 햇볕 아래에서 말려야지."

토드 씨가 말했습니다.

"식탁보는 빨아서, 풀 위에 하얗게 펼쳐놓아야지. 그리고 이불은 꼭 바람에 말려야지. 침대는 완전히 살균한 뒤에, 다리미와 뜨거운 물이 든 병으로 따뜻하게 데워야겠어."

"부드러운 비누, 원숭이 상표 비누, 온갖 비누를 가져와야겠다. 소다와 문지르는 솔, 살충제도 가져오고, 냄새를 없애기 위해 석탄산도 가져와야지. 살균을 해야 해. 어쩌면 연기로 소독하기 위해 황을 좀 태워야 할지도 몰라."

그는 부엌에서 삽을 가져오기 위해서 급히 집 안으로 들어갔습니다.

"먼저 구덩이를 파야겠다. 그런 뒤에 담요에 싸인 저놈을 끌어내야지……."

그리고 여우는 문을 열었습니다.

 토미 브록은 토드 씨의 부엌 식탁에 앉아 있었고, 토드 씨의 찻잔에 차를 따르는 중이었습니다. 그는 전혀 물에 젖지 않았고, 씨익 웃고 있다가 갑자기 입이 델 정도로 뜨거운 차가 담긴 찻잔을 토드 씨에게 던졌습니다.

 토드 씨는 토미 브록에게 달려들었고, 토미 브록은 토드 씨를 붙잡았습니다. 그들은 부서진 그릇과 도자기 사이에서, 부엌 여기저기 나뒹굴며 큰 싸움을 벌였습니다.

 밑에 있던 토끼들에게 그 소리는 마치 가구가 넘어져서 바닥이 갈라지는 소리처럼 들렸습니다.

 그들은 굴 밖으로 기어나가 불안에 떨며 귀를 기울이면서 돌과 덤불 사이에 매달려 있었습니다.

 집 안에서 벌어진 소동은 끔찍했습니다. 오븐 안에 있던 아기 토끼들은 덜덜 떨면서 잠에서 깨어났습니다. 그들이 안에 갇혀 있었던 것은 차라리 다행이었죠.

 부엌 식탁 말고는 모든 게 넘어지고, 뒤집혔습니다.

 게다가 벽난로 위 선반과 난로망을 제외하고 모든 것이 부서졌습니다. 도자기 그릇들은 산산조각이 났습니다.

의자들은 부서졌고, 창문과 시계가 큰 소리를 내면서 떨어졌습니다. 그리고 토드 씨의 엷은 갈색 수염이 한 움큼 뽑혀 있었습니다.

 벽난로 선반 위에 놓여 있던 화분들과 선반에 놓여 있던 보관통들과 난로 옆 쇠 선반 위에 놓여 있던 주전자도 아래로 떨

어졌습니다. 토미 브록은 딸기잼 병 속에 발이 쑥 들어가버렸습니다.

그리고 주전자에서 끓어 넘치던 물이 그만 토드 씨의 꼬리 위에 쏟아졌습니다.

주전자가 떨어졌을 때, 여전히 웃고 있던 토미 브록은 토드 씨 위를 통나무처럼 데굴데굴 굴러서 문밖으로 나갔습니다.

으르렁거리는 소리가 밖에까지 들렸고, 그들은 강둑 위를 지나 언덕 아래로 구르다가 바위에 세게 부딪혔습니다. 토미 브록과 토드 씨는 이제 더 나빠질 사이도 없었습니다.

방해물들이 사라지자 피터 래빗과 벤저민 버니는 수풀 밖으로 나왔습니다.

"이제 가자! 벤저민, 뛰어들어가서 애들을 구해야지! 내가 문에서 망을 볼게."

하지만 벤저민은 겁에 질렸습니다.

"무서워! 그들이 돌아올 거야!"

"아니, 돌아오지 않아."

"아니야, 돌아올 거라고!"

"그런 말 하지 마! 저들은 채석장 아래로 떨어진 것 같아."

벤저민은 계속 망설였고, 피터는 계속해서 재촉했습니다.

"서둘러, 괜찮아. 벤저민, 토드 씨가 눈치채지 않게 오븐 문은 닫고 와."

결국 토드 씨의 부엌에서는 아기 토끼 구조 작전이 벌어졌습니다.

그 무렵 토끼 굴의 분위기는 너무 무거웠습니다.

저녁을 먹으면서 플롭시와 바운서 할아버지는 싸웠고, 밤새도록 잠을 이루지 못했습니다. 그리고 아침을 먹으면서 또 싸웠습니다. 바운서 할아버지는 자신이 토끼 굴 안으로 오소리를 초대했다는 사실을 더 이상 부인할 수 없었습니다. 하지만 그는 플롭시의 비난과 질문에 대꾸하지 않았습니다.

무거운 분위기 속에서 그날 하루가 지나갔습니다.

바운서 할아버지는 매우 뾰로통해져서 구석에 웅크리고 있었고, 의자로 방어벽을 쳤습니다. 플롭시는 바운서 할아버지의 파이프를 치워버렸고, 담배를 숨겨놓았습니다. 그리고 기분을 풀기 위해서 물건들을 완전히 밖으로 꺼내놓고, 봄 대청소를 했습니다. 바운서 할아버지는 의자 뒤에서 며느리가 다음에는 무엇을 할지 생각하면서 불안해했습니다.

한편 토드 씨의 부엌에서는 부서진 가구와 유리 조각들이 널려 있는 가운데, 벤저민이 초조한 마음으로 자욱한 먼지를 뚫고 오븐에 다가갔습니다. 오븐 뚜껑을 열고 안을 더듬어보니, 안에 뭔가 따뜻하고 꾸물대는 것이 있었습니다. 그는 그것을 조심스레 밖으로 꺼내서는 피터 래빗에게 돌아갔습니다.

"피터! 애들을 찾아냈어! 우리가 도망칠 수 있을까? 아니면 숨을까?"

피터는 귀를 쫑긋 올렸습니다. 멀리서 싸우는 소리가 아직도 숲속에서 울려 퍼지고 있었습니다.

5분 뒤에 토끼 두 마리가 불(Bull) 언덕을 쏜살같이 뛰어내려왔습니다. 자루를 나누어 잡고 질질 끌다시피 내려오느라 풀밭에 쿵쿵 부딪혔습니다. 그래도 집에 무사히 도착해서는 토끼굴속으로 바로 뛰어들어갔습니다.

피터와 벤저민이 아이들을 데리고 의기양양하게 도착하자 바운서 할아버지는 한시름을 놓았고, 플롭시도 무척 기뻐했습니다. 아기 토끼들은 뒤죽박죽 뒤엉켜 있었고 무척 배고파했습니다. 하지만 밥을 먹이고 바로 침대에 누이자 곧 기운을 회복했습니다.

바운서 할아버지는 점잔을 떨었지만 결국 신선한 담배와 함께 기다란 새 담뱃대를 받았습니다.

바운서 할아버지는 용서를 받았고, 모두 함께 식사를 했습니다. 피터와 벤저민은 자신들의 얘기를 들려주었지만, 입이 근질거려서 토미 브록과 토드 씨의 싸움이 어떻게 끝났는지부터 말해버리고 말았답니다.

15. 피글링 블랜드 이야기

 옛날에 페티토즈 아줌마라고 불리는 나이 많은 엄마 돼지가 살았습니다. 딸 넷은 이름이 삐침이, 쪽쪽이, 우웩이, 얼룩이였고, 아들 넷은 이름이 알렉산더, 피글링 블랜드, 친친이, 뭉툭이였습니다.
 뭉툭이는 사고로 꼬리를 다쳐서 꼬리가 뭉툭했지요.
 아기 돼지 여덟 마리는 뭐든지 무척 잘 먹었습니다.

"그래! 정말 복스럽게도 잘 먹는구나!"

페티토즈 아줌마는 자식들을 바라보면서 자랑스럽게 말했습니다.

그런데 별안간 끔찍한 비명 소리가 들렸습니다. 알렉산더가 여물통 테에 끼여서 꼼짝 못하게 된 것입니다.

페티토즈 아줌마는 나와 함께 알렉산더의 뒷발을 잡아끌었습니다.

 친친이는 벌써 망신을 당했습니다. 빨래하는 날이었는데, 비누를 하나 먹어버렸기 때문입니다. 게다가 우리는 깨끗한 옷 바구니에서 더러운 아기 돼지를 또 한 마리 찾아냈습니다.
 "쯧, 쯧, 쯧! 이게 뭐람!"
 페티토즈 아줌마가 꿀꿀거렸습니다.
 돼지 가족들은 모두 분홍색이거나 검은 점들이 찍힌 분홍색이지만, 이 아기 돼지는 온몸이 전부 지저분한 검은색이었어요. 목욕통에 첨벙 넣고 보니 우웩이였습니다.

 정원에 나가보았더니, 삐침이와 쪽쪽이가 당근을 파먹는 것이 보였습니다. 나는 그 애들을 회초리로 때리고 귀를 잡아당겨서 끌어냈습니다. 삐침이는 나를 물려고 했습니다.

"페티토즈 아줌마! 아줌마는 훌륭한 분이시지만, 자녀 교육에 신경 좀 쓰셔야겠어요. 얼룩이와 피글링 블랜드만 빼고 다들 말썽을 피우잖아요."

나는 말했습니다.

"네, 맞아요. 어휴……."

페티토즈 아줌마는 한숨을 쉰 뒤에 말을 이었습니다.

"저놈들은 우유를 양동이째로 마신다니까요. 젖소를 한 마리

더 들여놓든가 해야지 원. 얼룩이는 착하니까 남겨서 집안일을 시키고 다른 놈들은 딴 곳에 보내야겠어요. 아들 넷, 딸 넷은 아무래도 한 집에 살기엔 너무 많아요. 암, 그렇고말고. 저놈들이 없으면 먹을 게 더 많아지겠지요."

그래서 친친이와 쪽쪽이는 외바퀴 수레에 실려 갔고, 뭉툭이, 우웩이, 삐침이는 수레에 실려 갔습니다.

그리고 알렉산더와 피글링 블랜드는 장에 갔습니다. 우리는 그들의 털을 빗겨주고, 꼬리를 말아주고, 작은 얼굴을 씻겨주었습니다. 그러고는 마당에서 잘 가라고 인사했습니다.

페티토즈 아줌마는 커다란 손수건으로 눈물을 닦았습니다. 그러고 난 다음에 피글링 블랜드의 코를 닦으면서 눈물을 흘렸고, 알렉산더의 코를 닦으면서도 눈물을 흘렸습니다. 그러고는 손수건을 얼룩이에게 건네주었습니다. 페티토즈 아줌마는 한숨을 쉬고 꿀꿀거리더니, 아기 돼지들에게 다음과 같이 말했습니다.

"피글링 블랜드야! 이제 넌 장에 가야 한단다. 동생 알렉산더의 손을 잡고 가렴. 나들이옷은 더럽히지 않도록 조심하고, 코 닦는 것도 잊지 말고."

(페티토즈 아줌마는 한 번 더 손수건으로 눈물을 닦고 다시 건넸습니다.)

"함정에 빠지지 않도록 주의하고, 닭장에는 들어가지 말고, 베이컨과 달걀은 무조건 멀리해야 한다. 항상 뒷다리로 서서 걸어다니고."

얌전한 피글링 블랜드는 진지한 얼굴로 엄마를 쳐다보았습니다. 볼 위로 눈물이 주르륵 흘러내렸습니다.

페티토즈 아줌마는 알렉산더에게 고개를 돌렸습니다.

"자, 알렉산더야! 형아 손을……."

"꿀, 꿀, 꿀!"

알렉산더가 킥킥거렸습니다.

"형아 손을 잡아. 너도 장에 가야지. 명심해야……."
"꿀, 꿀, 꿀!"
알렉산더는 한 번 더 말을 끊었습니다.
"자꾸 이러면 사람들이 엄마 흉봐요."
페티토즈 아줌마가 말했습니다.

"표지판과 이정표를 잘 보고 다니고, 청어는 가시가 많으니까 통째로 삼키지 말고……."

"그리고 일단 주 경계를 넘으면 되돌아올 수 없다는 사실을 잊지 마."

나는 힘주어 말했습니다.

"알렉산더! 넌 내 말을 안 듣는구나. 여기 랭커셔에서 서는 장에 갈 수 있는 통행증이 두 개 있어. 알렉산더! 내 말 잘 들어! 경찰관에게서 이 종이를 얻느라 얼마나 고생했는지 몰라."

피글링 블랜드는 진지한 얼굴로 이야기를 들었습니다. 하지만 알렉산더는 정말 변덕이 죽 끓듯 했습니다.

나는 조끼 주머니에 종이를 넣고 혹시 중간에 빠지지 않도록 핀을 꽂아두었습니다.

페티토즈 아줌마는 둘에게 조그만 짐 보따리를 싸주었고, 적

절한 교훈들이 적힌 종잇조각으로 싼 박하사탕 여덟 개도 넣어 주었습니다. 준비를 마친 피글링 블랜드와 알렉산더는 출발했습니다.

피글링 블랜드와 알렉산더는 1킬로미터가 넘는 길을 서둘러 걸었습니다. 아니, 피글링 블랜드만 그랬습니다. 알렉산더는 길을 걸으면서 그 절반은 장난치며 깡충깡충 좌우로 뛰어다녔습니다. 알렉산더는 춤을 추면서 형을 꼬집고, 노래를 불렀습니다.

돼지 한 마리는 장에 갔고, 돼지 한 마리는 집에 남아 있고,
돼지 한 마리는 고기를 한 조각 먹었다네

"피글링 형, 도시락으로 뭘 싸줬는지 한번 볼까?"

알렉산더와 피글링 블랜드는 앉아서 보따리를 풀었습니다. 알렉산더는 저녁을 한입에 꿀꺽 먹어치웠습니다. 자기 몫의 박하사탕은 벌써 다 먹어버렸습니다.

"피글링 형! 나 사탕 하나만, 응?"

"하지만 난 비상식량으로 남겨두고 싶은걸."

피글링 블랜드는 머뭇거리며 말했습니다.

알렉산더는 꽥꽥거리며 웃더니 통행증에 꽂아둔 핀을 뽑아서 피글링 블랜드를 찔렀습니다. 화가 난 피글링 블랜드가 철썩 때리자 알렉산더는 핀을 떨어뜨렸고, 대신 피글링 블랜드의 핀을 빼앗아가려고 했습니다. 통행증 두 개가 뒤섞였습니다. 피글링 블랜드는 동생 알렉산더를 혼냈습니다.

하지만 둘은 금방 화해를 했고, 함께 노래를 부르면서 서둘러 걸어갔습니다.

백파이프 연주자 아들 톰이
돼지를 훔쳐 달아났다네!
하지만 연주할 수 있는 곡은
'언덕 너머 저 멀리!' 뿐이었다네!

"꼬마 돼지님들, 뭐라고? 돼지를 훔쳤다니? 통행증은 어디 있지?"

경찰관이 말했습니다. 피글링 블랜드와 알렉산더는 모퉁이를 돌다가 하마터면 경찰관과 부딪칠 뻔했습니다. 피글링 블랜드는 자신의 통행증을 끄집어냈습니다. 알렉산더는 주머니를 뒤지더니, 뭔가 구겨진 것을 건넸습니다.

"70그램, 3파딩짜리 사탕. 이게 뭐지? 통행증이 아니잖아?"

알렉산더는 당황해서 풀이 죽었습니다. 통행증을 잃어버렸던 것입니다.

"통행증을 가지고 있었어요! 정말이에요, 경찰관님!"

"통행증도 없이 집 밖을 나서게 하지는 않았을 것 같은데. 나는 농장을 지나가는 길이니, 같이 가자."
"저도 돌아가야 하나요?"
피글링 블랜드가 물었습니다.
"그럴 필요 없어. 네 통행증에는 아무런 문제가 없으니까."
피글링 블랜드는 혼자 가고 싶지 않았습니다. 게다가 비까지 내리기 시작했습니다. 하지만 경찰관과 옥신각신하는 것은 어리석은 일이었습니다. 그래서 피글링 블랜드는 동생에게 박하사탕을 주고, 점점 멀어지는 뒷모습을 지켜보았습니다.

알렉산더의 모험에 대해 마저 이야기하자면, 경찰은 오후 늦게 집으로 느긋하게 걸어갔습니다. 그 뒤로 축축하게 젖은 아기 돼지가 시무룩하게 뒤따라갔습니다. 나는 알렉산더를 옆집에 팔았고, 일단 마음을 잡자 그는 무척 잘 지냈습니다.

피글링 블랜드는 맥없이 혼자 터덜터덜 걸어가다가 교차로에 도착했고, 이정표를 올려다보았습니다. '장이 서는 마을까지 8킬로미터' '언덕 너머까지 6.4킬로미터' '페티토즈 농장까지 4.8킬로미터'라고 적혀 있었습니다.

 피글링 블랜드는 충격을 받았고, 장이 서는 마을에서 잠잘 수 있을 것이라는 기대는 거의 사라졌습니다. 게다가 내일이 바로 장날이었습니다. 알렉산더가 까불어서 얼마나 많은 시간을 낭비했는지를 생각하면 한숨이 나왔습니다.

 그는 언덕으로 이어진 길을 아쉬운 눈으로 쳐다보았습니다. 그런 뒤에 비를 막기 위해 외투 단추를 채우면서 다른 길로 천천히 걸어가기 시작했습니다. 사실은 전혀 가고 싶지 않았습니다. 사람들로 붐비는 장에 혼자 서 있다가 몸집이 큰 낯선 농부가 와서 자세히 쳐다보고, 찔러보다가 자신을 사갈 생각을 하니 기분이 정말 좋지 않았습니다.

"작은 밭이 하나 있어서 감자나 키웠으면 좋겠다."

피글링 블랜드가 중얼거렸습니다.

시린 손을 주머니에 찔러 넣자, 자신의 통행증이 만져졌습니다. 반대편 주머니에도 손을 넣자, 종이가 하나 만져졌습니다. 바로 알렉산더의 통행증이었어요! 피글링 블랜드는 꽥 소리를 질렀습니다. 그러고는 알렉산더와 경찰관을 따라잡으려고 뒤로 돌아서 정신없이 뛰기 시작했습니다.

하지만 피글링 블랜드는 그만 잘못된 길로 들어섰습니다. 몇 번이나 길을 잘못 들었고 결국 완전히 길을 잃고 말았습니다.

어두워졌고, 바람이 불었고, 나무들은 삐걱삐걱 신음 소리를 냈습니다.

피글링 블랜드는 겁이 나서 소리쳤습니다.

"꿀, 꿀, 꿀! 집으로 가는 길을 못 찾겠어!"

한 시간 정도 헤맨 뒤에야 그는 숲을 빠져나올 수 있었습니다. 달이 구름 사이로 빛났고, 피글링 블랜드는 낯선 시골 풍경을 보았습니다.

 황무지를 가로질러 길이 나 있었습니다. 그 아래에는 넓은 계곡이 펼쳐져 있었고, 달빛 아래 강이 반짝반짝 빛났습니다. 그리고 저 너머 안개 자욱한 곳에 언덕들이 보였습니다.
 그는 작은 오두막을 발견했고, 다가가서 살금살금 들어갔습니다.
 "이런, 닭장이군. 하지만 뭐 어쩔 수 없지."
 피글링 블랜드가 말했습니다. 온몸이 흠뻑 젖어서 춥고, 매우 피곤했습니다.
 "베이컨과 달걀, 베이컨과 달걀!"
 암탉이 꼬꼬댁거렸습니다.

"함정이야, 함정! 꼬꼬댁! 꼬꼬꼬!"

놀란 어린 수탉이 그를 야단쳤습니다.

"장에 가! 장에 가! 어서어서 가!"

햇대에 앉은 하얀 암탉이 옆에서 꼬꼬댁거렸습니다. 피글링 블랜드는 너무 무서워서 날이 밝으면 떠나기로 결심했습니다. 그러다 그만 암탉들과 잠들었습니다.

하지만 한 시간도 안 되어서 다들 잠에서 깨어났습니다. 주인인 파이퍼슨 아저씨가 닭 여섯 마리를 아침에 장에 내다 팔려고 등불과 바구니를 들고 왔기 때문입니다.

파이퍼슨 아저씨가 수탉 바로 옆 횃대에 앉아 있던 하얀 암탉을 손으로 잡았을 때, 한쪽 구석에 몸을 바짝 붙이고 있던 피글링 블랜드가 눈에 띄었습니다. 그는 "옳지! 여기 이런 놈도 있구나!"라고 큰 소리로 고함을 치더니, 피글링 블랜드의 목덜미를 붙잡아서 바구니에 집어넣었습니다. 그런 뒤에도 그는 피글링 블랜드의 머리 위로 꼬꼬댁 울고, 발로 차대는 더러운 암탉 다섯 마리를 집어넣었습니다.

아기 돼지 한 마리와 닭 여섯 마리가 들어 있는 바구니는 전혀 가볍지 않았습니다. 언덕 아래로 내려갈 때, 바구니는 심하게 흔들렸습니다. 피글링 블랜드는 만신창이가 될 정도로 긁혔지만 통행증과 박하사탕들을 옷 안에 가까스로 숨겼습니다.

마침내 바구니는 부엌 바닥에 쿵 내려졌습니다. 뚜껑이 열렸고 피글링 블랜드는 밖으로 꺼내졌습니다. 그는 눈을 깜빡거리면서 위를 올려다보았고, 엄청나게 못생긴 노인이 씨익 웃는 모습을 보았습니다.

"이놈은 제 발로 걸어왔네. 살다보니 별일이 다 있군."

파이퍼슨 아저씨가 피글링 블랜드의 주머니를 뒤지면서 말했습니다. 그는 바구니를 한쪽 구석에 치워놓았고, 암탉들을 조용히 시키려고 위를 커다란 자루로 덮었습니다. 그러고는 냄비를 불 위에 놓고 신발 끈을 풀었습니다.

피글링 블랜드는 걸상을 끌어다가 끝에 걸터앉았고, 수줍게

손을 불에 쬐었습니다. 파이퍼슨 아저씨는 구두를 벗더니 부엌 안쪽 벽 아래쪽에 던졌습니다.

그러자 숨넘어갈 듯한 비명이 들렸고, 파이퍼슨 아저씨는 "조용히 못해!"라고 소리쳤습니다. 불을 쬐던 피글링 블랜드는 놀라서 그를 쳐다보았습니다.

파이퍼슨 아저씨는 나머지 신발도 벗어서 같은 곳에 던졌습니다. 한 번 더 이상한 비명 소리가 들렸습니다.

"조용히 해, 알겠어?"

파이퍼슨 아저씨가 말했습니다. 피글링 블랜드는 걸상의 맨 가장자리에 앉아 있었습니다.

파이퍼슨 아저씨는 궤짝에서 음식을 꺼내왔고, 오트밀 죽을 만들었습니다. 부엌 안쪽에 있는 뭔가가 음식에 관심을 보이는 듯한 소리를 냈지만, 아저씨는 배가 너무 고파서 어떤 소리에도 아랑곳하지 않았습니다.

 파이퍼슨 아저씨는 죽을 세 접시에 담았습니다. 자신이 먹을 것, 피글링 블랜드가 먹을 것, 그리고 나머지 한 접시를 들고 피글링 블랜드를 노려보다가 상자에 쏙 집어넣고 잠가버렸습니다. 피글링 블랜드는 조용히 저녁을 먹었습니다.

저녁을 먹은 후에 파이퍼슨 아저씨는 달력을 보더니, 피글링 블랜드의 갈비뼈를 만져보았습니다. 베이컨으로 절이기에는 시기가 너무 늦었습니다. 아저씨는 피글링 블랜드가 먹은 죽이 아까웠습니다. 게다가 암탉들도 이 돼지를 봐버려서 어쩔 수 없었습니다.

그는 조금밖에 안 남은 돼지 옆구리 고기를 보았습니다. 그리고 피글링 블랜드를 어떻게 할지 망설이는 눈으로 쳐다보았습니다.

"양탄자 위에서 자도 좋아."

파이퍼슨 아저씨가 말했습니다.

피글링 블랜드는 잠을 푹 잤습니다. 아침에 파이퍼슨 아저씨는 죽을 더 만들었습니다. 날씨는 더욱 따뜻해졌습니다. 그는 상자에 음식이 얼마나 많이 남았는지를 보더니 기분이 별로 안 좋아보였습니다.

"다른 집으로 가고 싶겠지?"

파이퍼슨 아저씨는 피글링 블랜드에게 말했습니다.

피글링 블랜드가 미처 대답하기도 전에, 이웃에 사는 사람이 마차를 몰고 와 대문에서 휘파람을 불었습니다. 파이퍼슨 아저씨와 암탉들을 태우고 장에 가려는 것이었습니다. 파이퍼슨 아저씨는 바구니를 들고 급히 나가면서 피글링 블랜드에게 문을 닫고 아무것도 손대지 말라고 소리쳤습니다.

"안 그러면 있다가 돌아와서 네 껍질을 벗겨버릴 테다!"
파이퍼슨 아저씨가 말했습니다.

피글링 블랜드는 자기도 태워달라고 했다면 바로 장에 갈 수 있었을 거라는 생각이 문득 들었습니다.

하지만 파이퍼슨 아저씨에게 믿음이 가지 않았습니다.

피글링 블랜드는 아침을 다 먹고 시간이 남아서 오두막을 한 번 둘러보았습니다. 모든 것이 잠겨 있었습니다. 피글링은 부엌 뒤에서 양동이에 감자 껍질이 약간 담겨 있는 것을 발견하고는 감자 껍질을 먹고, 양동이에 들어 있던 죽 그릇을 씻었습니다. 일하면서 그는 노래를 불렀습니다.

톰은 피리를 크게 불어서
소년소녀들을 모두 불러 모았다네―
다들 달려가서 톰이
"언덕 너머 저 멀리!"를 부르는 것을 들었다네―

갑자기 숨죽인 목소리로 누군가 맞장구를 쳤습니다.

*언덕 너머 멀고먼 저 길 위에선
내 머리털이 바람에 휘날리겠지!*

피글링 블랜드는 닦고 있던 접시를 내려놓고, 귀를 기울였습니다.
한참 가만히 있다가 피글링 블랜드는 발끝으로 살금살금 걸어가서, 부엌 앞에 난 문 안쪽을 들여다보았습니다. 거기에는 아무도 없었습니다.

한참 더 있다가 잠긴 찬장 문에 다가가서, 열쇠구멍으로 킁킁 냄새를 맡았습니다. 매우 조용했습니다.

아주 오랫동안 가만히 있다가 문 밑으로 박하사탕을 밀어 넣었습니다. 그러자 박하사탕은 곧바로 사라졌습니다.

하루 사이에 피글링 블랜드는 나머지 박하사탕 여섯 개를 전부 밀어 넣었습니다.

집에 돌아온 파이퍼슨 아저씨는 피글링 블랜드가 난롯불 앞에 앉아 있는 것을 보았습니다. 그는 난로를 청소한 후 불을 지폈고, 냄비를 올렸습니다. 당장 먹을거리가 없었기 때문입니다.

파이퍼슨 아저씨는 무척 상냥하고 너그러웠습니다. 그는 피글링 블랜드의 등을 툭툭 두드렸고, 죽을 많이 만들었을 뿐 아니라 음식을 넣어두는 상자를 잠그는 것도 잊어버렸습니다. 찬장 문을 잠그기는 했지만 제대로 닫지 않아서 잠기지 않았습니다. 일찍 잠자리에 들면서, 그는 피글링 블랜드에게 무슨 일이 있어도 다음 날 12시 전에는 깨우지 말라고 했습니다.

피글링 블랜드는 불 옆에 앉아서 저녁을 먹었습니다.

문득 바로 옆에서 작은 목소리가 들렸습니다.

"내 이름은 피그위그예요. 죽을 더 만들어줘요!"

피글링 블랜드는 흠칫 놀라서 벌떡 일어나 주위를 돌아보았습니다.

정말 사랑스럽고 작은 버크셔 흑돼지가 웃으면서 옆에 서 있었습니다. 눈꼬리가 위로 올라간 반짝거리는 작은 두 눈에, 턱이 두 개였고, 짧은 코는 위로 올라가 있었습니다.

 피그위그는 피글링 블랜드가 들고 있던 접시를 손가락으로 가리켰습니다. 피글링 블랜드는 얼른 접시를 건네주고, 죽이 들어 있는 상자로 달려갔습니다.
 "여긴 어떻게 왔어?"
 피글링 블랜드가 물었습니다.
 "아저씨가 저를 훔쳤죠."
 피그위그는 입에 죽을 가득 넣은 채 대답했습니다.
 "왜?"
 "저를 햄과 베이컨으로 만들려고요."

피그위그는 밝은 목소리로 대답했습니다.
"그런데 왜 도망치지 않지?"
잔뜩 겁에 질린 피글링 블랜드가 소리쳤습니다.
"밥 먹고 도망칠 거예요."
피그위그가 단호한 목소리로 말했습니다.
피글링 블랜드는 죽을 더 만들었고, 수줍어서 피그위그를 흘끔흘끔 쳐다보았습니다.
피그위그는 두 접시를 비우더니, 출발하려는 것처럼 일어나서 주위를 둘러보았습니다.

"어두워서 밖에 나가면 안 돼."

피글링 블랜드가 말했습니다.

피그위그는 걱정스러운 얼굴이었습니다.

"대낮에는 길을 찾을 수 있겠어?"

"강 건너 언덕에서 이 작고 하얀 집이 보인다는 걸 알고 있어요. 당신은 어디로 갈 건가요?"

"장에 갈 생각이야. 통행증이 두 개 있어. 원한다면 다리까지 데려가줄게."

피글링 블랜드는 걸상에 앉아서 무척 당황한 얼굴로 말했습니다. 피그위그가 고마워하는 태도로 질문을 많이 해서 피글링 블랜드는 당황스러웠습니다.

결국 피글링 블랜드는 눈을 감고 자는 척해야 했습니다. 피그위그는 조용해졌고, 잠시 후 박하사탕 냄새를 맡았습니다.

"다 먹은 줄 알았는데?"

갑자기 잠에서 깬 피글링 블랜드가 말했습니다.

"끝부분만 먹었죠."

피그위그는 불 옆에서 박하사탕을 찬찬히 뜯어보며 대답했습니다.

"먹지 않는 게 좋겠어. 파이퍼슨 아저씨가 천장 틈으로 올라온 냄새를 맡을 수 있으니까."

놀란 피글링이 말했습니다.

피그위그는 끈적이는 박하사탕을 다시 자기 주머니 안에 넣었습니다.

"노래 하나만 불러주세요."

피그위그가 졸랐습니다.

"미안해……. 난 이가 아파서."

피글링 블랜드는 깜짝 놀라서 말했습니다.

"그럼, 제가 부를게요."

피그위그가 대답했습니다.

"그냥 '나나나'라고 해도 괜찮죠? 가사를 잊어버린 부분이 있어서요."

피글링 블랜드는 반대하지 않았습니다. 앉은 채로 두 눈을 반쯤 감고 앉아서 피그위그를 쳐다보았습니다.

피그위그는 머리를 이리저리 흔들고 박자를 맞추면서, 부드럽고 작게 꿀꿀거리며 노래를 불렀습니다.

> 돼지우리에는 늙은 엄마 돼지 한 마리가 살았죠
> 그리고 우스꽝스러운 아기 돼지 세 마리가 있었죠
> *(나나나─)* 음, 음, 음!
> 아기 돼지들이 말했죠. 꿀, 꿀!

피그위그는 서너 구절을 제대로 불렀습니다. 하지만 한 구절씩 부를 때마다 머리가 조금씩 아래로 기울었고, 그녀의 반짝이는 작은 눈은 감겼습니다.

> 아기 돼지 세 마리는 점점
> 병이 들어서, 말라갔어요
> 말라가는 게 당연했지요.
> 왠지 몰라도
> 음, 음, 음! 할 수 없었죠
> 꿀, 꿀, 꿀! 할 수 없었죠
> 왠지 몰라도 말할 수 없었죠

피그위그는 점점 머리가 아래로 내려가더니 결국 작은 둥근 공처럼 양탄자 위로 굴러 내려와서 깊이 잠들었습니다.

피글링 블랜드는 발끝으로 살살 걸어가서 피그위그를 의자 덮개로 덮어주었습니다.

피글링 블랜드는 자기도 잠들까 봐 걱정되었습니다. 그래서 귀뚜라미 울음소리와 파이퍼슨 아저씨가 코 고는 소리를 들으면서 앉아서 하얗게 밤을 지새웠습니다.

아침 일찍, 아직 어둠이 걷히지 않았을 때 피글링 블랜드는 작은 보따리를 싼 뒤에 피그위그를 깨웠습니다. 피그위그는 약간 흥분하면서도 놀랐습니다.

"하지만 아직 어두워요! 길을 어떻게 찾죠?"

"수탉이 울었어. 암탉이 나오기 전에 출발해야 돼. 암탉들이 파이퍼슨 아저씨에게 소리칠지도 모르니까."

피그위그는 다시 주저앉아 울기 시작했습니다.

"피그위그! 이리 와. 어둠에 익숙해지면 길이 보일 거야. 가자! 닭들이 꼬꼬댁거리는 소리가 들려!"

피글링 블랜드는 암탉에게 한 번도 조용하라는 뜻으로 "쉿!"이라고 말한 적이 없었습니다. 바구니에 같이 있던 닭들이 떠올랐습니다.

그는 현관문을 조용히 열고, 밖으로 나간 뒤에 닫았습니다. 밭은 없었습니다. 파이퍼슨 아저씨네 집 주위의 땅은 전부 가축들이 파헤쳐놨습니다. 피글링 블랜드와 피그위그는 손을 꼭 잡고 거친 들판을 가로질러 도로로 몰래 도망쳤습니다.

 황량한 들판을 지나가는 사이에 해가 떴고, 눈부신 햇살이 언덕 꼭대기를 비쳤습니다. 햇살은 점점 언덕 아래로 내려와서, 평화로운 초록 계곡까지 비쳤습니다. 거기에는 작고 하얀 오두막들이 정원과 과수원 사이에 옹기종기 모여 있었습니다.
 "저기가 웨스트모얼랜드예요."
 피그위그가 말했습니다. 그러더니 잡고 있던 피글링 블랜드의 손을 놓고는 노래를 부르면서 춤추기 시작했습니다.

백파이프 연주자의 아들 톰이
돼지를 훔쳐 달아났다네!
하지만 연주할 수 있는 곡은
'언덕 너머 저 멀리!' 뿐이었다네!

"이리 와, 피그위그! 마을 사람들이 우릴 발견하기 전에 다리에 도착해야 해."

"피글링 씨! 장에는 왜 가고 싶으세요?"

피그위그가 대뜸 물었습니다.

"장에 가고 싶은게 아냐. 난 감자를 키우고 싶어."

"박하사탕 먹을래요?"

피그위그가 말했습니다. 피글링 블랜드는 매우 뿌루퉁하게 거절했습니다.

"이빨이 아파요?"

피그위그가 물었습니다. 피글링 블랜드는 꿀꿀거렸습니다.

피그위그는 혼자 박하사탕을 먹으며 길 반대편에서 피글링 블랜드를 따라갔습니다.

"피그위그! 담벼락 밑에 숨어 있어. 저기 한 남자가 밭을 갈고 있으니까."

피그위그는 길을 건넜고, 둘은 언덕을 급히 내려와 그 지역의 경계로 향했습니다.

문득 피글링 블랜드가 걸음을 멈추었습니다. 마차 소리가 들렸기 때문입니다.

저 밑으로 한 상인이 수레를 타고 천천히 올라오고 있었습니다. 고삐로 말 등을 철썩철썩 때리면서, 식료품 상인은 신문을 읽고 있었습니다.

"입에서 박하사탕을 꺼내, 피그위그. 우리는 뛰어야 할지도 몰라. 한마디도 하지 말고, 내게 맡겨 둬. 다리가 보이는 곳까지

말이야!"

가엾은 피글링 블랜드는 거의 울먹이면서 말했습니다.

그는 피그위그의 팔을 잡은 채로 겁에 질려서 절뚝절뚝 걷기 시작했습니다.

말이 겁을 먹고 힝힝거리지 않았다면, 식료품 상인은 신문을 읽느라 정신이 없어서 그들을 그냥 지나칠 뻔했습니다. 그는 수레를 길옆에 대고 채찍을 내려놓았습니다.

"어이! 어디를 그렇게 가나?"

피글링 블랜드는 멍한 눈으로 그를 쳐다보았습니다.

"귀를 먹었어? 장에 가는 길이냐?"

피글링 블랜드는 천천히 고개를 끄덕였습니다.

"그럴 거라고 생각했지. 그런데 장날은 어제였어. 통행증을 보여줄래?"

피글링 블랜드는 상인의 말 뒷발에 돌이 박힌 것을 뚫어지게 쳐다보았습니다.

식료품 상인은 채찍을 가볍게 내리쳤습니다.

"통행증 없어? 돼지 신분증 말이야."

피글링 블랜드는 주머니를 전부 뒤적이더니, 통행증을 꺼내서 건네주었습니다. 그는 통행증을 확인했지만, 여전히 미심쩍은 얼굴이었습니다.

"이 아기 돼지는 암컷인데, 이름이 알렉산더라고?"

놀란 나머지 피그위그는 입이 벌어졌지만, 바로 다물었습니다. 피글링 블랜드는 천식을 앓는 것처럼 심하게 기침을 해댔습니다.

상인은 신문에 난 광고란을 손가락으로 짚어 내려갔습니다.

"잃어버리거나, 도둑맞거나, 길을 잃은 동물들을 찾아주면 10실링을 보상함."

그는 피그위그를 의심스러운 눈으로 쳐다보았습니다.

그러고는 일어나서 쟁기질하는 사람을 향해 휘파람을 불었습니다.

"내가 저기 가서 물어보고 올 동안에 여기서 기다려라."

상인은 고삐를 다시 그러쥐면서 말했습니다.

그는 돼지들이 약삭빠르다는 사실을 알고 있었지만, 저렇게 다리를 심하게 저는 돼지는 절대로 뛰지 못할 거라고 생각했던 것입니다!

"피그위그, 아직 아니야. 상인이 뒤돌아볼 거야."

정말 그랬습니다. 그는 돼지 두 마리가 길 한가운데 꼼짝 않고 서 있는 것을 보았습니다. 그때 말 뒤꿈치를 보고 말도 발을 저는 것을 알아차렸습니다. 그가 농부에게 도착한 뒤에 돌을 빼내는 데는 시간이 좀 걸렸습니다.

"피그위그! 바로 지금이야!"

피글링 블랜드가 말했습니다.

세상의 그 어떤 돼지도 피글링 블랜드와 피그위그처럼 내달린 적은 없었을 것입니다. 그들은 다리를 향해 난 기다란 하얀 언덕길을 소리를 지르면서 헐레벌떡 죽을 힘을 다해 뛰어내려 갔습니다. 작고 통통한 피그위그가 뛰어오를 때마다 속치마가 바람에 나부꼈고, 발에서는 후다닥 소리가 났습니다.

둘은 달리고, 달리고, 또 달려서 언덕을 내려왔습니다. 수풀과 자갈밭 사이로 잔디가 평평하게 난 지름길을 지나갔습니다.

둘은 강에 도착했고, 손을 잡고 다리를 건넜습니다. 그리고 언덕 너머 저 멀리서 피그위그는 피글링 블랜드와 함께 춤을 추었답니다!

16. 새뮤얼 위스커스 이야기

 옛날에 타비사 트위칫 아줌마라고 불리는 엄마 고양이가 살고 있었어요. 타비사 아줌마는 항상 걱정이 많았어요. 아기 고양이들을 계속 잃어버렸고, 그럴 때마다 아기 고양이들은 항상 말썽을 피웠기 때문이었지요.
 빵을 굽는 날, 타비사 아줌마는 아기 고양이들을 찬장 안에 가두어놓기로 결심했습니다. 모펫과 미튼스는 붙잡았지만, 톰은 찾지 못했어요.

 타비사 아줌마는 톰을 부르면서 온 집안을 찾아다녔습니다. 계단 밑에 있는 식품 저장실을 들여다보았고, 가구들이 모두 먼지막이로 덮인 가장 좋은 손님용 침실도 살펴보았습니다. 타비사 아줌마는 곧장 계단으로 올라가서 다락방도 살펴보았지만, 어디서도 톰을 찾을 수 없었습니다.

 타비사 아줌마가 사는 집은 아주, 아주 오래된 집이었고 찬장들과 복도들이 수없이 많았어요. 두께가 1미터가 넘는 벽들도 있었지만, 자주 이상한 소리가 들려왔지요. 마치 작은 비밀 계단이 있기라도 한 것처럼 말이에요. 확실히 벽 아래쪽에 댄 나무판에는 삐죽삐죽한 모양의 이상한 작은 문들이 있었고, 밤에 물건들이 사라졌습니다. 특히 치즈와 베이컨이 말이죠.

타비사 아줌마는 점점 더 불안해져서 야옹거리며 울기 시작했습니다.

엄마가 온 집을 뒤지는 사이에 모펫과 미튼스는 장난을 치기 시작했습니다.

벽장 문이 잠겨 있지 않아서 아기 고양이들은 문을 밀어서 열고 밖으로 나왔어요.

아기 고양이들은 불에 굽기 전에 부풀리기 위해서 냄비에 담아둔 밀가루 반죽으로 곧장 다가갔습니다.

그리고 부드러운 작은 발로 반죽을 톡톡 건드렸어요.

"우리 작은 머핀을 만들어볼까?"
미튼스가 모펫에게 말했습니다.

하지만 바로 그때 누군가 현관문을 두드리는 소리가 들렸고, 겁에 질린 모펫은 밀가루 통으로 들어가버렸습니다.

미튼스는 버터 만드는 곳으로 도망가서, 우유 그릇들과 함께 돌선반 위에 놓여 있던 빈 단지 속에 숨었습니다.

손님은 이웃에 사는, 타비사 아줌마의 사촌 리비 아줌마였어요. 리비 아줌마는 이스트를 빌리려고 왔지요.

타비사 아줌마는 엉엉 울면서 계단 아래로 내려왔습니다.

"어서 와, 리비. 들어와서 앉아. 나 정말 어떡하지?"

타비사 아줌마는 눈물을 흘리면서 말했습니다.

"아들 토머스를 잃어버렸어. 쥐들이 데려간 것 같아서 걱정이야."

그러고는 앞치마로 눈물을 닦았습니다.

"세상에, 타비사! 걔는 만날 속 썩이네. 지난번에 차 마시러 왔을 때에는 내가 제일 아끼는 모자로 실뜨기 놀이를 하더니 말이야. 그래 어디를 찾아봤어?"

"온 집을 다 뒤졌지! 내가 감당하기에는 쥐들이 너무 많아.
그 말썽꾸러기 때문에 힘들어 죽겠어!"
타비사 아줌마가 말했습니다.

"난 쥐는 별로 무섭지 않아. 아들 찾는 거 도와줄게. 회초리로 때리는 것도 함께 말이지! 그런데 난로망에 웬 검댕이 이렇게 많아?"

"굴뚝 청소를 해야 돼. 아, 세상에, 리비! 이젠 모펫하고 미튼스도 없어졌어!"

"둘 다 찬장에서 빠져나왔잖아!"

리비 아줌마와 타비사 아줌마는 한 번 더 집을 샅샅이 뒤지기 시작했습니다. 리비의 우산으로 침대 밑을 찔러보기도 하고, 찬장 구석을 뒤지기도 했어요. 심지어 촛불을 가져와서 다락방에 있는 옷장을 들여다보기도 했지요. 아무것도 찾지 못했지만, 문이 쾅 닫히는 소리와 함께 아래층에서 누군가 허둥지둥 뛰어가는 소리가 들렸습니다.

타비사 아줌마가 울면서 말했습니다.

"집에 온통 쥐들이 들끓어. 부엌 뒤에 있는 쥐구멍에서 새끼 쥐를 일곱 마리나 잡았지. 지난주 토요일에 저녁으로 먹었어. 그리고 늙은 아버지 쥐를 보았어. 리비! 엄청나게 큰 늙은 쥐였어. 내가 잡으려고 달려들려고 하자 노란 이빨을 드러내더니, 쥐구멍 속으로 사라졌어. 쥐들 때문에 너무 신경 쓰여. 리비."

리비 아줌마와 타비사 아줌마는 찾고 또 찾았습니다. 둘 다 다락방 마루 밑에서 이상하게도 롤리폴리 푸딩을 만드는 소리가 들렸지만 아무것도 보지 못했습니다.

그들은 다시 부엌으로 돌아왔습니다.
"여기 사촌의 아기 고양이가 한 마리 있네."
리비 아줌마가 밀가루 통에 있던 모펫을 끌어내면서 말했습니다.
그들은 모펫 몸에 묻은 밀가루를 털고, 부엌 바닥에 바로 앉혔습니다. 모펫은 잔뜩 겁에 질린 것 같았어요.

모펫이 말했습니다.
"아! 엄마, 엄마! 부엌에 할머니 쥐가 한 마리 있었는데, 밀가루를 훔쳐갔어요!"
리비 아줌마와 타비사 아줌마는 반죽이 들어 있는 냄비를 보기 위해 달려갔습니다.

작은 손가락으로 긁은 자국이 확실히 남아 있었고, 밀가루 반죽 한 덩어리도 없어졌어요!

"모펫, 쥐가 어디로 갔지?"

하지만 모펫은 너무 무서워서 차마 밀가루 통 밖을 내다보지 못해서 알 수 없었습니다.

리비 아줌마와 타비사 아줌마는 아기 고양이를 계속 찾으면서도 모펫을 지켜볼 수 있도록 함께 데리고 다녔습니다.

그들은 버터 만드는 곳에 들어갔어요.

거기에서 맨 처음 발견한 것은 항아리에 숨어 있던 미튼스였습니다. 항아리를 기울여주자, 미튼스가 기어나왔어요.

미튼스가 말했습니다.

"아, 엄마, 엄마! 버터 만드는 곳에 늙은 쥐가 한 마리 있었어요. 엄마! 정말 무시무시하게 커다란 쥐였는데, 버터 한 덩어리와 밀방망이를 훔쳐갔어요."

리비 아줌마와 타비사 아줌마는 서로를 쳐다보았습니다.

"버터와 밀방망이라고! 아, 불쌍한 우리 토머스!"

타비사 아줌마는 두 손을 쥐어짜면서 소리쳤습니다.

리비 아줌마가 말했습니다.

"밀방망이라고? 우리가 옷장을 살펴볼 때, 다락방에서 푸딩 만드는 소리가 나지 않았어?"

리비 아줌마와 타비사 아줌마는 다시 위층으로 뛰어올라갔습니다. 여전히 다락방 마루 밑에서 푸딩 만드는 소리가 뚜렷하게 들려오고 있었어요.

리비 아줌마가 말했습니다.

"사촌, 일이 심각한걸. 곧바로 존 조이너를 불러야 할 것 같아. 톱도 가져오라고 하고."

지금부터 하는 이야기는 아기 고양이 톰에게 일어난 일입니다. 아주 오래된 집에 있는 굴뚝을 올라가는 것이 얼마나 어리석은 일인지를 보여주지요. 굴뚝 안에서 길을 잃는 데다 엄청나게 큰 쥐들도 있기 때문이에요.

톰은 찬장 안에 갇혀 있기 싫었습니다.

엄마가 빵을 구우러 갔을 때 톰은 숨기로 결심했어요.

톰은 편안하게 있을 곳을 찾다가 굴뚝에 숨기로 마음을 먹었습니다.

불을 지핀 지 얼마 안 되어서 난로는 아직 뜨겁지 않았습니다. 하지만 불이 붙은 초록 가지에서는 숨이 턱턱 막히는 하얀 연기가 피어올랐습니다. 톰은 난로망 위로 올라가서, 위를 올려다보았습니다. 옛날식의 커다란 아궁이였어요.

 굴뚝 안은 널찍해서, 사람이 걸어다닐 수 있을 정도였지요. 그래서 아기 고양이 톰이 움직이기에는 충분히 넓었습니다.

톰은 아궁이로 바로 뛰어들어서, 주전자가 걸린 쇠막대기 위에서 균형을 잡았습니다.

톰은 쇠막대기에서 한 번 더 훌쩍 뛰었고, 굴뚝 안쪽에 튀어나온 선반에 발을 디디면서 난로망에 검댕을 떨어뜨렸어요.

톰은 연기 때문에 콜록콜록 기침했고, 저 밑에 있는 아궁이에서 나뭇가지가 탁탁 소리를 내면서 타는 소리를 들었습니다. 그는 곧장 굴뚝 위로 올라간 후에 비스듬히 세워놓은 석판 밖으로 나와서 참새를 잡기로 마음먹었습니다.

"난 돌아갈 수 없어. 혹시 미끄러지면 불 속으로 떨어져서 내 아름다운 꼬리와 작고 푸른 재킷이 그을릴 테니까."

굴뚝은 무척 크고, 옛날식으로 지어졌습니다. 사람들이 아궁이에서 통나무를 지피던 시절에 지어진 것이었지요.

굴뚝은 지붕 위로 작은 돌탑처럼 솟아 있었고, 맨 꼭대기에 비를 막기 위해 비스듬히 세워놓은 석판 아래로 오후 햇살이 비쳐들었습니다.

톰은 점점 더 겁이 났어요! 하지만 용기를 내서 위로, 위로, 위로 올라갔습니다.

그런 뒤에 톰은 검댕을 헤치면서 옆으로 지나갔습니다. 자신이 마치 작은 굴뚝 청소부가 된 것 같았어요.

어둠 속에서 톰은 헤매기 시작했습니다. 통로를 지나가면, 또 다른 통로가 나왔어요. 연기는 줄어들었지만 길을 잃은 것 같았습니다. 간신히 위로, 위로 올라갔지만 굴뚝 꼭대기까지 가기도 전에 누군가 벽돌을 빼놓은 곳에 이르렀습니다. 거기에는 양고기 뼈들이 주위에 뒹굴고 있었어요.

"이상한데. 누가 굴뚝 이 높은 곳에서 뼈를 갉아 먹었을까? 여기 오지 말걸! 게다가 이 이상한 냄새는 뭐지? 쥐 냄새 같은데, 정말 지독해. 재채기가 나올 것 같아."
톰이 말했습니다.

톰은 벽에 난 구멍으로 몸을 비집고 들어갔습니다. 빛이 거의 들지 않는 데다가 몸이 꼭 낄 정도로 좁고, 불편한 통로를 발을 질질 끌며 지나갔습니다.

톰은 더듬거리면서 몇 미터를 조심스럽게 나아갔습니다. 지금 다락방 벽 아래 댄 널빤지 뒤에 있는데, 아래 그림에서 * 표시가 된 곳이에요.

 그러다가 어둠 속에서 톰은 순식간에 구멍 아래로 곤두박질 쳤고, 무척 더러운 누더기들이 쌓인 곳 위에 떨어졌습니다.
 몸을 일으켜 주위를 둘러본 톰은 평생 그 집에서 살면서도 생전 처음 보는 낯선 곳에 와 있는 것을 알아차렸습니다.
 공기가 답답하고 퀴퀴한 냄새가 나는 무척 작은 방이었고, 판자, 서까래, 거미줄, 나뭇가지, 석고반죽이 여기저기에 굴러다녔습니다.
 주저앉은 톰의 맞은편 저 먼 곳에 거대한 쥐가 한 마리 앉아 있었어요.

"온몸에 검댕을 묻히고 내 침대 위에 굴러들어오다니 도대체 어쩔 셈이지?"

이를 딱딱 맞부딪치면서 쥐가 말했습니다.

"음, 아저씨. 굴뚝을 청소해야 할 것 같아요."

가엾은 톰이 말했어요.

"애나 마리아! 애나 마리아!"

쥐가 소리를 질렀어요. 그러자 타닥타닥 발소리가 나더니, 늙은 아내 쥐가 서까래 위로 불쑥 머리를 내밀었습니다.

 순식간에 아내 쥐는 톰에게 달려들었고, 톰이 미처 무슨 일이 벌어지는지 알아채기도 전에 톰의 코트를 벗기고 실로 꽁꽁 묶은 뒤에 단단히 매듭을 지었습니다.

 늙은 쥐는 아내 쥐를 보면서, 코담배를 피웠습니다. 아내가 일을 끝내자 그들은 둘 다 앉아서 입을 헤벌린 채로 톰을 노려보았습니다.

 늙은 쥐가 말했습니다. (이름은 새뮤얼 위스커스였어요.)

 "애나 마리아! 오늘 저녁으로 속에 아기 고양이가 들어간 롤리폴리 푸딩이 먹고 싶어."

"그럼 밀가루 반죽, 버터 한 덩어리와 밀방망이가 필요해요."

톰을 어떻게 요리할지 궁리를 하면서 애나 마리아가 말했습니다.

새뮤얼 위스커스가 말했어요.

"안 돼, 애나 마리아! 빵가루를 묻혀서 제대로 만들자고."

"말도 안 돼요! 버터와 밀가루 반죽으로 만든다고요."

애나 마리아가 대답했지요.

쥐 두 마리는 잠시 함께 의논하더니, 멀리 사라졌습니다.

새뮤얼 위스커스는 벽 밑에 난 구멍 속으로 들어갔고, 버터를 만드는 곳에 가서 버터를 가져오기 위해 대담하게 현관 계단으로 내려갔어요. 아무도 마주치지 않았죠.

그리고 밀방망이를 가져오기 위해 두 번째 원정을 나섰어요. 그는 술통을 굴리는 양조장 일꾼처럼 앞발로 밀방망이를 밀었습니다.

그러면서 리비 아줌마와 타비사 아줌마가 나누는 대화를 들을 수 있었습니다.

하지만 두 고양이는 옷장 안을 들여다보려고 초에 불을 붙이느라 바빠서 새뮤얼을 보지 못했지요.

 애나 마리아는 밀가루 반죽을 훔치기 위해 벽 아래를 지나 창문 덧문을 따라 내려가서 부엌으로 갔습니다.
 애나 마리아는 작은 접시를 옆에 놓고, 앞발로 밀가루를 약간 떴지만 모펫을 보지 못했습니다.

한편 다락방에 혼자 남은 톰은 꿈틀거리며 도움을 청하려고 야옹야옹 애를 썼어요.

하지만 입은 검댕과 거미줄로 가득 차 있었고 몸은 밧줄로 꽁꽁 묶여 있어서 아무도 톰이 부르는 소리를 듣지 못했습니다.

거미 한 마리가 천장 틈에서 나와, 멀리 떨어져 매듭을 자세히 살펴본 게 전부였지요.

거미는 매듭에 있어서는 전문가였어요. 불운한 청색 파리들을 묶는 습관을 지니고 있었기 때문이지요. 물론 이것은 톰에게 아무런 도움이 되지 않았어요.

톰은 뒹굴면서 꿈틀대다가 완전히 지치고 말았습니다.

곧 쥐들이 돌아왔고, 톰으로 푸딩을 만들기 시작했습니다. 먼저 쥐들은 톰에게 버터를 바른 뒤에 밀가루 반죽으로 둘둘 말았습니다.

"애나 마리아, 실은 소화가 잘 안 되잖아?"

새뮤얼 위스커스가 물었어요.

별문제 없다고 애나 마리아가 말했습니다. 다만 애나는 톰이 머리를 움직이지 않았으면 했어요. 톰이 머리를 흔들어서 반죽을 망가뜨렸기 때문이죠. 애나는 톰의 귀를 붙잡았습니다.

톰은 이빨로 물고, 침을 뱉고, 야옹야옹 울면서 온몸을 꿈틀거렸습니다. 밀방망이는 앞뒤로, 앞으로, 앞으로, 뒤로, 뒤로 움직이기 시작했습니다. 새뮤얼과 애나는 밀방망이를 한쪽씩 잡았습니다.

"꼬리가 삐져나왔잖아! 애나 마리아, 가져온 밀가루 반죽이 부족해."

"그래도 가져올 수 있는 만큼 최대한 가져왔어요."

애나 마리아가 대답했습니다.

잠시 멈춘 다음 톰을 한 번 보더니 새뮤얼 위스커스가 말했습니다.

"아니, 이건 아니야. 맛있는 푸딩이 될 것 같지 않아. 그을음 냄새가 나잖아."

애나 마리아가 뭐라 대꾸하려고 할 때, 별안간 저 위에서 다른 소리들이 들리기 시작했습니다. 쓱싹쓱싹 톱질소리와 함께 강아지가 벽을 긁고, 컹컹 짖는 소리가 들려왔어요!

쥐들은 밀방망이를 떨어뜨리고, 귀를 기울였습니다.

"애나 마리아! 들켜버렸어. 우리 짐, 아니 다른 쥐들 짐도 싸서 바로 떠나야 해."

"푸딩을 여기 두는 게 마음에 걸려요."

"하지만 당신이 뭐라고 해도 저 실은 소화가 안 될 것 같아."

"이리 와서 침대보에 있는 양고기 뼈 챙기는 것 좀 도와줘요. 굴뚝에 훈제 햄을 숨겨놓았어요."

애나 마리아가 말했습니다.

결국 존 조이너가 널빤지를 들어냈을 때, 마루 밑에는 밀방망이와 정말 더러운 밀가루 반죽에 싸인 톰밖에 없었습니다.

 하지만 그곳에서는 지독한 쥐 냄새가 났어요. 그래서 존 조이너는 아침 내내 킁킁 냄새를 맡고, 낑낑 우는 소리를 하며 꼬리를 흔들고, 머리를 구멍 속에 넣은 채로 송곳처럼 주위를 뱅뱅 돌았답니다.
 그런 다음에 존 조이너는 널빤지에 다시 못을 박고, 도구를 가방에 챙겨 넣어서 아래층으로 내려왔습니다.

고양이 가족들은 크게 마음을 놓았고, 존 조이너에게 저녁을 먹고 가라고 초대했습니다.

톰을 말았던 밀가루 반죽은 벗겨내서 푸딩으로 만들었는데, 검댕을 숨기기 위해 건포도를 넣었어요.

그리고 고양이들은 버터를 벗겨내기 위해 톰을 뜨거운 목욕통 안에 집어넣어야 했지요.

존 조이너는 푸딩 냄새를 맡았지만, 저녁 먹을 시간이 없어서 아쉬워했습니다. 왜냐하면 그는 미스 포터를 위해서 외바퀴 손수레를 만드는 것을 방금 전에 끝냈는데 그녀가 또 곧바로 새장을 두 개 주문했기 때문이었죠. 오후 늦게 우체국에 갈 때, 나는 골목길 안쪽에서 새뮤얼 위스커스와 그의 아내가 내 것과 똑같이 생긴 조그만 외바퀴 손수레에 큰 짐을 싣고 도망치는 것을 보았습니다.

그들은 막 포테이토즈 농부 아저씨의 헛간 대문으로 들어가고 있었어요.

새뮤얼 위스커스는 숨이 차서 헐떡거렸습니다. 애나 마리아는 여전히 높은 목소리로 다그쳤고요.

애나 마리아는 갈 길을 잘 알았고, 짐이 상당히 많은 것 같았습니다. 그런데 나는 절대로 외바퀴 손수레를 애나 마리아에게 빌려준 적이 없어요!

 그들은 헛간 안에 들어갔고, 끈을 이용해서 자신의 짐을 건초더미 위로 끌어 올렸어요.

 그 후로 오랫동안 타비사 아줌마의 집에서 쥐들을 찾아볼 수 없었지요.

한편 포테이토즈 농부 아저씨는 거의 미칠 지경이었습니다. 헛간이 온통 쥐, 쥐들로 넘쳐났어요! 그들은 닭 모이를 다 먹어 버렸고, 겨와 귀리를 훔쳤고, 곡식 자루에 구멍을 냈어요.

그들은 전부 새뮤얼 위스커스 부부의 자녀들, 손자들, 증손자들이었어요.

끝이 없었습니다!

모펫과 미튼스는 매우 뛰어난 쥐 사냥꾼으로 자라났습니다.

그들은 쥐를 잡으러 마을에 나갔고, 일거리가 무척 많았어요. 돈을 많이 벌어서 무척 안락하게 지냈습니다.

그들은 헛간 문에 자기들이 얼마나 쥐를 많이 잡았는지를 보여주기 위해 쥐꼬리를 한 줄로 매달았는데 쥐꼬리 수십 개가 매달려 있었습니다.

하지만 톰은 항상 쥐를 무서워했어요.
절대 얼굴도 마주치려고 하지 않았죠.
생쥐보다 큰 것은 뭐든지요.

17. 파이와 파이틀 이야기

옛날에 리비라는 야옹이가 살고 있었어요. 어느 날, 강아지 더치스에게 차를 마시러 오라고 초대했죠. 리비는 초대장에 이렇게 적었답니다.

친애하는 더치스에게
우리 집에 시간 맞춰 오세요. 테두리가 분홍색인 파이 접시에 아주 맛있는 걸 굽고 있어요. 우리 같이 먹어요. 지금까지 그렇게 맛있는 건 아마 못 먹어봤을걸요! 모두 다 드세요! 전 머핀만 먹을게요.

더치스는 편지를 읽고 답장을 썼어요.

친애하는 리비에게
4시 15분에 아주 기쁜 마음으로 갈게요. 그런데 정말 신기하네요. 저도 방금 전에 저녁 식사를 우리 집에서 하자고 초대하려 했는데. 세상에서 가장 맛있는 음식을 대접하려고 말이에요. 늦지 않게 갈게요.

더치스는 편지 마지막에 "쥐로 만든 건 아니기를 바랄게요"라고 덧붙였어요. 그런데 써놓고 보니 예의에 어긋난다는 생각이 들었죠. 그래서 "쥐로 만든 건 아니기를"이라는 말을 지우고 "맛있기를"이라고 적었어요. 그런 뒤 편지를 우편배달부에게 주었답니다.
그런데 더치스는 리비가 만들고 있는 파이가 너무 신경 쓰여서 리비가 보낸 편지를 읽고 또 읽었죠.
"쥐로 만든 거면 어떻게 하지!"
더치스가 혼자 중얼거렸어요.
"쥐로 만든 거면 정말 못 먹을 거 같은데. 근데 초대받은 거니까 먹어야겠지. 난 송아지 고기와 햄을 넣어서 파이를 구우려고 했는데. 테두리가 분홍색인 하얀색 파이 접시라! 내 거랑 똑같잖아. 아, 참, 타비사 트위칫네 가게에서 함께 샀지."

더치스는 식품 저장실로 갔어요. 그리고 선반에서 파이를 꺼내 들여다봤죠.

"이제 오븐에 넣기만 하면 되는데. 파이 껍질 너무 예쁘다! 작은 금속 파이틀을 넣어서 파이 껍질 모양도 잘 잡혔고 김이 잘 빠져나가게 포크로 가운데에 구멍도 뚫어놨으니까 됐어. 아! 생쥐 파이 대신 내가 만든 파이를 먹으면 좋겠다!"

더치스는 생각하고 또 생각하면서 리비가 보낸 편지를 다시 읽었어요.

"테두리가 분홍색인 하얀색 파이 접시……. 음, '모두 다 드세요'라……. 나한테 하는 말이겠지. 그럼, 리비는 자기가 만든 파이를 맛도 안 보겠다는 건가? 테두리가 분홍색인 하얀색 파

이 접시라! 분명히 머핀을 사러 밖에 나갈 텐데……. 아, 좋은 생각이 났다! 리비가 집에 없을 때, 쏜살같이 달려가서 리비 오븐에 내가 만든 파이를 넣어놓으면 어떨까?"

더치스는 영리한 자신이 무척 자랑스러웠답니다!

한편 리비는 집에 오겠다는 더치스의 답장을 받자마자, 파이를 오븐에 쏙 집어넣었어요.

리비한테는 오븐이 두 개 있었는데 위아래로 놓여 있었죠. 오븐의 진짜 손잡이 외에 다른 손잡이들은 장식일 뿐이어서 실제로는 열리지 않았어요. 리비는 파이를 아래쪽 오븐에 넣었답니다. 문이 아주 뻑뻑했어요.

"위쪽 오븐은 너무 빨리 구워진단 말이야."

리비는 혼잣말을 했어요.

"가장 부드러운 생쥐 고기랑 베이컨을 잘게 다져서 구운 세상에서 가장 고소한 파이가 될 거야. 뼈도 모조리 발라냈으니까 됐어. 지난번에 더치스를 초대했을 때, 목에 생선 가시가 걸려서 거의 죽을 뻔했잖아. 더치스는 좀 급하게 먹는 버릇이 있어. 한입 가득 넣고 먹는다니까. 뭐, 그래도 얼마나 다정하고 우아하다고. 가게를 하는 사촌 타비사랑은 전혀 딴판이지."

리비는 벽난로 안에 석탄을 넣고 난롯가를 빗자루로 쓴 다음, 주전자에 물을 채우려고 양동이를 들고 우물가로 갔어요. 그 후에 부엌을 정리하기 시작했죠. 왜냐하면 부엌을 거실로도 사용했거든요. 리비는 양탄자를 현관문 앞에서 턴 뒤 똑바로 놨어요. 벽난로 앞에 까는 양탄자는 토끼 가죽으로 만든 거였죠. 그리고 시계와 벽난로 위에 놓인 장식들의 먼지도 털어내고 식탁과 의자도 문질러 닦았답니다.

그런 뒤에 깨끗한 하얀 식탁보를 깔았고 가장 좋은 찻잔 세트를 벽난로 옆 찬장에서 꺼냈어요. 찻잔들은 하얀색이었는데 분홍색 장미가 그려져 있었죠. 음식을 담을 접시들은 하얀색과 파란색이 섞여 있었어요.

리비는 식탁을 다 차린 뒤에 하얀색과 파란색이 섞인 접시와 주전자를 들고 우유와 버터를 가지러 들판에 있는 농장으로 갔답니다.

다시 집으로 온 리비는 아래쪽 오븐을 살짝 들여다봤어요. 파이가 아주 맛있게 구워지고 있었죠. 리비는 숄을 두르고 보닛 모자를 쓴 다음, 바구니를 들고 차 한 봉지, 각설탕 1파운드, 마멀레이드 한 병을 사려고 가게에 갔어요.

바로 그때 더치스도 마을 반대편 끝에 있는 자기 집을 나섰답니다. 리비와 더치스는 길 중간쯤에서 만났는데, 더치스도 천으로 덮은 바구니를 들고 있었죠. 둘은 서로 고개만 숙여 인사하고 말은 주고받지 않았어요. 곧 리비네 집에서 만날 테니까요.

더치스는 길모퉁이를 돌자마자 냅다 뛰었어요! 리비의 집으로 곧장 달려갔죠!

리비는 가게에 가서 필요한 것을 사고, 사촌 타비사와 즐겁게 수다를 떤 뒤에 밖으로 나왔답니다.

타비사는 리비가 간 뒤에 무시하듯이 말했어요.

"강아지를 초대했다고! 아니, 우리 소리 마을에는 초대할 고양이가 없어? 그리고 오후에 차를 마시면서 파이를 먹는다고? 생각 한번 참!"

리비는 티머시네 빵집에 들러 머핀을 사가지고 집으로 갔답니다. 그런데 현관문을 열고 들어가는데, 집 뒤쪽에서 뭔가가 획획 움직이는 소리가 들리는 거예요.

"저게 까치 소리는 아니겠지. 분명히 숟가락으로 부엌문을 잠가놨는데."

하지만 아무도 없었어요.

리비는 아래쪽 오븐을 힘들게 열고는 파이를 반대쪽으로 돌렸어요. 생쥐 고기가 구워지면서 아주 맛있는 냄새가 나기 시작했죠!

그사이에 더치스는 뒷문으로 몰래 빠져나갔답니다.

"내 파이 넣을 때 보니까 리비가 만든 파이가 오븐에 없던데, 진짜 이상하네! 집을 다 뒤졌는데도 찾을 수가 없으니. 그래도 내 파이는 위쪽 뜨거운 오븐에 넣어놨으니까 됐어. 다른 손잡이들은 고장 난 건지 열리지도 않고……. 생쥐 고기 파이를 완전히 없애버려야 했는데! 생쥐 고기 파이를 어디다 둔 거지? 리비가 돌아오는 바람에 뒷문으로 겨우 도망쳤네!"

 더치스는 집에 가서 자신의 아름다운 검은 털을 솔로 다듬은 뒤에, 리비에게 선물로 주려고 정원에서 꽃 한 다발을 꺾었어요. 그리고 4시 종이 울릴 때까지 시간을 보냈답니다.

 리비는 찬장이며 식품 저장실을 살펴보고 아무도 숨어 있지 않다는 것을 꼼꼼히 확인한 뒤, 옷을 갈아입으러 위층으로 올라갔어요. 더치스를 맞이하기 위해 연보라색 실크 드레스를 입고 수를 놓은 모슬린 앞치마와 모피 목도리를 둘렀죠.

 "정말 이상하네. 서랍을 저렇게 열어놓고 나간 적이 없는데. 누가 내 벙어리장갑을 껴봤나?"

 리비는 다시 아래층으로 내려와서 차를 준비한 뒤, 벽난로 옆 선반에 찻주전자를 올려놨어요. 그러고는 다시 아래쪽 오븐을 들여다봤죠. 파이는 갈색으로 먹음직스럽게 구워지고 있었고 뜨거운 김이 모락모락 올라왔어요.

리비는 벽난로 앞에 앉아 더치스를 기다렸어요.

"아래쪽 오븐을 사용하기 잘한 거 같아. 위쪽 오븐은 너무 뜨거웠을 거야. 근데 저 찬장 문은 왜 열려 있지? 누가 집에 왔었나?"

 4시 정각에 더치스는 리비네로 가려고 집을 나섰어요. 그런데 마을을 가로질러서 너무 빨리 달린 바람에 일찍 도착했고, 리비네 집으로 이어지는 좁은 길에서 잠깐 기다려야 했죠.
 "리비가 오븐에서 내 파이를 꺼냈을까? 그럼 생쥐로 만든 파이는 어떻게 되는 거지?"
 더치스가 중얼거렸어요.
 정확히 4시 15분에 아주 고상하게 '똑똑' 소리가 조그맣게 들렸답니다.
 "리비, 안에 있어요?"
 현관에서 더치스가 물었어요.
 "들어오세요! 어떻게 지냈어요? 잘 지냈죠?"
 리비가 큰 목소리로 물었어요.

"덕분에 잘 지냈어요. 고마워요. 리비도 잘 지냈죠? 꽃을 좀 가져왔어요. 와, 파이 냄새가 정말 고소한데요!"

"꽃이 너무 예쁘네요! 네, 생쥐 고기와 베이컨을 넣은 파이예요."

"음식에 대해서는 얘기 안 해도 돼요. 차 탁자용 식탁보가 하얀 게 예쁘네요! 그런데 파이는 다 됐어요? 아니면 아직 오븐에 있어요?"

"5분 정도 더 구워야 할 거 같아요. 조금만 있으면 돼요. 차를 좀 따라줄게요. 설탕 넣을래요?"

"네, 네, 주세요. 저기, 코로 냄새 좀 맡아보게 각설탕 하나 줄 수 있어요?"

"그럼요. 어쩜 이리 예의 바르게 말하는지! 얼마나 상냥하고 예쁜지 모르겠어요!"

더치스가 코에 각설탕을 올려놓고 킁킁거렸어요.

"파이 냄새가 너무 좋아요! 전 송아지 고기와 햄을 정말 좋아하거든요. 아, 제 말은 생쥐 고기와 베이컨을 좋아한다는……."

더치스는 당황해서 각설탕을 식탁 밑에 떨어뜨렸고, 각설탕

을 찾느라 리비가 어떤 오븐에서 파이를 꺼내는지 보지 못했어요.

리비가 파이를 식탁에 올려놨어요. 맛있는 냄새가 올라왔죠.

더치스는 식탁 밑에서 오도독오도독 설탕을 씹어 먹으면서 나와 의자에 앉았어요.

"제가 파이를 자를게요. 전 머핀에 마멀레이드를 발라서 먹으려고요."

리비가 말했어요.

"정말 머핀을 더 좋아해요? 파이를 조심하세요!"

"뭐라고요?"

"아, 아니요. 마멀레이드 드릴까요?"

더치스가 서둘러 말했어요.

파이는 정말 맛있었고 머핀은 뜨끈뜨끈하면서 아주 담백했어요. 음식들이 순식간에 없어졌죠. 특히 파이가요!

'파이를 내가 직접 잘라 먹는 게 낫겠어. 파이 자를 때 보니까 리비가 아무것도 눈치 못 챈 거 같기는 하지만 말이야. 근데 고기가 정말 잘게 썰렸네! 내가 이렇게 잘게 다진 기억이 없는데. 우리 집 오븐보다 요리가 훨씬 빨리 되는 오븐인가 봐.'

더치스는 혼자 속으로 생각했어요.

'역시 더치스는 빨리 먹어!'

리비도 다섯 번째 머핀에 버터를 바르면서 생각했어요.

파이 접시는 눈 깜짝할 사이에 깨끗해졌답니다! 더치스는 벌써 네 그릇째 먹고는 숟가락을 만지작거리고 있었죠.

"더치스, 베이컨 좀 더 줄까요?"

"고마워요. 근데 파이틀이 없네요."

"무슨 파이틀이오?"

"파이 껍질을 고정해주는 파이틀이오."

더치스가 자신의 검은 털 아래로 얼굴을 붉히며 말했어요.

"아, 저는 파이틀을 사용하지 않았어요. 생쥐 고기로 파이를 만들 때는 필요 없을 거 같아서요."

"정말 안 보이네!"

더치스가 숟가락을 만지작거리면서 걱정스럽게 말했어요.
"파이틀은 원래 없어요."
리비가 당황한 표정으로 말했죠.
"아, 네. 근데 어디로 갔지?"
더치스가 말했어요.

"분명히 안 넣었다니까요. 전 푸딩이나 파이를 만들어 먹을 때는 금속 도구를 거의 사용하지 않아요. 별로 좋은 생각이 아닌 거 같아서."

리비가 목소리를 낮추며 말을 이었어요.

"특히 통째로 삼켜버리면 최악이죠!"

더치스는 무척 불안한 표정으로 파이 접시 안쪽을 계속 뒤적였어요.

"제 사촌 타비사의 할머니요. 그러니까 제 고모할머니죠. 스퀀티나 할머니는 크리스마스 자두 푸딩에 들어 있던 골무를 삼켜서 돌아가셨잖아요. 그래서 저는 푸딩이나 파이에 금속 틀은 절대 안 넣어요."

더치스는 얼굴이 하얗게 질려서 파이 접시를 기울였어요.

"저한테는 파이 틀이 네 개 있는데 모두 찬장에 있어요."

"아! 안 돼! 나 죽어! 죽는단 말이야! 파이틀을 삼켰어! 아, 리비, 몸이 안 좋아요!"

더치스가 비명을 질렀어요.

"그럴 리 없어요. 파이틀은 원래 없었어요."

더치스는 신음 소리를 내고 울부짖으면서 뒹굴었어요.

"아, 몸이 너무 안 좋아요! 파이틀을 삼켰어요!"

"파이틀이 없었다니까요."

리비가 단호한 목소리로 말했답니다.

"아니에요. 있었어요. 제가 삼킨 게 분명해요!"

"베개에 기대봐요. 몸속 어디쯤에 있는 거 같아요?"

"아, 온몸이 안 좋은 거 같아요. 커다란 금속 파이틀을 삼켰어! 가장자리가 날카로운 부채꼴 모양인데!"

"의사를 부를까요? 부엌문을 잠가놓고 갔다 올게요!"

"아, 네, 네! 리비, 매거티 의사 선생님 좀 불러줘요. 그분도 '파이'*니까 분명히 잘 아실 거예요."

리비는 더치스를 벽난로 앞 안락의자에 앉혀놓고 의사를 부르러 마을로 급히 갔어요.

매거티 의사 선생님은 대장간에 있었답니다. 녹슨 못을 우체국에서 얻은 잉크병에 넣는 데 몰두해 있었죠.

---

* 영어로 까치를 'pie(magpie)'라고도 한다.

"베이컨, 까악! 까악!"

그는 머리를 한쪽으로 기울이면서 말했어요.

리비는 자기 집에 온 손님이 파이를 삼켜버렸다고 설명했답니다.

"시금치, 까악! 까악!"

매거티 의사 선생님은 급히 리비네 집으로 갔어요. 워낙 빨리 날아가서 리비는 뛰어야 했죠. 이 광경은 마을 주민들의 시선을 끌었고 리비가 의사를 데려가는 것을 모두 알게 됐답니다.

"내 과식할 줄 알았다니까!"

타비사 트위칫이 말했어요.

리비가 의사를 찾아다니는 동안, 더치스한테는 이상한 일이 일어났답니다. 더치스는 한숨을 쉬고 신음 소리를 내며 벽난로 앞에 혼자 앉아 있었어요. 기분이 아주 안 좋았죠.

"도대체 어떻게 그걸 삼킨 거지? 파이틀처럼 그렇게 큰 걸!"

더치스는 벌떡 일어나 식탁으로 가서, 숟가락으로 파이 접시를 한 번 더 눌러봤어요.

"없어. 파이틀이 없어. 내가 분명히 넣었는데. 파이는 나만 먹었잖아. 그러니까 내가 삼킨 게 분명해!"

더치스는 다시 의자에 앉아 벽난로 안에 있는 쇠살대를 슬픈 눈으로 바라봤어요. 타닥타닥, 나무 타들어가는 소리와 함께 불꽃이 흔들렸죠. 그런데 그때 뭔가 지글지글하는 소리가 들리는 거예요!

더치스는 흠칫 놀랐답니다! 위쪽 오븐을 열어보자, 자욱한 김과 함께 송아지 고기와 햄 냄새가 풍겨 나왔죠. 그리고 그 안에 잘 구워진 갈색 파이가 하나 있었어요. 파이 껍질 위에 난 구멍으로 보니, 금속 파이틀도 살짝 보였죠!

더치스는 길게 한숨을 쉬었어요.

"그러니까 내가 먹은 게 바로 생쥐 고기였네! 몸이 안 좋은 게 당연해⋯⋯. 그래도 진짜로 파이를 삼켰으면 더 안 좋았겠지!"

더치스는 곰곰이 생각했어요.
"리비한테 뭐라고 하지? 내 파이를 뒷마당에 살짝 숨겨놓고 아무 말도 하지 말아야겠다. 집에 돌아갈 때 뒷마당에서 몰래 가져가야겠어."

더치스는 파이를 뒷문 밖에 놓고 다시 벽난로 앞에 앉아 얼른 눈을 감았어요. 리비가 의사와 함께 도착했을 때, 잠든 것처럼 보이게 하려고 말이죠.

"베이컨, 까악! 까악!"

의사 선생님이 말했어요.

"훨씬 더 좋아진 거 같아요."

더치스가 갑자기 몸을 일으키며 말했답니다.

"그럼 정말 다행이에요! 의사 선생님이 알약을 가져왔어요."

"맥만 좀 짚어줘도 훨씬 나을 거 같아요."

매거티 의사 선생님이 부리에 뭔가를 물고 가까이 다가오자, 더치스가 뒷걸음치면서 말했어요.

"더치스, 그냥 빵으로 만든 알약이에요. 약을 먹으면 훨씬 좋아질 거예요. 우유도 좀 마셔요!"

더치스가 기침을 하며 숨 막혀하자, 의사가 "베이컨, 베이컨!" 하고 말했어요.

"그 말 좀 그만하세요! 여기 잼 바른 빵 있으니까 가지고 마당으로 나가세요!"

리비가 화를 내면서 말했어요.

"베이컨, 시금치! 까악! 까악!"

매거티 의사 선생님이 뒷문 밖에서 의기양양하게 소리쳤답니다.

"훨씬 좋아졌어요. 어두워지기 전에 집에 가는 게 좋겠죠?"

더치스가 말했어요.

"아무래도 그게 낫겠어요. 아주 따뜻한 숄을 빌려드릴게요. 그리고 제 손을 잡으세요."

"폐 끼치고 싶지는 않은데. 많이 좋아졌어요. 매거티 의사 선생님 알약을 먹었더니……."

"정말 놀랍네요. 파이를 삼켰는데 그 알약으로 치료되다니! 아무튼 내일 아침 먹고 한번 들를게요. 밤새 괜찮았는지 보러요."

다정하게 작별 인사를 주고받은 뒤 더치스는 집으로 떠났어요. 도중에 걸음을 멈추고 뒤를 돌아보니, 리비는 문을 닫고 안으로 들어가고 없었죠. 그래서 슬며시 울타리 사이로 들어가서 리비의 집 뒤쪽으로 달려간 다음 마당을 들여다봤답니다.

돼지우리 지붕에 매거티 의사 선생님과 갈까마귀 세 마리가 앉아 있었어요. 갈까마귀들은 파이 껍질을 먹고 있었고, 매거티 의사 선생님은 파이틀에 남은 고기 소스를 마시고 있었죠.

"베이컨, 까악! 까악!"

매거티 의사 선생님이 모퉁이에서 작고 검은 코를 내밀고 마당을 들여다보는 더치스를 보고 소리쳤어요.

그 순간 더치스는 완전히 바보가 된 기분으로 집으로 잽싸게 달려갔죠!

리비는 찻잔과 찻주전자를 씻으려고 양동이를 들고 물을 길러 나왔답니다. 그런데 마당 한가운데에 테두리가 분홍색인 하얀색 파이 접시가 깨진 채 나뒹굴고 있는 거예요. 그리고 문제의 파이틀이 펌프 아래에 있었죠. 매거티 의사 선생님이 리비를 생각해서 그곳에 놔둔 거였어요.

리비는 놀란 눈으로 파이틀을 가만히 쳐다봤어요.

"아니, 저게 뭐지? 진짜로 파이틀이 있었던 거야? 근데 내 것은 모두 부엌 찬장에 있는데. 난 쓴 적이 없는데! 음……. 다음에 손님을 초대하고 싶을 때에는 타비사를 불러야겠어!"

18. 진저와 피클 이야기

 옛날 어느 마을에 가게가 하나 있었답니다. 창문 위에는 '진저와 피클'이라고 적혀 있었죠.
 인형들에게 딱 어울릴 만한 크기의 작은 가게였는데, 요리사 인형인 제인과 루신더는 늘 이곳에서 장을 봤어요. 그리고 가게 안 계산대는 토끼들한테 알맞은 높이였죠. 진저와 피클은 붉은색 작은 점무늬 손수건을 1페니 3파딩에 팔았어요. 그리고 설탕, 코담배, 덧신도 팔았죠. 비록 가게는 작았지만 신발 끈에 머리핀, 양갈비까지 없는 게 없었답니다. 급하게 필요한 몇 가지만 빼고 말이죠.

가게는 진저와 피클이 꾸려갔어요. 진저는 노란색 수고양이였고 피클은 테리어 개였죠. 토끼들은 항상 피클을 무서워했답니다. 가게에는 생쥐들도 손님으로 드나들었는데, 진저를 훨씬 더 무서워했죠.

 진저는 생쥐들이 물건을 사러 오면 보통 피클한테 주문을 받게 했어요. 왜냐하면 생쥐들을 보면 입에 자꾸 군침이 돌거든요.
 "생쥐들이 작은 꾸러미를 들고 가게 문을 나갈 때면 도저히 참을 수가 없어."
 진저가 말했어요.
 "나도 생쥐들을 보면 그래. 그래도 우리 손님인데 잡아먹을 수는 없잖아. 그랬다가는 다시는 우리 가게에 안 올걸. 모두 타비사 트위칫네 가게로 가겠지."
 피클이 대답했어요.

"아니면 두 군데 다 안 갈지도 몰라."

진저는 어두운 얼굴로 대답했어요.

(마을에는 '진저와 피클'을 빼면 타비사 트위칫네 가게밖에 없었어요. 하지만 타비사는 물건을 외상으로 팔지 않았죠.)

진저와 피클은 얼마든지 외상을 줬어요.

'외상'이란 바로 이런 거예요. 손님이 비누를 산 다음에 지갑에서 돈을 꺼내는 대신 나중에 돈을 주겠다고 말하는 거죠. 그러면 피클은 깍듯하게 인사를 하면서 "네, 그러세요"라고 말하고는 장부에 적었어요. 그래서 손님들은 진저와 피클을 무서워하면서도 계속 물건을 사러 왔답니다.

하지만 돈을 넣어두는 가게 서랍에는 늘 돈이 없었죠.

손님들은 매일 우르르 몰려와서 많은 물건을 샀어요. 특히 토피 사탕을 찾는 손님이 많았죠. 하지만 항상 돈은 없었어요. 손님들은 1페니짜리 박하사탕도 절대로 돈을 지불하지 않았거든요.

그래도 물건은 엄청나게 잘 팔렸답니다. 타비사 트위칫네보다 10배는 더 팔렸죠.

　진저와 피클은 늘 돈이 없어서 자신들의 가게 물건을 먹어야 했어요. 피클은 비스킷을 먹었고 진저는 조그마한 마른 대구를 먹었죠. 하루 장사가 끝난 뒤 촛불을 켜놓고 먹었어요.
　1월 1일이 되었는데도 여전히 돈이 없었어요. 그래서 피클은 개 허가증을 살 수가 없었죠.

"걱정이야. 경찰한테 들키면 어떻게 하지."

피클이 말했어요.

"테리어 개로 태어난 네 운명이지 뭐. 고양이인 나나, 양치기 개인 캡은 허가증 같은 거 필요 없는데 말이야."

"너무 불안해. 불려 가면 어떻게 하지. 우체국에서 외상으로 허가증을 구하려고 했는데 잘 안 됐어. 우체국에는 곳곳에 경찰들이 깔려 있거든. 집에 오다가도 한 명 만났다니까."

피클이 잠시 말을 멈췄다가 다시 말했어요.

"진저! 새뮤얼 위스커스한테 다시 청구서를 보내보자. 베이컨 값으로 외상이 22실링 9페니나 있어."

"갚을 생각이 전혀 없는 거 같은데."

진저가 대답했어요.

"내 생각에는 애나 마리아가 물건을 슬쩍하는 거 같아. 크림 크래커가 죄다 어디 갔겠어?"

"네가 다 먹었잖아."

진저가 말했어요.

진저와 피클은 가게 뒤쪽 거실로 들어가서 장부 정리를 시작했답니다. 금액을 더하고, 더하고, 또 더했죠.

"새뮤얼 위스커스는 외상 내역이 자기 꼬리만큼이나 기네. 지난 10월부터 가져간 코담배가 50그램이나 돼."

"버터 7파운드 값 1실링 3펜스는 뭐지? 그리고 봉랍 하나와 성냥 네 개는 또 뭐야?"

"청구서에 '감사합니다'라고 적어서 모두한테 보내자."

진저가 대답했어요.

 잠시 후에 뭔가 문을 밀고 들어오는 것 같은 소리가 들렸어요. 진저와 피클이 가게 뒤쪽 거실에서 나와 보니, 계산대에 편지 봉투가 하나 놓여 있었죠. 그리고 경찰관 한 명이 공책에 뭔가를 적고 있는 거예요!

 피클은 흥분해서 짖고, 또 짖으면서 조금씩 돌진했어요.

 "피클! 물어! 물어버리라고! 그냥 독일제 인형일 뿐이야!"

 진저는 커다란 설탕 통 뒤에서 씩씩거리며 외쳤어요.

경찰은 공책에 뭔가를 계속 적어 내려갔어요. 연필을 자신의 입에 두 번 넣었다가 빼서는 당밀 안에 한 번 집어넣었죠.

피클은 목이 쉴 때까지 짖어댔답니다. 하지만 경찰은 신경도 쓰지 않았죠. 그는 눈에 구슬이 박혀 있었고, 헬멧은 스티치 모양으로 바느질이 되어 있었어요.

마침내 피클이 가게 안으로 돌진해 들어갔어요. 하지만 가게는 텅 비어 있었죠. 경찰은 이미 사라지고 없었거든요. 하지만 봉투는 그대로 놓여 있었답니다.

"진저, 살아 있는 진짜 경찰을 데리러 갔을까? 소환장이면 어떻게 하지."

피클이 말했어요.

"아니야. 지방세랑 국세야. 3파운드 19실링 11페니 3파싱이야."

진저가 봉투를 열어보더니 대답했어요.

"더는 안 되겠어. 이제 우리 가게 그만하자."

피클이 말했어요.

진저와 피클은 가게 문을 아예 닫고 떠났답니다. 하지만 그들은 그리 멀지 않은 곳으로 이사를 갔죠. 사실 어떤 사람들은 그들이 아주 멀리 가버리기를 바랐지만요.

진저는 토끼 사육장에서 살고 있었어요. 거기서 무슨 일을 하는지는 모르겠지만 일단 살도 좀 찌고 편안해 보였죠.

피클은 현재 사냥터지기랍니다.

진저와 피클이 가게 문을 닫자, 불편한 점이 아주 많았어요. 타비사 트위칫은 바로 물건값을 반 페니씩 올렸고 여전히 외상은 주지 않았죠.

물론 상인들이 수레를 끌고 오기는 했어요. 정육점 주인이나 어부, 티머시네 빵집 수레들이었죠. 하지만 씨앗 케이크와 카스텔라, 버터빵만 먹고 사는 건 아니잖아요. 티머시네 빵집처럼 카스텔라가 아무리 맛있다고 해도 말이죠.

얼마 후, 겨울잠쥐 존 아저씨와 딸이 양초와 박하사탕을 팔기 시작했어요. 하지만 그들은 다양한 크기의 촛대에 맞는 초를 가지고 있지 않았죠. 더군다나 약 18센티미터짜리 양초를 하나 나르려면 생쥐 다섯 마리가 달라붙어야 했답니다.

게다가 존 아저씨네 양초는
날씨가 따뜻하면 모양이
아주 이상하게 변했어요.

손님들이 문제가 있는
양초를 들고 가서 반품
하려 해도 존 아저씨의
딸이 받아주지 않았죠.

존 아저씨한테 불만을
이야기하면 아저씨
는 침대에 누워서
"아, 포근해!"라
고만 말했답니
다. 그렇게 장사
를 하면 안 되는
데 말이죠.

그래서 암탉 샐리 헤니페니가 가게를 다시 연다는 포스터를 붙이자, 다들 기뻐했어요.

개업 기념 세일!
대규모 협동조합식 잡화점!
저렴한 가격!
어서 와서 구경하고 사가세요!

포스터는 동물들의 큰 관심을 끌었답니다.

가게 문을 연 첫날, 손님들이 몰려들었어요. 가게는 손님들로 꽉 들어찼고 비스킷 통 위에는 쥐들이 떼로 몰려 있었죠.

 샐리 헤니페니는 거스름돈을 세느라 허둥지둥했지만 그래도 물건값을 바로 현금으로 받으려고 했어요. 그렇다고 손님들의 기분을 상하게 하지는 않았죠.
 가게에는 값이 싸면서도 품질 좋은 다양한 물건을 진열해놨어요. 그리고 샐리의 가게에는 모두를 즐겁게 하는 뭔가가 있었답니다.

19. 꼬마 돼지 로빈슨 이야기

1

어렸을 때, 휴일이면 바닷가에 가곤 했답니다. 우리가 묵었던 작은 마을에는 항구가 있어서 고깃배와 어부들을 볼 수 있었죠. 어부들은 먼 바다에 나가 그물로 청어를 잡았어요. 어떤 배들은 청어를 몇 마리 잡지 못한 채 항구로 돌아왔고, 어떤 배들은 너무 많이 잡아서 부두에 다 내려놓지 못하는 경우도 있었죠. 그럴 때면 고기를 가득 실은 배를 맞이하기 위해 말이 끄는 수레들이 썰물 때에 맞춰 물살이 얕은 곳까지 나갔답니다. 어부들이 삽으로 생선을 퍼서 배 옆에 댄 수레로 던지면, 수레는 바로 기차역으로 갔죠. 기차역에는 생선을 나르는 특별 열차가 기다리고 있었거든요.

고깃배들이 청어를 가득 싣고 들어올 때면 항구는 흥분의 도

가니에 빠졌어요. 마을 사람들 절반이 부두로 달려 나갔죠. 고양이도 물론이고요.

그중에는 수전이라는 하얀 고양이도 있었답니다. 수전은 배를 마중 나가는 일을 한 번도 거른 적이 없었죠. 수전의 주인은 어부 샘 할아버지의 아내인 벳시 할머니였어요. 벳시 할머니는 관절염을 앓고 있었고, 가족이라고는 수전과 암탉 다섯 마리밖에 없었죠. 난롯가에 앉아 있다가 석탄을 더 넣거나 냄비를 저을 때면 허리가 아파서 "아이고! 아이고!" 하면서 신음 소리를 냈답니다.

수전은 벳시 할머니 맞은편에 앉아 있었어요. 할머니의 그런 모습을 보면 마음이 아파서 자기가 석탄을 넣거나 냄비를 저을 줄 알면 좋겠다고 생각했죠. 샘 할아버지가 고기를 잡느라 먼 바다에 나가 있는 동안, 벳시 할머니와 수전은 온종일 난롯가에 앉아 있었어요. 차와 우유를 마시면서요.

"수전! 도저히 못 기다리겠다. 나가서 할아버지 배가 들어오나 한번 봐봐."

수전은 나갔다 들어왔다 하면서 정원을 서너 번 들락거렸어요. 마침내 오후 늦게야 바다 멀리서 들어오는 고깃배들의 돛이 보였죠.

"항구에 가서 할아버지한테 청어 여섯 마리만 달라고 하거라. 그걸로 저녁 요리를 해야겠구나. 수전, 바구니도 가져가고."

수전은 바구니를 들고, 벳시 할머니가 쓰던 보닛 모자와 작은 격자무늬 숄도 걸쳤어요. 나는 수전이 항구로 급히 달려가는 모습을 쳐다봤답니다.

다른 고양이들도 집 밖으로 나와 해변으로 이어진 가파른 길을 뛰어 내려가고 있었어요. 오리들도 마찬가지였죠. 내 기억에 오리들은 머리털이 빵모자처럼 생긴 게 무척 특이했답니다. 다들 배를 맞이하러 서둘러 갔어요. 거의 모두가 항구로 달려갔죠. 항구 반대쪽으로 가는 사람은 딱 한 명이었어요. 스텀피라는 개였는데, 종이 꾸러미를 입에 물고 가고 있었죠.

어떤 개들은 생선을 안 좋아하기도 하죠. 스텀피는 정육점에서 자신과 밥, 퍼시, 로즈가 먹을 양갈비를 사오는 길이었답니다. 스텀피는 꼬리가 짧은 갈색 개로, 몸집이 컸으며 매사에 진지했고 예의가 발랐어요. 리트리버 사냥개 밥과 고양이 퍼시, 집안일을 하는 로즈 아가씨와 함께 살았죠. 스텀피의 주인은 돈이 아주 많은 늙은 신사였는데, 스텀피가 살아 있는 동안 일주일에 10실링씩 받을 수 있게 유산을 남겼어요. 그 덕에 스텀피와 밥, 퍼시는 작고 예쁜 집에서 다 같이 살 수 있게 됐죠.

바구니를 든 수전은 브로드 거리를 거닐다 스텀피와 마주쳤어요. 수전은 무릎을 살짝 굽히고는 인사를 했어요. 수전이 급하게 고깃배를 마중 나가려 가지만 않았더라면 그 자리에서 퍼시의 안부를 물었을 거예요. 퍼시는 우유 배달차 바퀴에 발을 다쳐서 다리를 절었거든요.

스텀피는 곁눈질로 수전을 보면서 꼬리를 흔들었답니다. 하지만 걸음은 멈추지 않았죠. 양갈비를 싼 종이 꾸러미를 떨어뜨릴까 봐 고개를 숙여 인사를 하거나 "안녕하세요!"라고 말을 할 수가 없었거든요. 그는 브로드 거리를 벗어나서 우드바인 레인길로 들어섰어요. 바로 거기에 그의 집이 있었죠. 스텀피는 앞문을 밀고 집 안으로 사라졌고, 곧 요리 냄새가 풍겨 나왔어요. 분명히 스텀피와 밥, 로즈 아가씨가 양갈비 요리를 맛있게 먹었을 거예요.

그런데 퍼시는 저녁 식사 시간에 보이지 않았어요. 창문으로 몰래 빠져나가서 다른 고양이들처럼 고깃배를 마중 나갔거든요.

수전은 브로드 거리를 서둘러 걸어가다가 항구로 가는 지름길인 계단으로 내려갔답니다. 계단은 너무 가파르고 미끄러워서 고양이처럼 바닥에 발을 잘 디디지 못하면 지나가기가 어려웠죠. 그래서 오리들은 영리하게도 해안선을 따라 난 길을 택했어요. 수전은 어려움 없이 재빨리 아래로 내려갔어요. 높다란 집 뒤편으로 어둡고 끈적끈적한 마흔세 개의 계단이 있었죠.

밑에서 밧줄과 선박 방수제 냄새가 올라왔고 꽤나 시끌벅적한 소리도 들렸답니다. 계단 아래에는 항만 안쪽의 항구 옆으로 부두와 승선장이 있었거든요. 지금은 썰물이어서 바닷물이 빠져 있었고, 배들은 갯벌에 정박해 있었어요. 배 몇 척은 부두 옆에, 다른 배들은 방파제 안에 닻을 내리고 있었죠.

계단 근처에서는 지저분한 석탄선 두 척이 석탄을 내리고 있었어요. 선덜랜드의 마저리도호와 카디프의 제니존스호였죠. 남자들은 외발 손수레에 석탄을 가득 싣고 널빤지 위를 달려갔어요. 석탄을 푸는 부삽은 기중기에 매달려 해안에서 흔들리다가, '쿵쿵' 부딪치는 소리와 함께 석탄을 비워냈죠.

저만치 있는 부두에서는 파운드오브캔들스호가 갖가지 짐을 싣고 있었어요. 짐짝들, 포장된 상자들, 나무와 금속으로 된 대형 통들……. 온갖 종류의 물건을 짐칸에 싣고 있었죠. 선원들과 일꾼들이 소리를 질러댔고, 철커덕철커덕 쇠사슬 부딪치는 소리가 들렸어요. 수전은 시끄러운 사람 무리를 지나갈 기회만 엿봤답니다. 파운드오브캔들스호의 갑판에 사과주를 싣느라, 사과주가 담긴 나무통이 허공에 매달린 채 흔들리고 있었죠.

돛대 위에 앉아 있던 노란 고양이 한 마리도 그 나무통을 보고 있었어요.

밧줄이 도르래를 통과하자, 나무통이 마술처럼 선원이 기다리고 있는 갑판 쪽으로 내려갔어요.

"조심해! 머리 조심! 저만큼 떨어져 있어!"

갑판에 서 있던 선원이 말했어요.

"꿀꿀, 꿀꿀!"

조그마한 분홍 돼지가 파운드오브캔들스호 갑판을 여기저기 뛰어다니며 꿀꿀거렸어요.

돛대 위에 앉아 있던 노란 고양이가 꼬마 분홍 돼지를 쳐다봤어요. 그리고 부두에 서 있던 수전에게 윙크를 했죠.

수전은 갑판 위에 돼지가

있는 것을 보고 깜짝 놀랐지만 걸음을 서둘렀답니다. 쏟아지는 석탄과 기중기 사이를, 손수레를 모는 남자들을, 온갖 시끄러운 소리와 냄새들을 요리조리 피하며 부두를 따라 걸었어요. 그리고 생선 경매장과 생선 상자들, 생선을 선별하는 사람들, 나무통들을 지나갔죠. 나무통에는 여자들이 청어와 소금을 채워 넣고 있었어요.

갈매기들이 배 쪽으로 급강하하면서 끼룩끼룩 무섭게 울어댔어요. 수백 개의 생선 상자와 수톤의 신선한 생선들을 작은 증기선에 싣고 있었죠. 수전은 지름길인 항구 바깥쪽 해변으로 이어지는 계단으로 내려갔고, 드디어 사람들에게서 벗어나서 기뻤답니다. 오리들도 뒤이어 꽥꽥거리면서 뒤뚱뒤뚱 걸어서 도착했죠. 샘 할아버지의 배인 벳시티민스호는 청어를 가득 싣고 배들 중 맨 마지막으로 들어왔어요. 그리고 방파제를 둘러 들어와서는 뭉툭한 배의 앞부분을 자갈이 깔린 해변으로 들이밀었죠.

샘 할아버지는 신이 나 있었답니다. 청어를 많이 잡았거든요. 샘 할아버지는 항해사와 두 젊은이와 함께 청어를 수레에 싣기 시작했어요. 바닷물이 빠져서 배가 부두까지 들어오기 힘들었거든요. 배에는 청어가 가득했어요.

사실 지금까지 많이 잡든 아니든, 샘 할아버지가 한 움큼의 청어를 수전한테 던져주지 않은 적은 한 번도 없었어요.

"우리 두 할머니들 저녁 거리, 여기 있다! 옜다, 수전, 정말이야! 그리고 여기, 네가 먹을 부러진 생선이다! 자, 나머지 생선은 벳시 할머니한테 가져다줘."

오리들은 꽥꽥 소리를 지르면서 주위를 첨벙거리고 다녔어요. 그리고 갈매기들은 끼룩끼룩 무섭게 울어대면서 배 주변으로 급강하했죠. 수전은 청어가 가득 든 바구니를 들고 계단을 올라가서 뒷골목들을 지나 집으로 갔답니다.

벳시 할머니는 자신과 수전의 몫으로 청어 두 마리를 요리했어요. 그리고 샘 할아버지가 집에 와서 먹을 수 있게 두 마리를 더 요리했죠. 그런 뒤 욱신거리는 관절을 마사지하려고 플란넬 페티코트로 둘둘 감은 뜨거운 병을 가지고 잠자리에 들었답니다.

샘 할아버지는 저녁을 먹고 난롯가에서 담배를 한 대 피운 뒤에 잠자리에 들었어요. 하지만 수전은 생각에 잠긴 채로 난롯가에 오랫동안 앉아 있었죠. 수전은 많은 것을 생각했어요.

생선, 오리, 다리를 저는 퍼시, 양갈비를 먹는 개들, 배 위에 있던 노란 고양이와 돼지……. 수전은 파운드오브캔들스호에서 본 돼지가 아무래도 이상했답니다.

생쥐들이 찬장 문 아래로 몰래 내다봤어요. 쟤들이 난롯가에 내려앉았죠. 수전은 잠을 자면서 부드럽게 가르랑거렸고, 생선과 돼지들이 나오는 꿈을 꿨어요. 수전은 돼지가 왜 배를 탔는지 이해할 수 없었죠. 하지만 나는 그 돼지를 잘 알고 있답니다!

2

아름다운 연두색 배를 탄 올빼미와 고양이에 대한 노래* 기억하나요? 그들은 어떻게 꿀과 많은 돈을 5파운드짜리 지폐에 싸서 가져갔을까요?

> 그들은 일 년하고도 하루 동안 먼 바다로 배를 저어갔다네
> 봉나무가 자라는 땅으로—

---

* 에드워드 리어의 시 〈올빼미와 고양이〉를 가리킨다.

그곳 숲에는 꼬마 돼지 한 마리가 서 있었다네
코에 코걸이를 했지, 코에—
코에 코걸이를 했다네

지금부터 그 돼지에 대해 얘기해줄게요. 어쩌다가 봉나무 섬에서 살게 됐는지를요.

그 돼지는 어렸을 때, 데번셔주의 포쿰 돼지 농장에서 고모 둘과 함께 살았어요. 고모들의 이름은 도르카스와 포르카스였죠. 그들의 아늑한 초가집은 데번셔의 가파른 붉은색 길을 따라 올라가면 나오는 과수원 안에 있었어요.

그곳에는 붉은 흙과 초록 풀밭이 있었고, 저 멀리 아래로 붉은색 절벽과 밝게 빛나는 푸른 바다가 보였죠. 하얀 돛을 단 배들은 바다를 가로질러 스타이마우스 항구로 들어왔어요.

내가 볼 때 데번셔에 있는 농장들은 이름이 다 이상했고 포쿰 돼지 농장에 사는 사람들도 아주 기이했답니다. 만약 포쿰 돼지 농장을 한 번이라도 본다면 다 그렇게 생각할 거예요! 도르카스 고모는 뚱뚱한 얼룩 돼지였는데 암탉을 키웠어요. 포르카스 고모는 항상 미소를 짓는 몸집이 큰 검은 돼지로 세탁일을 했죠. 여기서는 그들에 대해 할 얘기가 그리 많지 않아요. 특별할 것 없는 평범하고 넉넉한 생활을 하다가 죽어서는 베이컨이 되었으니까요. 하지만 그들의 조카 로빈슨은 돼지로는 정말 특별하고 신기한 모험을 했죠.

꼬마 돼지 로빈슨은 작고 푸른 눈에 분홍빛이 도는 하얀 피부를 가진 매력적인 친구였어요. 뺨은 통통했고 턱이 두 개였으며 코는 들창코였는데 진짜 은으로 된 코걸이를 하고 있었죠. 로빈슨은 한쪽 눈을 감고 옆으로 눈을 가늘게 떠서 보면 자기 코에 걸린 코걸이를 볼 수 있었어요.

로빈슨은 늘 만족했고 행복했어요. 혼자서 노래를 부르고 꿀꿀거리면서 온종일 농장 여기저기를 뛰어다녔죠. 로빈슨이 돼지 농장을 떠난 뒤에 고모들은 로빈슨이 작은 소리로 부르던 노래가 그리웠어요.

누군가가 말을 걸면 로빈슨은 "꿀꿀, 꿀꿀"이라고 대답했어요. 또 이야기를 들을 때에는 고개를 한쪽으로 기울이고 한쪽 눈을 찡그리면서 "꿀꿀, 꿀꿀" 하면서 소리를 냈죠.

늙은 고모들은 밥도 챙겨주고 다정하게 돌봐줬어요. 그리고 이런저런 일도 시켰죠.

"로빈슨! 로빈슨!"

도르카스 고모가 불렀어요.

"얼른 와! 암탉 우는 소리가 들렸어. 가서 달걀 좀 가져와! 깨뜨리면 안 돼!"

"꿀꿀, 꿀꿀!"

로빈슨이 프랑스 꼬마처럼 대답했어요.*

"로빈슨! 로빈슨! 빨래집게를 떨어뜨렸어. 와서 좀 주워줘!"

포르카스 고모가 빨래를 너는 풀밭에서 소리쳤어요. 포르카스 고모는 몸을 숙여서 뭔가를 줍기에는 살이 너무 쪘거든요.

"꿀꿀, 꿀꿀!"

로빈슨이 대답했어요.

포쿰 돼지 농장에서 시작한 붉은색 흙길은 키 작은 초록 풀밭과 데이지들 사이를 지나서 여러 들판으로 뻗어나갔답니다.

---

* 베아트릭스 포터는 돼지 울음소리를 'wee'로 표현했는데, 프랑스어에서 '예'를 뜻하는 'oui'와 발음이 비슷하여 로빈슨을 '프랑스 꼬마'에 비유했다.

흙길이 한쪽 들판에서 다른 들판으로 이어질 때마다 산울타리가 나왔는데, 모든 산울타리에는 층계형 출입구들이 있었죠. 그런데 스타이마우스 근처의 층계형 출입구들은 모두 좁았고, 고모 두 분은 아주 뚱뚱했어요.

"내가 뚱뚱한 게 아니야. 입구가 너무 좁은 거야. 내가 같이 안 왔으면 너라도 지나갔을까?"

도르카스 고모가 포르카스 고모한테 말했어요.

"아니. 나도 2년 동안 못 지나다녔잖아. 아! 짜증나! 하필이면 장날 바로 전날에 마부의 당나귀 수레가 뒤집어질 게 뭐람! 게다가 달걀 열두 개가 겨우 2펜스라니! 들판을 가로질러 가지 않고 길을 따라서 죽 걸어가면 얼마나 멀까?"

포르카스 고모가 말을 멈추고 한숨을 쉬더니 다시 말을 이었어요.

"가는 데만 6킬로미터는 되겠지. 비누도 다 써버렸는데. 장을 어떻게 보지? 당나귀 말로는 수레를 고치려면 일주일은 걸릴 거라던데."

"밥을 안 먹으면 그래도 넌 간신히 지나갈 수 있지 않을까?"

"아니, 못해. 아마 출입문 사이에 그대로 끼어버릴걸. 도르카스 너도 그럴 거고."

포르카스 고모가 말했어요.

"이건 어때? 그러니까……."

도르카스 고모가 입을 열었어요.

"로빈슨을 보내자고? 오솔길을 따라서 스타이마우스까지 갔다 오라고?"

포르카스 고모가 도르카스 고모의 말을 받아서 말했어요.

"꿀꿀, 꿀꿀!"

로빈슨이 대답했어요.

"로빈슨이 나이에 비해 똘똘하기는 해도 혼자 보내는 건 좀 불안한데."

포르카스 고모가 말했어요.

"꿀꿀, 꿀꿀!"

"다른 방법이 없잖아."

도르카스 고모가 말했어요.

결국 고모들은 로빈슨을 아주 조금 남은 비누와 함께 빨래통에 집어넣었어요. 로빈슨은 때를 빡빡 밀고 물기 없이 몸을 닦아서 아주 말쑥하니 빛이 났죠. 그런 뒤에 작은 파란색 면 드레스에 속바지를 입었어요. 고모들은 커다란 장바구니를 주면서 스타이마우스에서 장을 봐오라고 했어요.

장바구니 안에는 달걀 스물네 개, 수선화 한 다발, 봄에 수확한 콜리플라워 두 개가 들어 있었답니다. 또한 로빈슨이 먹을 잼 샌드위치도 있었죠. 로빈슨은 시장에서 달걀과 수선화, 콜리플라워를 판 뒤 다른 물건들을 사와야 했어요.

"로빈슨! 스타이마우스에서 정신 똑바로 차려야 해. 화약 조심하고. 배의 요리사들이랑 가구 운반차들, 소시지, 신발, 배, 봉랍……. 다 조심해. 그리고 세제, 비누, 수선용 털실 사오는 거 잊지 말고. 음, 또 뭐가 있지?"

도르카스 고모가 말했어요.

"수선용 털실, 비누, 세제, 이스트……. 또 뭐가 있더라?"

포르카스 고모가 말했어요.

"꿀꿀, 꿀꿀!"

로빈슨이 대답했어요.

"세제, 비누, 이스트, 수선용 털실, 양배추 씨앗……. 다섯 가지밖에 안 되네. 여섯 가지였는데. 로빈슨 손수건 귀퉁이는 네 번 매듭을 묶을 수 있잖아. 근데 그것보다 두 가지가 더 많았던 걸로 기억하는데. 그러니까 살 게 여섯 가지였는데……."

포르카스 고모가 말했어요.

"알았다! 차를 빼먹었어! 그러니까 차, 세제, 비누, 수선용 털실, 이스트, 양배추 씨앗. 대부분 멈비 아저씨네 가게에서 살 수 있을 거야. 로빈슨, 아저씨한테 당나귀 수레에 대해 잘 말씀드리고. 아저씨한테 다음 주에 세탁물과 채소를 더 많이 가져다 줄 거라고 얘기해."

"꿀꿀, 꿀꿀!"

로빈슨은 커다란 장바구니를 들고 길을 나서면서 대답했어요.

도르카스 고모와 포르카스 고모는 현관에 서 있었어요. 고모들은 로빈슨이 들판을 내려가서 첫 번째 층계형 출입구를 무사히 통과한 뒤 시야에서 사라지는 것을 지켜봤죠. 집안일을 다시 시작한 고모들은 꿀꿀거리며 투덜댔어요. 로빈슨을 혼자 보낸 게 아무래도 마음에 걸렸거든요.

"로빈슨을 보내지 말걸. 넌 그놈의 세제가 뭐가 그렇게 중요하다고!"

도르카스 고모가 말했어요.

"내 세제만 있었어? 달걀하고 수선용 털실은?"

포르카스 고모가 맞받아쳤어요. 그리고 다시 말을 이었죠.

"아, 마부랑 당나귀 수레 짜증나! 하필 장날 전날에 도랑에서 넘어질 게 뭐야?"

3

들판을 가로질러 가도 스타이마우스까지는 먼 길이었어요. 하지만 오솔길이 계속 내리막길이어서 로빈슨은 즐거웠답니다. 로빈슨은 아침 날씨가 좋아서 기분이 좋았고 조그맣게 노래를 불렀어요. 그리고 "꿀꿀, 꿀꿀!" 하면서 싱긋 웃었죠. 하늘 높은 곳에서 종달새도 노래를 부르고 있었어요.

더 높은 곳에, 푸른 하늘 저 높은 곳에 커다란 흰 갈매기가 커다랗게 원을 그리며 날아가고 있었어요. 갈매기들의 거친 울음

소리도 저 높은 곳에서 땅에 내려앉을 때쯤에는 부드러워졌죠. 한껏 뽐내는 듯한 떼까마귀들과 생기발랄한 갈까마귀들이 데이지와 미나리아재비 사이 풀밭을 거들먹거리며 걸어 다녔어요. 새끼 양들도 '음매' 하고 울면서 뛰어다녔어요. 어미 양이 로빈슨 쪽으로 고개를 돌렸답니다.

"꼬마 돼지야, 스타이마우스에서는 정신 똑바로 차려야 해!"
어미 양이 말했어요.

로빈슨은 숨이 차고 몸에서 열이 날 정도로 빨리 걸었어요. 그는 다섯 개의 커다란 들판을 지났고, 그때마다 층계형 출입구들도 지나야 했죠. 계단으로 된 출입구, 사다리 모양으로 된 출입구, 나무 기둥으로 된 출입구를 지났어요. 그중에는 무거운 바구니를 들고 지나가기 무척 힘든 곳도 있었죠. 로빈슨이 뒤를 돌아보니 이제 포쿰 돼지 농장이 보이지 않았어요. 로빈슨 앞에는 저 멀리 농지와 절벽 너머로, 절대 가깝지 않은 거리에 검푸른 바다가 마치 벽처럼 펼쳐져 있었답니다.

로빈슨은 햇살이 비추는 산울타리 옆에 앉아서 쉬었어요. 머리 위에는 노란 갯버들 꽃이 피어 있었죠. 강둑에는 앵초꽃이 만발했고 이끼와 풀냄새가 은은했으며, 촉촉한 붉은 흙에서는 훈기가 올라왔어요.

"지금 밥을 먹어버리면 무겁게 들고 갈 필요가 없잖아. 꿀꿀, 꿀꿀!"

걷다 보니 로빈슨은 무척 배가 고팠고 잼 샌드위치뿐만 아니라 달걀도 하나 먹고 싶었어요. 하지만 고모들한테 가정교육을 잘 받아온 터라 그렇게 하지 않았답니다.

"지금 딱 스물네 개인데 내가 먹어버리면 달걀 수가 안 맞을 거야."

로빈슨이 말했어요.

로빈슨은 앵초꽃 한 다발을 꺾어서 도르카스 고모가 견본으로 준 수선용 털실로 묶었어요.
 "시장에서 이 꽃다발을 팔아서 그 돈으로 사탕을 사야지. 나한테 돈이 얼마나 있지?"
 주머니를 뒤지면서 로빈슨이 말했어요.

"도르카스 고모가 준 동전이 하나, 포르카스 고모가 준 동전이 하나, 또 앵초꽃을 팔면 생길 동전 하나. 와, 꿀꿀 꿀꿀! 저기 길에 누가 빨리 걸어오네! 이러다 시장에 늦겠다!"

로빈슨은 벌떡 일어났어요. 그리고 오솔길과 좀 더 넓은 도로 사이에 있는 매우 좁은 층계형 출입구로 바구니를 밀어 넣었죠. 그때 로빈슨의 눈에 말을 탄 한 남자가 보였어요. 다리가 하얀 밤색 말을 탄 페퍼릴 할아버지였는데, 그 앞에는 키가 큰 그레이하운드 두 마리가 달리고 있었죠. 그레이하운드 두 마리는 자신들이 지나는 들판의 모든 층계형 출입구를 재빨리 훑어 보면서 달려왔어요.

그레이하운드 두 마리는 로빈슨에게 반갑게 달려오더니 얼굴을 핥았어요. 그리고 바구니에 뭐가 있는지 물었답니다. 그때 페퍼릴 할아버지가 개들을 불렀어요.

"파이럿! 포스트보이! 이리 와!"

페퍼릴 할아버지는 개들이 달걀을 깨서 달걀 값을 물어줘야 할까 봐 걱정이 됐거든요.

길에는 뾰족뾰족한 회색의 단단한 돌들이 새로 깔려 있었어요. 페퍼릴 할아버지가 풀밭 끝에서 밤색 말을 타고 다가와서 로빈슨에게 말을 걸었어요. 페퍼릴 할아버지는 붉은 얼굴에 수염이 하얀, 무척 상냥하고 쾌활한 노신사였답니다. 스타이마우스와 포콤 돼지 농장 사이에 있는 초록 들판과 붉은 경작지들이 모두 할아버지 거였죠.

"안녕, 안녕! 꼬마 돼지 로빈슨, 어디 가는 길이냐?"

"네, 페퍼릴 할아버지! 장에 가는 길이에요. 꿀꿀, 꿀꿀!"

로빈슨이 말했어요.

"뭐라고? 혼자 말이냐? 고모들은? 어디 아픈 건 아니지?"

로빈슨은 층계형 출입구가 너무 좁아서 자신이 혼자 장에 가게 된 얘기를 했어요.

"아이고, 저런! 너무 뚱뚱해서? 그래서 혼자 가는 길이라고? 네 고모들은 심부름을 시킬 개도 없어?"

로빈슨은 페퍼릴 할아버지의 모든 질문에 똑 부러지고 정확하게 대답했어요. 로빈슨은 나이는 어렸지만 똑똑했고 채소에 대해서도 잘 알고 있었거든요. 로빈슨은 말 바로 아래까지 재빨리 걸어가서, 반짝이는 밤색 털과 말안장을 묶은 넓은 하얀 뱃대끈, 발목에서 무릎까지 돌려서 감은 페퍼릴 할아버지의 각반, 갈색 가죽장화를 올려다봤답니다. 페퍼릴 할아버지는 로빈슨이 마음에 들어서 1페니 동전을 준 다음, 회색빛 돌들이 깔린 길의 끝에서 고삐를 그러쥐고 발뒤꿈치로 말을 살짝 쳤어요.

"그럼, 꼬마 돼지야, 오늘도 잘 보내고. 고모들한테도 안부 전해주렴. 스타이마우스에서는 정신 단단히 차려야 한다."

페퍼릴 할아버지는 휘파람을 불어 개들을 부르더니 멀리 사라졌어요.

로빈슨은 길을 따라 계속 걸어갔답니다. 빼빼 마르고 지저분한 돼지 일곱 마리가 땅을 파고 있는 과수원 옆을 지나갔어요. 그런데 그 돼지들은 코에 은 코걸이가 없었어요! 개울에서는 작은 물고기들이 유유히 흐르는 물살을 헤치며 능숙하게 헤

엄을 쳤고, 하얀 오리들은 무리 지어 떠 있는 물미나리아재비 사이에서 물장구를 치고 있었죠. 로빈슨은 멈춰 서서 물고기나 오리들을 다리 난간 너머로 보지도 않고 바로 스타이포드 다리를 건너갔어요. 그리고 도르카스 고모가 방앗간 주인한테 전해 달라는 말이 있어 스타이포드 방앗간에 들렀죠. 방앗간 주인의 아내가 그에게 사과를 하나 주었어요.

방앗간 너머 집에는 이름이 집시인 큰 개가 있었어요. 다른 사람들한테는 컹컹 짖어댔지만 로빈슨에게만은 미소를 짓고 꼬리를 흔들었죠. 수레와 마차 몇 대가 로빈스를 앞질러 지나갔어요. 첫 번째 마차에 탄 두 명의 농부 할아버지가 몸을 돌려서 로빈슨을 쳐다봤어요. 거위 두 마리, 감자 한 포대, 양배추가 마차 뒷자리에 실려 있었죠. 그다음에는 한 할머니가 당나귀가 끄는 수레를 타고 지나갔어요. 그 수레에는 암탉 일곱 마리가 있었고, 사과 상자 아래 짚 속에는 기다란 분홍빛 장군풀 더미가 있었죠. 그다음에는 덜거덕덜거덕, 댕그랑댕그랑 하는 깡통 소리가 들리더니, 로빈슨의 사촌인 꼬마 톰 피그가 밤색과 회색 털이 섞인 조랑말이 모는 우유 배달 마차를 끌고 지나갔어요.

톰 피그는 로빈슨과 반대 방향으로 가고 있었죠. 그러지 않았다면 로빈슨을 태워줬을 거예요. 밤색과 회색 털이 섞인 조랑말은 집으로 돌아가는 길이었거든요.

"꼬마 돼지가 장에 다 가네!"

꼬마 톰 피그가 신난 듯이 소리쳤어요. 그리고 길 위에 서 있는 로빈슨을 뒤로 하고 뿌연 먼지 속으로 덜그럭거리면서 사라졌어요.

로빈슨은 계속 길을 따라 걸었고, 곧 맞은편 산울타리에 있는 층계형 출입구에 도착했답니다. 그 층계형 출입구를 지나면 들판을 따라 오솔길이 길게 나 있었죠. 로빈슨은 바구니를 앞에 들고 층계형 출입구를 지나갔어요. 처음으로 조금 불안해졌어요. 왜냐하면 그 들판에는 암소들이 있었거든요. 그 지역의 흙처럼 검붉은 색을 한 몸집이 크고 매끈한 데번종이었죠. 무리의 우두머리는 사나운 늙은 암소였는데, 뿔끝에는 둥그런 황동 장식패들이 달려 있었고, 기분 나쁜 듯 로빈슨을 빤히 쳐다봤어요.

로빈슨은 옆걸음질을 쳐서 풀밭을 가로질러 갔답니다. 그리고 먼 곳에 떨어져 있는 층계형 출입구를 통해 되도록 빨리 밖으로 나왔죠. 그곳에는 새로 난 오솔길이 파릇파릇한 밀밭을 따라 나 있었어요. 그런데 누군가 '빵' 하고 총을 쐈고 로빈슨은 깜짝 놀라서 펄쩍 뛰었어요. 그 바람에 바구니에 있던 도르카스 고모의 달걀이 하나 깨져버렸답니다.

떼까마귀와 갈까마귀들이 까악까악 울면서 밀밭에서 날아올랐어요. 그리고 새들의 울음소리 속에 여러 다른 소리가 섞여서 들려왔답니다. 들판 가장자리에 서 있는 느릅나무들 사이로 보이는 스타이마우스 마을에서 나는 소리였죠. 멀리 기차역에서 들려오는 소리, 윙윙거리는 엔진 소리, 트럭들이 부딪치는 듯한 소리, 작업장에서 나는 소리, 먼 마을에서 들리는 활기찬

소리, 항구로 들어오는 증기선의 경적 소리……. 그리고 저 높은 곳에서 갈매기들의 거친 울음소리가 들려왔고, 떼까마귀들이 느릅나무 위쪽 떼까마귀 숲에서 까악거리면서 울어댔죠.

로빈슨은 드디어 들판을 벗어났고, 걷거나 수레를 타고 가는 마을 사람들 속에 섞여 들어갔어요. 모두 스타이마우스 장에 가는 길이었죠.

4

스타이마우스는 피그스타이 강어귀에 자리 잡은 작고 예쁜 마을이었어요. 붉은빛의 높은 곳으로 둘러싸인 연안으로 피그스타이강이 유유히 흘러들고 있었죠. 마을은 항구 쪽으로 점점 기울어지는 언덕에 자리 잡고 있어서 마치 바다를 향해 미끄러질 것만 같았어요. 부두와 방파제로 막혀 있는 스타이마우스 항구로 모든 게 쏟아져 내릴 것만 같았죠.

항구 도시들이 으레 그렇듯이 마을 변두리는 지저분했어요. 서쪽 진입로에 제멋대로 자리 잡은 교외 지역에는 주로 염소들이 살았고 고철과 넝마, 선박용 밧줄, 고기잡이용 그물을 사고파는 사람들도 살았죠. 그곳에는 밧줄 제조 공장들이 있었고 조약돌이 깔린 제방 위에는 빨래들이 펄럭였으며, 해초와 쇠고둥 껍질, 죽은 게들도 널려 있었어요. 깨끗한 풀밭 위 빨랫줄에 널어놓은 포르카스 고모의 빨래와는 너무 다른 풍경이었죠.

그곳에는 작은 망원경, 방수모, 양파들을 파는 선박용품점들도 있었어요. 냄새도 많이 났고 꼭 초소처럼 생긴, 이상할 정도로 지붕이 높은 헛간도 있었는데 청어 잡이 그물을 말리려고 매달아놓는 곳이었죠. 그리고 지저분해 보이는 집들에서 사람들이 시끄럽게 떠들어댔어요. 아무래도 가구 운반차들이 모이

는 곳 같았어요. 로빈슨은 길 한가운데에 서 있었는데, 선술집에 있던 어떤 사람이 창문으로 로빈슨한테 소리쳤죠.

"어이, 뚱보 돼지! 들어와!"

로빈슨은 도망쳤어요.

스타이마우스 마을은 항구만 빼면 깨끗하고 쾌적하며 아름다웠고 주민들도 예의 발랐어요. 하지만 경사가 아주 심한 내리막길이었죠. 만약 로빈슨이 길의 제일 높은 곳에서 도르카스 고모의 달걀 하나를 아래로 굴리면, 문이나 발에 부딪혀서 깨지지 않는 한 저 밑에까지 굴러갈걸요. 장날이라서 그런지 거리에는 사람들이 엄청 많았어요.

거리에서 이리저리 떠밀리지 않고 걷기는 어려웠답니다. 로빈슨이 마주친 나이 든 아줌마들은 하나같이 큰 바구니를 들고 다녔어요. 로빈슨처럼 말이죠. 차도에는 생선이나 사과를 실은 수레, 그릇과 철물을 올려놓은 좌판, 조랑말이 끄는 수레에 실린 수탉과 암탉, 짐 바구니를 나르는 당나귀들, 수레 가득 건초를 실은 농부들로 가득했어요. 게다가 부두에서는 석탄을 실은 수레들이 끊임없이 올라오고 있었죠. 온갖 소음을 듣고 있자니, 시골에서 자란 로빈슨은 정신이 하나도 없고 겁이 났어요.

하지만 포 거리에 도착할 때까지 매우 침착하게 걸어갔어요. 포 거리에서는 소몰이꾼의 개가 스텀피와 마을의 다른 개들의 도움을 받아 수송아지 세 마리를 마당으로 들여보내려고 애쓰고 있었죠. 로빈슨은 아스파라거스가 든 바구니를 든 아기 돼지 두 마리와 함께 골목길로 달아나서 시끄러운 개 짖는 소리가 사라질 때까지 문가에 숨어 있었어요.

로빈슨은 마음을 다잡고 다시 포 거리로 나왔어요. 그리고 짐 바구니에 봄에 난 브로콜리를 가득 싣고 가는 당나귀 뒤를 바짝 따라가기로 마음먹었죠. 어디로 가야 장이 나올지 대충 알 것 같았어요. 여기까지 오는 데 이런저런 일로 지체됐기 때문에 로빈슨은 11시를 알리는 교회 시계 소리에도 별로 놀라지 않았죠.

장은 10시부터 열렸는데 시장에는 아직도 장을 보는 사람이 많았답니다. 시장은 아주 컸고 바람도 잘 통했으며 밝고 활기찼죠. 천장은 유리로 덮여 있었어요. 자갈이 깔린 바깥의 도로는 혼잡하고 시끄러운 데 반해, 시장은 사람들로 붐볐지만 안전하고 쾌적했어요. 무엇보다도 수레에 치일 위험이 없었죠. 시장에서는 사람들이 크게 소리를 질러댔어요. 물건을 사라고 큰 소리로 외치면 손님들이 서로 팔꿈치로 밀치면서 좌판 주위로 몰려들었죠. 유제품, 채소, 고기, 조개들이 평평한 가판대 위에 진열되어 있었어요.

로빈슨은 가져온 물건을 팔 만한 곳을 찾아냈어요. 내니 내티고트 염소 아줌마가 보라색 고둥을 팔고 있는 가판대 끄트머리였답니다.

"고둥이오, 고둥! 고둥 사세요! 고둥! 음매, 음매!"

내니 내티고트 염소 아줌마는 매애 하고 울었어요.

내니 아줌마는 팔 것이 고둥밖에 없었지만, 로빈슨이 달걀과 앵초꽃 파는 것을 질투하지 않았어요. 그리고 로빈슨의 콜리플라워가 뭔지도 잘 몰랐어요. 눈치 빠른 로빈슨은 콜리플라워를 바구니에 담아서 탁자 아래에 뒀답니다. 그는 가판대 뒤에 있는 빈 상자 위에 올라서서 매우 씩씩하고 우렁차게 노래하듯 외쳤어요.

"달걀이오! 달걀! 새로 낳은 달걀이 왔어요! 달걀과 수선화 사실 분?"

"내가 살게. 열두 개 줘. 로즈 아가씨가 장에서 달걀과 버터를 사오라고 했거든."

꼬리가 뭉툭한 커다란 갈색 개가 말했어요.

"어떡하죠? 버터는 없는데……. 스텀피 아저씨, 대신 콜리플라워가 있어요."

로빈슨이 내니 아줌마를 한 번 돌아본 뒤 바구니를 들어 올리며 말했답니다. 내니 아줌마가 콜리플라워가 어떤 건지 알면 야금야금 뜯어먹을지도 모르니까요. 다행히 내니 아줌마는 머리털이 빵모자처럼 생긴 오리한테 고둥을 파느라 컵으로 무게를 재고 있었어요.

"깨진 달걀 하나만 빼면 싱싱하니 아주 좋은 갈색 달걀이에요. 버터는 아마 반대편 좌판의 하얀색 야옹이가 팔 거예요. 이 콜리플라워도 정말 좋아요."

"콜리플라워는 내가 사마. 아이고, 조그마니 귀여운 네 들창

코에 복이 가득하기를! 이 콜리플라워는 너희 정원에서 직접 키운 거니?"

벳시 할머니가 부지런히 몸을 움직이면서 말했어요. 관절염이 많이 좋아진 거 같았답니다. 집은 수전이 보고 있었죠.

"아니다, 얘야. 달걀은 필요 없어. 닭을 키우고 있단다. 콜리플라워 하나랑 꽃병에 꽂을 수선화 한 다발 다오."

벳시 할머니가 말했어요.

"꿀꿀, 꿀꿀!"

로빈슨이 대답했어요.

"여기요, 퍼킨스 부인! 여기 꼬마 돼지 좀 보세요. 혼자 좌판에서 물건을 팔고 있어요!"

"응? 뭐라고?"

퍼킨스 부인이 작은 소녀 둘을 따라가면서 사람들을 헤치며 소리쳤어요.

"아이고, 아니겠지? 이게 새로 낳은 달걀이라고? 혹시 달걀이 팍 깨져서 내 주일 드레스를 망치는 거 아니야? 다섯 개의 꽃 전시회에서 1등을 하기도 한 와이언도트 부인의 달걀들이 팍 하고 깨져서 판사의 검은색 비단 법복이 엉망이 됐잖아. 혹시 커피로 물들인 오리 알은 아니지? 꽃 전시회에서 그런 속임수를 썼었지! 정말 새로 낳은 게 맞아? 확실하지? 달걀 하나만 깨졌다고? 그래, 믿으마. 달걀 프라이를 해도 아무 문제없다고 말이야. 달걀 열두 개와 콜리플라워 하나 다오. 사라 폴리, 이것 좀 보거라! 꼬마 돼지가 은으로 된 코걸이를 했구나."

 사라 폴리와 그녀의 친구가 킥킥거렸고 로빈슨은 얼굴이 빨개졌답니다. 로빈슨은 너무 당황해서 한 숙녀가 마지막 남은 콜리플라워를 사려고 하는지도 몰랐어요. 그 숙녀가 툭툭 쳐서야 알았죠. 이제 앵초꽃 한 다발만 팔면 됐어요. 계속 킥킥거리며 귓속말을 하던 두 소녀는 다시 로빈슨에게 오더니 앵초꽃을 샀어요. 소녀들은 로빈슨에게 1페니와 함께 박하사탕을 주었

고, 로빈슨은 너무 기쁜 내색을 하지 않고 아주 예의 바르게 받았어요.

그런데 문제가 생겼어요. 앵초꽃을 팔면서 도르카스 고모가 견본으로 준 수선용 털실도 함께 줘버린 거예요. 로빈슨은 털실을 다시 돌려달라고 해야 하나 고민했어요. 하지만 퍼킨스 부인, 사라 폴리와 그녀의 친구는 이미 사라져버린 뒤였답니다.

물건을 모두 판 로빈슨은 박하사탕을 빨면서 시장 밖으로 나왔어요. 여전히 많은 사람들이 시장 안으로 밀려들어오고 있었죠. 계단을 걷다가 로빈슨의 바구니가 한 늙은 양의 솔에 걸렸고, 로빈슨이 바구니에 걸린 실을 푸는 사이 스텀피가 밖으로 나왔어요. 장보기를 마친 스텀피의 바구니에는 무거운 물건들이 가득했답니다. 스텀피는 책임감 있고 믿을 만했으며 친절했어요. 누구에게나 기꺼이 친절을 베풀었죠.

로빈슨이 스텀피에게 멈비 할아버지네 가는 길을 물었어요.

"브로드 거리를 지나서 집으로 가니까, 나랑 같이 가자. 내가 가다가 알려줄게."

"꿀꿀, 꿀꿀! 네, 고맙습니다."

로빈슨이 말했어요.

5

멈비 할아버지는 안경을 썼고 귀가 거의 안 들렸어요. 할아버지의 잡화점에는 웬만한 물건은 다 있었지만 햄은 안 팔았죠. 도르카스 고모는 그 점을 무척 마음에 들어했어요. 스타이마우스의 잡화점 중에서 롤베이컨이 천장에 주렁주렁 매달려 있지 않은 곳은 멈비 할아버지네뿐이었거든요. 그리고 혐오스러운 날것 그대로 창백한 빛깔의 가느다란 소시지를 커다란 접시에 담아서 진열대에 올려놓지도 않았죠.

"가게에 들어갈 때 햄에 머리를 부딪치면 뭐가 즐겁겠어? 사랑하는 육촌의 살점일 수도 있잖아?"

고모들은 이렇게 말하면서 멈비 할아버지네 가게에서 차, 설탕, 비누, 성냥, 머그잔, 프라이팬, 세제를 샀었죠.

멈비 할아버지는 그 밖에 다른 것도 많이 팔았고, 가게에 없는 물건은 주문을 해줬답니다. 하지만 이스트는 무척 신선해야 해서 팔지 않았죠. 멈비 할아버지는 로빈슨한테 이스트는 빵집에서 사라고 권했어요. 그리고 사람들이 이미 씨를 다 뿌려버렸다면서 양배추 씨앗을 사기에는 너무 늦었다고도 했죠. 수선용 털실은 팔기는 했지만 무슨 색깔을 사야 하는지 로빈슨이 그만 잊어버려서 살 수가 없었어요.

로빈슨은 앵초꽃을 판 돈으로 끈적끈적하니 맛있는 엿 여섯 개를 샀어요. 그리고 멈비 할아버지가 고모들한테 전하는 이야기를 주의 깊게 들었답니다. 다음 주에 당나귀 수레를 고치면 양배추를 어떻게 보내야 하는지, 어쩌다가 아직도 주전자를 못 고쳤는지, 상자 모양의 다리미가 새로 나와서 포르카스 고모한테 추천한다는 등의 이야기였죠.

로빈슨은 "꿀꿀, 꿀꿀" 하면서 멈비 할아버지의 이야기를 계속 들었어요. 카운터 뒤 의자에 서 있던 강아지 팁킨스가 파란 종이봉투에 장본 것들을 넣어 묶으면서 로빈슨에게 속삭였죠.

"올봄에 포쿰 돼지 농장의 헛간에 쥐들이 있었어? 로빈슨은 토요일 오후에 뭐 할 거야?"

"꿀꿀, 꿀꿀!"

로빈슨이 대답했어요.

로빈슨은 무거운 짐을 잔뜩 들고 멈비 할아버지네에서 나왔어요. 엿이 맛있어서 기분은 좋았지만 이스트와 양배추 씨앗, 수선용 털실이 문제였죠. 로빈슨은 주위를 불안하게 둘러보다가 벳시 할머니를 다시 만났답니다.

"꼬마 돼지야, 복 많이 받거라! 그런데 아직 집에 안 갔니? 스타이마우스에서 그렇게 있다가는 소매치기 당하기 쉽단다."

할머니가 소리쳤어요.

로빈슨은 수선용 털실을 사야 하는데 아직 못 샀다고 말했어요. 그러자 친절한 벳시 할머니가 기꺼이 도와줄 기세였죠.

"아, 그 작은 앵초 꽃다발을 묶었던 실 말이구나. 내가 샘한테 마지막으로 짜준 양말과 같은 색이었어. 푸른빛이 도는 회색이었지. 나랑 같이 플리시 플락이 하는 양털 가게로 가자꾸나. 내가 색깔을 기억하고 있단다. 그럼 기억하고말고!"

벳시 할머니가 말했어요.

플락 아줌마는 아까 로빈슨과 부딪쳤던 양이었어요. 시장에서 순무 세 개를 산 뒤, 가게 문을 닫은 사이에 손님이 왔다가 가버릴까 봐 바로 집으로 온 것 같았죠.

그런데 세상에! 가게가 그렇게 정신없을 수가 없었어요! 온갖 색깔의 털실에 굵은 털실, 가는 털실, 뜨개질용 털실, 양탄자를 짜는 털실, 이것저것 뒤섞인 온갖 꾸러미로 발 디딜 틈조차 없었죠. 플락 아줌마가 헷갈려서 물건을 찾는 데 오래 걸리자 벳시 할머니가 짜증을 냈어요.

"아니, 슬리퍼를 짤 털실이 아니고 수선용 털실이 필요하다니까. 수선용 털실! 샘의 양말을 짰던 것과 같은 색깔로. 아니, 뜨개질바늘은 필요 없어요! 수선용 털실이면 돼요."

"음매, 음매! 하얀색이라고 하셨어요? 검은색이라고 했나? 세 가닥으로 된 뜨개실을 달라고 하셨죠?"

"아이고, 회색 수선용 털실. 색깔 섞인 거 말고."

"어딘가에 있는데……. 오늘 아침에 심 램이 유햄프턴 양털

을 가져왔거든요. 그래서 가게가 꽉 차서 정신이 없네요."

플리시 플락 아줌마가 실타래와 실 꾸러미들을 뒤적이면서 힘없이 말했어요.

털실을 찾는 데 30분이나 걸렸어요. 벳시 할머니가 없었으면 로빈슨은 아마 털실을 사지 못했을 거예요.

"늦었구나. 난 그만 집에 가봐야겠다. 배를 타고 나갔던 샘 할아버지가 오늘은 집에 와서 저녁을 먹을 거든. 저 크고 무거운 장바구니는 골드핀치 자매한테 맡기고 나머지 장을 빨리 보도록 하거라. 포쿰 돼지 농장까지 가려면 오르막길을 한참 가야 하잖니."

벳시 할머니가 말했어요.

로빈슨은 벳시 할머니의 말대로 골드핀치 자매네로 향했답니다. 가는 길에 잠깐 빵집에 들렀어요. 이스트를 잊지 않고 있었거든요.

그런데 안타깝게도 로빈슨이 들어간 곳은 로빈슨이 찾는 그런 빵집이 아니었어요. 빵 냄새가 구수했고 창가에는 페이스트리가 진열되어 있었지만 그곳은 식당 또는 요리 도구를 파는 상점이었죠.

로빈슨이 회전문을 열고 안으로 들어가자, 앞치마를 두르고 요리사용 하얀 사각모를 쓴 남자가 돌아서며 말했어요.

"안녕하쇼! 뒷발로 걷는 돼지고기 파이 아니신가?"

그러자 자리에 앉아 있던 무례한 남자 네 명이 껄껄껄 웃음을 터뜨렸어요.

로빈슨은 서둘러 가게를 나왔어요. 이제 다른 빵집에 들어가는 게 겁이 났죠. 로빈슨은 생각에 잠긴 채 포 거리에 있는 다른 가게를 창문 너머로 살펴봤답니다. 그때 집에 갔다가 다시 심부름을 나온 스텀피가 로빈슨을 알아봤어요. 스텀피가 로빈슨의 장바구니를 입에 물고는 믿을 만한 빵집으로 데려갔어요. 종종 개 비스킷을 사는 곳이었죠. 로빈슨은 그곳에서 도르카스 고모의 이스트를 샀어요.

스텀피와 로빈슨은 양배추 씨앗을 찾아다녔지만 구하지 못했어요. 대신 양배추 씨앗이 있을 만한 곳에 대해 들었답니다. 부둣가에 있는 할미새 부부의 작은 가게였죠.

"같이 못 가서 미안해. 로즈 아가씨가 발목을 삐어서 말이야. 우표를 열두 장 사오라고 했는데 우편배달부가 우편물을 수거해 가기 전에 사가야 해. 이 무거운 장바구니를 들고 계단을 오르내리지 마. 이건 골드핀치 자매한테 맡겨놔."

로빈슨은 스텀피에게 무척 고맙다고 말했어요.

골드핀치 자매는 차와 커피를 파는 카페를 했는데, 도르카스 고모와 조용한 시장 사람들이 자주 이용했죠. 문 위에 달린 간판에는 작고 통통한 초록색 새가 그려져 있었어요. 그 새는 '만족스러운 검은머리방울새'라고 불렸고 카페 이름이기도 했죠.

마구간도 하나 있어서 수레를 운반하는 당나귀가 토요일마다 세탁물을 가지고 스타이마우스에 오면 거기에서 쉬었어요.

로빈슨이 무척 지쳐 보이자, 언니 골드핀치가 차 한 잔을 줬어요. 그리고 빨리 마시라고 말했죠.

"꿀꿀, 꿀꿀! 웩, 웩!"

로빈슨은 차에 코를 데였어요.

골드핀치 자매는 도르카스 고모를 존경했지만 로빈슨 혼자 장에 보낸 게 맘에 들지 않았죠. 그리고 로빈슨이 들기에 장바구니가 너무 무겁다고도 말했어요.

"우리 둘이 들어도 못 들겠다. 로빈슨, 양배추 씨앗을 사서 빨리 와. 심 램 할아버지의 조랑말 마차가 아직 우리 마구간에서 쉬고 있어. 마차가 출발하기 전에 돌아오면 심 램 할아버지가 틀림없이 태워줄 거야. 마차 좌석 밑에 네 장바구니를 어떻게든 넣어줄 거야. 포쿰 돼지 농장을 지나가거든. 그러니까 빨리 갔다 와!"

"꿀꿀, 꿀꿀!"

로빈슨이 말했어요.

"도대체 무슨 생각으로 로빈슨을 혼자 보냈는지 모르겠어. 어두워진 후에야 집에 가겠네. 클라라, 마구간에 가봐. 심 램 할아버지 조랑말한테 로빈슨 바구니를 꼭 가져가라고 해."

언니 골드핀치가 말했어요.

동생 골드핀치가 마당을 가로질러 마구간으로 날아갔어요. 골드핀치 자매는 부지런하고 쾌활한 작은 숙녀 새들이었죠. 차통에 차를 보관하는 것은 물론이고 각설탕과 엉겅퀴 씨앗도 가지고 있었어요. 탁자와 도자기 그릇들도 티끌 하나 없이 깨끗했답니다.

6

스타이마우스에는 여관이 넘쳐났답니다. 사실 너무 많았죠. 농부들은 보통 자신의 말들을 '검정 황소'나 '말과 편자공'이라는 여관에서 재웠어요. 그리고 몸집이 좀 더 작은 시장 사람들은 '돼지와 호루라기'라는 여관을 주로 이용했죠.

포 거리 모퉁이에는 '왕관과 닻'이라는 여관도 있었는데, 주로 뱃사람들이 이용했어요. 뱃사람들 몇몇이 주머니에 손을 넣고 문 앞을 서성이고 있었죠. 푸른색 셔츠를 입은 한 선원이 굳은 표정으로 로빈슨을 빤히 쳐다보면서 어슬렁어슬렁 길을 가로질러 걸어왔어요.

"어이, 꼬마 돼지! 코담배 좋아해?"

로빈슨에게 단점이 있다면 "아니요!"라고 말하지 못한다는 거예요. 심지어 고슴도치가 달걀을 훔쳐가도 아무 말 못했어요. 사실 로빈슨은 코담배나 입담배를 피우면 토할 것 같았죠. 하지만 "아니요, 괜찮아요"라고 말하고는 곧장 일을 보러 가는 대

신, 한쪽 눈을 반쯤 감고 고개를 한쪽으로 기울인 채 꿀꿀거리며 발을 질질 끌고 선원에게 다가갔답니다.

선원은 뿔로 만든 코담배 상자를 꺼내서 로빈슨에게 담배를 조금 집어줬어요. 로빈슨은 도르카스 고모한테 주려고 코담배를 작은 종이에 말았죠. 그리고 나름 예의를 차리려고 선원에게 엿을 조금 주었어요. 로빈슨은 코담배를 좋아하지 않았지만, 아무튼 새로 알게 된 그 선원은 엿을 거절하지 않았죠. 그는 엿을 한입에 넣더니 로빈슨의 귀를 잡아당기면서 칭찬을 했어요. 엿 때문에 턱이 다섯 개가 됐다고 하면서요. 선원은 로빈슨에게 양배추 씨앗을 파는 가게에 데려다주겠다고 하면서 생강 무역선 파운드오브캔들스호를 로빈슨한테 보여주고 싶다고 했죠. 그 무역선은 바르너버스 부처 선장이 지휘하는 배였어요.

로빈슨은 '파운드오브캔들스'라는 이름이 마음에 들지 않았답니다. 동물 기름과 하얗게 굳은 돼지비계, 지글거리는 베이컨 조각들이 생각났거든요. 하지만 수줍게 미소를 지었고 발끝으로 걸으면서 그러겠다고 했죠. 그 선원이 배의 요리사라는 것을 알았어야 했는데!

로빈슨은 선원과 함께 시내 중심가를 벗어나 항구로 이어지는 가파른 좁은 길로 꺾어져 내려갔어요. 그때 멈비 할아버지가 가게 문 앞에서 걱정스러운 목소리로 "로빈슨! 로빈슨!" 하고 불렀죠. 하지만 수레 소리가 너무 시끄러웠어요. 게다가 바로 그때 손님이 들어와서 멈비 할아버지의 주의가 흐트러졌고, 할아버지는 선원의 수상한 행동을 잊어버렸답니다. 안 그랬다면 가족 같은 입장에서 자신의 개 팁킨스를 보내 로빈슨을 데려왔을 거예요. 로빈슨이 사라졌을 때, 가장 먼저 경찰한테 중요한 정보를 건넨 것도 멈비 할아버지였죠. 물론 그때는 이미 늦었지만요.

로빈슨과 그의 새 친구는 항구로 가는 긴 계단을 내려갔어요. 매우 높고, 가파르고, 미끄러운 계단이었죠. 로빈슨은 아래 계단으로 내려설 때마다 펄쩍펄쩍 뛰어야 했어요. 선원은 친절하게 그의 손을 잡아주었고 둘은 손을 잡고 부두를 따라 걸었죠. 선원과 로빈슨은 즐거움으로 가득해 보였답니다.

로빈슨은 매우 흥미롭게 주변을 둘러봤어요. 전에 당나귀 수레를 타고 스타이마우스에 왔을 때 계단 너머로 슬쩍 보기는 했지만, 절대 계단 아래로 내려가는 모험은 하지 않았거든요. 선원들이 다소 거친 데다가 배 주변에는 조그마한 테리어들이 으르렁거리며 지키고 있었기 때문이죠.

항구에는 배들이 많이 있었답니다. 마치 시장 광장에 서 있는 것처럼 시끄럽고 북적거렸죠. 돛을 세 개 단 골디락스라는 커다란 배에서 오렌지 상자들을 내리고 있었어요. 그리고 브리스틀에서 온 리틀 보피프는 연안을 항해하는 조그마한 쌍돛대 범선으로, 유햄프턴과 램위시의 양에서 나온 양털 꾸러미를 실고 있었죠.

심 램 할아버지는 목에 방울을 달았고 커다란 뿔은 동그랗게 말려 있었어요. 그는 통로 옆에 서서 화물의 수를 세고 있었죠.

기중기가 빙 돌아서 양털 꾸러미들을 내려놓았고, 양털 꾸러미가 내려올 때마다 밧줄이 도르래를 통과하면서 스르륵하는 소리가 났어요. 심 램 할아버지는 짐칸에 양털 꾸러미가 내려올 때마다 머리를 끄덕였죠. 그러면 "딸랑, 딸랑" 하고 목의 방울이 울렸고 할아버지는 걸걸한 목소리로 음매 하고 울었어요.

심 램 할아버지는 로빈슨과 얼굴은 아는 사이였어요. 이륜마차를 타고 포쿰 돼지 농장 앞을 자주 지나갔거든요. 그래서 로빈슨을 봤다면 경고해줬을 거예요. 하지만 할아버지는 한쪽 눈이 안 보였는데 그 눈이 부두 쪽을 향해 있어서 로빈슨을 볼 수가 없었죠.

할아버지는 갑판에 양털 꾸러미를 서른네 개 실었는지, 서른 다섯 개 실었는지 상선의 사무장과 말다툼을 하면서 허둥댄 적이 있어요. 그래서 지금은 보이는 나머지 한쪽 눈으로 양털을 주의 깊게 지켜보면서 눈금이 새겨진 막대기를 이용해 꾸러미의 숫자를 셌죠. 꾸러미가 하나 추가되면 눈금도 하나 더 추가하는 식으로 35, 36, 37 이렇게 숫자를 셌답니다. 마지막에는 숫자가 맞아떨어지기를 바라면서요.

심 램 할아버지한테는 짧게 꼬리를 자른 양치기 개가 한 마리 있었어요. 이름은 티머시 집이었죠. 티머시도 로빈슨을 알고 있었지만, 석탄선 마저리도호의 에이데일 테리어와 골디락스호의 스페인산 개가 싸우는 것을 구경하느라 바빴어요. 두 개는 으르렁거리면서 부두 가장자리에서 뒤엉켜 뒹굴다가 물속으로 떨어졌죠. 물론 그 사실을 알아챈 사람은 아무도 없었지만요. 로빈슨은 선원 곁에 바짝 서서 그의 손을 꽉 붙잡았어요.

파운드오브캔들스호는 꽤 큰 범선이었어요. 페인트칠도 새로 했고 로빈슨은 의미를 알 수 없는 깃발이 여기저기 꽂혀 있었죠. 파운드오브캔들스호는 방파제 근처에 있었어요. 바닷물이 빠르게 밀려와서 배의 옆구리에 철썩철썩 부딪쳤고, 그때마다 배를 부두에 묶어놓은 굵은 밧줄이 팽팽하게 당겨졌죠.

선원들은 바르너버스 부처 선장의 지휘 아래 갑판에 물건들을 싣고 밧줄로 고정하고 있었답니다. 선장은 뱃사람답게 마른데다가 구릿빛 피부를 지녔고, 귀에 거슬리는 목소리였어요. 물건들을 툭툭 치면서 투덜거리듯이 말했고 부두에서도 그의 말이 중간중간 들릴 정도였죠. 선장은 '해마'라는 예인선과 북동풍을 타고 오는 한사리,* 빵집 주인, 신선한 채소들에 대해 얘기했어요.

"정확히 11시에 배에 실어야 해. 그리고 고기는 말이지……."

바르너버스 부처 선장이 갑자기 말을 멈췄어요. 요리사와 로빈슨을 발견했거든요.

로빈슨과 요리사는 삐걱거리는 나무판자를 지나 갑판 위로

---

* 음력 보름과 그믐 무렵에 밀물이 가장 높은 때이다.

올라갔답니다. 로빈슨은 갑판에 올라가자마자 부츠를 닦고 있던 커다란 노란 고양이와 마주쳤어요. 고양이는 너무 놀라서 구둣솔을 떨어뜨렸고 눈짓을 하면서 계속 이상한 표정을 지었죠. 로빈슨은 고양이가 그런 행동을 하는 것을 처음 봐서 요리사한테 고양이가 어디 아프냐고 물었어요. 요리사는 고양이에

게 부츠를 던졌고 고양이는 재빨리 돛대 위로 도망쳐버렸죠. 요리사는 다시 세상에서 가장 상냥한 태도로 로빈슨을 선실로 안내한 뒤 머핀과 크럼핏 빵을 주었어요.

로빈슨이 머핀을 얼마나 많이 먹었는지는 모르겠지만 아무튼 잠들 때까지 계속 먹었어요. 그러다가 앉았던 의자가 흔들려서 탁자 아래로 굴러떨어지면서 잠에서 깼죠. 선실 한쪽 바닥이 천장으로 올라가는가 싶더니 천장의 다른 한쪽 면이 바닥으로 내려오면서 흔들렸어요. 그릇들이 춤이라도 추듯이 이리저리 움직였고 고함소리, 쿵쾅거리는 소리, 덜커덕덜커덕 쇠사슬 부딪치는 소리, 그 외 기분 나쁜 소리들이 들려왔죠.

로빈슨은 몸을 세게 부딪친 후 몸을 일으켰어요. 그리고 갑판으로 나가는 사다리형 계단을 기어올라갔죠. 갑판으로 올라간 로빈슨은 겁에 질려서 비명을 지르고 또 질렀답니다! 사방이 온통 거대한 푸른 물결이었거든요! 부둣가에 늘어선 집들은 인형의 집처럼 조그맣게 보였어요. 그리고 붉은 절벽과 초록빛 들판 위 높은 언덕에 있는 포쿰 돼지 농장이 우표처럼 작게 보였죠.

과수원의 조그맣고 하얀 조각은 포르카스 고모가 햇볕에 말리려고 풀밭 위에 널어놓은 빨래들이었어요. 가까이에서는 검은 빛깔의 예인선인 해마가 연기를 내뿜으며 아래위로 마구 흔들렸어요. 그들은 파운드오브캔들스호에서 던진 견인용 밧줄을 배에 감고 있었죠.

바르너버스 부처 선장은 범선 뱃머리에 서 있었답니다. 그는 예인선 선장에게 고함을 지르고 소리쳤어요. 선원들도 소리를 지르면서 열심히 돛을 끌어올렸죠. 배는 한쪽으로 살짝 기울더니 파도를 뚫고 빠른 속도로 나아갔어요. 바다 냄새가 풍겼어요.

로빈슨은 얼이 빠진 것처럼 비명을 지르면서 갑판 주위를 돌고 또 돌았어요. 갑판이 옆으로 심하게 기울어서 한두 번 미끄러져 넘어지기도 했죠. 하지만 계속해서 뛰고 또 뛰었답니다. 점점 비명이 잦아들더니 로빈슨은 어느새 노래를 부르고 있었어요. 그래도 달리기는 멈추지 않았죠. 그는 이런 노래를 불렀어요.

불쌍한 돼지 로빈슨 크루소!
아, 도대체 어떻게 그럴 수가 있지?
배를 타고 둥둥 떠다니게 됐네, 끔찍한 배에,
아, 불쌍한 돼지 로빈슨 크루소!

선원들은 어찌나 웃긴지 눈물이 날 지경이었어요. 하지만 로빈슨이 똑같은 노래를 50번 정도 불러대면서 선원들 다리 사이를 뛰어다니자, 몇몇 선원은 화를 내기 시작했죠. 심지어 요리사도 더 이상 로빈슨에게 공손하지 않았어요. 반대로 아주 무례했죠. 그는 로빈슨이 콧노래를 당장 멈추지 않으면 돼지갈비로 만들어버리겠다고 윽박질렀어요.

그 순간 로빈슨은 정신을 잃고 파운드오브캔들스호 갑판 위에 쓰러지고 말았답니다.

7

로빈슨이 배 위에서 학대를 받았다고 생각하면 절대 안 돼요. 오히려 포쿰 돼지 농장에 있을 때보다 더 잘 먹고 귀여움을

받았으니까요. 뱃멀미로 고생한 며칠 동안은 친절했던 고모들이 보고 싶어 미칠 것 같았지만 그 이후에는 아주 만족스럽고 행복했죠. 뱃사람이 다 되어서 더 이상 멀미도 안 하고, 흔들리는 배에서도 갑판 위를 여기저기 뛰어다녔답니다. 하지만 뛰어다니기에 너무 살이 찌고 움직이는 게 귀찮아지자 곧 그만뒀어요.

요리사는 지치지도 않는지 쉬지 않고 오트밀을 끓여줬어요. 곡물 한 자루와 감자 한 자루는 특별히 로빈슨을 위한 것 같았죠. 로빈슨은 자기가 원하는 만큼 먹었어요. 배터지도록 먹고 따스한 갑판 위에 누워서 자니 아주 기분이 좋았죠. 배가 따뜻한 남쪽으로 갈수록 로빈슨은 점점 더 게을러졌어요. 항해사는 그를 귀여워했고 선원들도 음식을 한 입씩 줬어요. 요리사 역시 로빈슨의 등을 문지르며 옆구리를 긁어줬죠. 하지만 너무 살이 쪄서 옆구리를 긁어도 전혀 간지럽지 않았어요. 노란 수고양이와 항상 기분 나쁜 표정을 한 바르너버스 부처 선장만이 로빈슨에게 장난을 치지 않았죠.

로빈슨은 고양이의 태도가 당혹스러웠답니다. 옥수수 오트밀을 못마땅해하는 게 분명했죠. 고양이는 너무 욕심을 부리면 좋지 않다고, 지나치면 참혹한 결과가 있을 거라고 알 수 없는 말을 했어요. 하지만 그 참혹한 결과가 어떤 것인지는 설명하지 않았죠. 그래서 로빈슨은 고양이가 노란 죽이나 감자를 싫어해서 그런 말을 하는 거라고 생각했어요. 고양이는 쌀쌀맞게 굴지는 않았어요. 오히려 애절했고 그게 더 불길했죠.

고양이는 엇갈린 사랑을 한 적이 있답니다. 고양이가 우울하고 어두운 인생관을 가지게 된 것은 올빼미와 헤어져서이기도 했어요. 눈처럼 새하얗고 다정한 라플란드의 암컷 올빼미가 북쪽 그린란드로 가는 고기잡이배를 타고 떠나버렸거든요. 반면에 파운드오브캔들스호는 열대 바다를 향해 가고 있었죠.

그래서 고양이는 자기 일을 다 내팽개쳤어요. 요리사와는 제일 사이가 안 좋았죠. 신발을 닦고 선장 시중을 드는 대신, 돛대 위에서 밤낮으로 달을 쳐다보며 세레나데를 불렀어요. 가끔 갑판으로 내려올 때면 로빈슨한테 충고를 했죠.

고양이는 왜 많이 먹으면 안 되는지 로빈슨한테 분명하게 말해주지 않았어요. 하지만 알 수 없는 이상한 날짜를 자주 얘기했죠. 물론 로빈슨은 절대 기억하지 못했지만요. 그날은 바로 바르너버스 부처 선장의 생일날이었어요. 선장은 매년 맛있는 음식을 먹으면서 생일을 축하했죠.

"사과를 그때 쓰려고 아끼는 거야. 양파는 따뜻해서 싹이 나는 바람에 다 먹었고, 선장이 소스로 쓸 사과가 있으니까 양파들은 없어도 된다고 요리사한테 말하는 걸 들었어."

로빈슨은 고양이의 말을 귀담아듣지 않았답니다. 그는 고양이와 함께 뱃전에 앉아서 은빛 물고기 떼를 바라봤어요. 배는 모든 게 멈춰버리기라도 한 듯 고요했죠.

요리사는 갑판 위를 어슬렁어슬렁 걸어 다니다가 고양이가 보고 있는 신선한 물고기 떼를 발견하고는 기쁨의 탄성을 질렀어요. 선원들 절반가량이 나와서 낚시를 시작했어요. 새빨간 털실 조각이나 비스킷 조각을 낚싯줄에 미끼로 끼웠죠. 갑판장은 반짝이는 단추를 미끼로 끼워서 많은 물고기를 낚았어요.

그런데 단추로 물고기를 낚을 때 가장 안 좋은 점은 갑판으로 낚싯대를 끌어올리다가 너무 많이 놓쳐버린다는 거예요. 선장은 작은 보트를 바다에 띄워도 된다고 허락했어요. '대빗'이라는 보트들이 매달린 강철 기둥에서 보트 하나를 내려 유리 같은 바다 위에 띄웠어요. 선원 다섯 명이 보트에 올라탔고 고양이도 탔죠. 그들은 몇 시간 동안 낚시를 했어요. 바람 한 점 불지 않았죠.

고양이가 없는 사이에, 로빈슨은 따뜻한 갑판 위에서 평화롭게 잠이 들었답니다. 얼마 후 낚시를 가지 않은 항해사와 요리사의 목소리를 듣고 그만 잠에서 깼어요.

"난 일사병에 걸린 돼지 허리살은 먹고 싶지 않아. 이봐, 로빈슨 깨워! 아니면 로빈슨을 돛천으로 덮어주든가. 이래봬도 내가 농장에서 자랐다고. 돼지들을 절대 뜨거운 햇볕 아래에서 자게 하면 안 돼."

항해사의 목소리였어요.

"왜?"

요리사가 물었어요.

"일사병 때문이지. 햇볕 때문에 피부가 타거든. 그럼 피부가 벗겨져서 쭈글쭈글하니 엉망이 된다고."

항해사가 대답했어요.

그러더니 다소 무겁고 더러운 돛천으로 로빈슨을 덮었어요. 로빈슨이 갑자기 꿀꿀거리면서 몸부림치더니 돛천을 발로 찼어요.

"로빈슨이 자네가 한 말을 들었을까?"

요리사가 낮은 목소리로 물었어요.

"글쎄, 근데 뭐, 그래도 상관없어. 배에서 뛰어내리지는 못할 테니까."

항해사는 담뱃대에 불을 붙이면서 대답했어요.

"식욕을 잃을지도 모르지. 그동안 엄청나게 잘 먹었는데."

요리사가 말했어요.

곧 선장의 목소리가 들렸어요. 선장실에서 낮잠을 잔 뒤에 갑판 위로 올라온 모양이었어요.

"중앙 돛대 위 망대에 올라가서 망원경으로 수평선 좀 확인해봐. 위도와 경도가 어떻게 되는지. 항해도와 나침반으로 봤을 때는 지금 다도해 가운데에 있는 거 같은데."

선장이 말했어요.

작지만 위압적인 선장의 목소리가 돛천을 덮고 있는 로빈슨의 귀에도 들렸어요. 하지만 항해사한테는 선장의 말이 그렇게 위압적으로 느껴지지 않았죠. 항해사는 주위에 아무도 없으면 가끔 선장의 명령을 듣지 않고 반대 의견을 내기도 했거든요.

"발가락에 티눈이 생겨서 너무 아픕니다."

항해사가 말했어요.

"그럼 고양이를 올려 보내."

바르너버스 부처 선장이 짧게 명령했어요.

"고양이는 지금 저기 보트에서 낚시를 하고 있는데요."

"그럼 데려와. 2주째 내 부츠도 안 닦고 있어."

선장은 화를 내며 말한 뒤 선실로 다시 내려갔어요. 사다리형 계단을 통해 선장실로 내려가서 다도해를 찾아 위도와 경도를 계속 계산하기 위해서였죠.

"다음 주 목요일까지는 저놈의 성질 좀 고쳤으면 좋겠군. 안 그러면 돼지고기 구이고 뭐고 없을 테니까!"

항해사가 요리사에게 말했어요. 그리고 둘은 선원들이 어떤 물고기를 잡았는지 보려고 갑판 끝으로 천천히 걸어갔죠. 고기잡이 보트가 돌아오고 있었거든요.

바다 날씨가 아주 고요했어요. 그래서 낚시를 했던 보트는 밤새도록 파운드오브캔들스호의 뒤쪽 창문 아래에 묶어서 유리 같은 바다에 두었어요.

고양이가 망원경을 들고 돛대 위로 올라갔답니다. 그리고 잠시 돛대 위에 있다가 다시 아래로 내려와서는 아무것도 보이지 않는다고 거짓으로 보고했죠. 바다가 무척 잔잔해서 그날 밤에는 보초나 망보는 사람을 따로 세우지 않았어요. 누군가 망을 본다면 고양이가 망을 봤을 거예요. 나머지 선원들은 카드놀이를 하고 있었거든요.

고양이와 로빈슨은 카드놀이에 끼지 않았어요. 고양이는 돛천 밑에서 뭔가가 움직이는 것을 눈치챘죠. 로빈슨이 잔뜩 겁

에 질린 채 눈물을 흘리고 있었답니다. 돼지고기에 대한 얘기를 들은 거예요.

고양이가 로빈슨에게 말했어요.

"내가 계속 힌트를 줬잖아. 너한테 왜 밥을 줬겠어? 소리 내서 울지 마! 이 바보야! 그만 울고 내 얘기 들어. 누워서 떡 먹기만큼 쉬워. 너 노 저을 줄 알잖아. 어느 정도는."

(로빈슨은 전에 가끔 낚시를 가서 게 몇 마리를 잡아오기도 했어요.)

고양이가 다시 말했어요.

"뭐, 그렇게 멀리까지 안 가도 돼. 망루에 올라갔더니 북북동 방향으로 봉나무 꼭대기가 보였어. 섬이 있다는 얘기지. 다도해 주변은 물이 얕아서 파운드오브캔들스호는 지나갈 수 없어. 내가 다른 보트들은 구멍을 내놓을게. 그러니까 내가 하라는 대로 해!"

고양이는 로빈슨한테 필요한 물건들을 챙겨줬어요. 사심 없이 순수한 마음도 있었고, 또 한편으로는 요리사와 선장한테 쌓인 게 많아서였죠. 신발, 봉랍, 칼, 안락의자, 낚시 도구, 밀짚모자, 톱, 파리 잡이 끈끈이, 감자 단지, 망원경, 주전자, 나침반, 망치, 밀가루통, 한 끼 식사, 깨끗한 물 한 통, 텀블러, 찻주전자, 못, 양동이, 드라이버를 챙겼어요.

고양이는 "아! 맞다!"라고 하더니, 송곳을 들고 갑판 주위를 돌아서 파운드오브캔들스호 대빗에 묶여 있던 보트 세 척에 커다란 구멍을 뚫었어요.

그때 아래쪽에서 불길한 소리가 들리기 시작했답니다. 패가 나쁜 선원들이 카드놀이가 지루해지기 시작한 거예요. 그래서 고양이는 서둘러 작별 인사를 하고 로빈슨을 배 아래로 밀어냈죠. 로빈슨이 줄을 타고 바다에 묶여 있던 보트로 내려가자, 고양이가 밧줄을 풀어서 던졌어요. 그런 다음에 돛대 위에 올라가서 망을 보면서 잠든 척했죠.

 로빈슨은 보트에서 자리를 잡느라 기우뚱했어요. 노를 젓기에는 다리가 짧았거든요. 선실에 있던 바르너버스 선장이 카드 돌리기를 멈추더니, 손에 카드를 든 채 귀를 기울였어요. 그 사이 요리사가 선장이 든 카드를 몰래 엿봤죠. 그러자 선장이 카드를 탁 내려놓았고, 그 덕에 잔잔한 바다 위에서 로빈슨이 노 젓는 소리도 묻혀버렸답니다.
 카드 게임 한 판이 끝나자 선원 두 명이 선실을 나와 갑판으로

갔어요. 선원들은 저 멀리 바다에서 커다란 검은색 딱정벌레 같은 것을 발견했죠. 한 선원은 커다란 바퀴벌레가 뒷다리로 헤엄을 치고 있다고 했고, 다른 선원은 돌고래라고 말했어요. 두 선원은 옥신각신 목소리를 높였죠. 바르너버스 선장은 요리사가 패를 돌린 뒤로는 으뜸패를 전혀 가져보지 못하자, 갑판으로 나왔답니다.

"망원경 가져와."

선장이 말했어요.

하지만 망원경은 온데간데없었어요. 신발, 봉랍, 나침반, 감자 단지, 밀짚모자, 망치, 못, 양동이, 드라이버에다가 안락의자까지 말이죠.

"보트 타고 가서 저게 뭔지 한번 살펴봐."

선장이 명령했어요.

"보트든 뭐든 다 좋은데, 혹시 돌고래면 어떡하죠?"

항해사가 반항하듯이 말했어요.

"아, 이런, 보트가 없어졌어!"

한 선원이 소리쳤어요.

"그럼 다른 보트를 타. 세 개 더 있잖아. 분명히 그 돼지랑 고양이일 거야!"

선장이 고함을 질렀어요.

"저기, 선장님, 고양이는 돛대 위에서 자고 있는데요."

"고양이 깨워! 저 돼지는 다시 붙잡아와! 사과 소스를 버리게 생겼군!"

요리사가 이리저리 날뛰며 소리를 지르고 칼과 포크도 휘둘러댔어요.

보트를 내리느라 대빗이 흔들렸고 보트가 바다에 떨어질 때마다 철퍽철퍽 소리가 났어요. 선원들은 서둘러 보트에 올라탄 뒤 미친 듯이 노를 저었죠. 하지만 보트를 탔던 선원 대부분은 다시 파운드오브캔들스호로 미친 듯이 노를 저어 돌아온 것을 다행스럽게 생각했어요. 왜냐하면 보트들이 전부 물이 샜거든요. 그게 다 고양이 때문이었죠.

8

로빈슨은 파운드오브캔들스호에서 점점 멀어졌답니다. 그는 쉬지 않고 노를 저었죠. 노가 로빈슨에게는 무거웠어요. 내가 듣기로 열대 지방 바다에는 해가 져도 빛을 내는 불빛이 있대요. 물론 열대 지방에 가본 적은 없지만요. 로빈슨이 노를 들어 올리자, 반짝이는 물방울이 마치 다이아몬드처럼 노에서 떨어졌어요. 그리고 곧 달이 수평선 위로 떠올랐죠. 꼭 커다란 은쟁반의 반쪽 같았어요.

로빈슨은 잠시 노에 기대어 배를 바라봤어요. 배는 달빛을 받으며 잔물결 하나 없는 잔잔한 바다 위에 가만히 떠 있었죠. 선원 두 명이 갑판에 서서 딱정벌레가 헤엄치고 있다고 생각한 게 바로 이때였어요. 로빈슨이 400미터 정도 떨어진 곳에 있을 때였죠.

로빈슨은 너무 멀리 떨어져 있어서 파운드오브캔들스호 선원들이 보이거나 얘기가 들리지는 않았어요. 하지만 보트 세 척이 자기를 쫓아오는 것은 알았죠. 그래서 자기도 모르게 꽤 액꽤액 소리를 지르면서 미친 듯이 노를 저었답니다. 다행히 로빈슨이 노를 젓느라 기진맥진해지기 전에 보트들이 되돌아갔어요. 그제야 로빈슨은 고양이가 송곳으로 보트에 구멍을 낸 일이 생각났고, 보트에 물이 샌다는 것도 알았죠.

그날 밤 로빈슨은 서두르지 않고 조용히 노를 저었답니다. 잠들고 싶지 않았고, 공기는 쾌적하고 시원했어요. 다음 날은 더웠지만 로빈슨은 돛천을 덮고 푹 잤어요. 돛천은 혹시 임시로 천막이 필요할 때 쓰라고 고양이가 챙겨준 거였죠.

배는 점점 시야에서 멀어졌어요. 다들 알겠지만 바다는 평평하지 않아요. 처음에는 배의 선체가 보이지 않더니, 이어서 갑판이 보이지 않았고, 돛대 일부만 보이다가 나중에는 아무것도 보이지 않았죠.

로빈슨은 배를 기준으로 보트의 방향을 잡았어요. 그런데 방향을 알려주던 배가 사라져버리자, 나침반을 찾으려고 몸을 돌렸어요. 그때 보트가 쿵쿵하면서 모래톱에 부딪쳤답니다. 다행히 모래톱에 박힌 것은 아니었어요.

로빈슨은 노 하나를 뒤로 저으면서 보트에서 일어나 주위를 둘러봤어요. 그런데 이게 웬일이에요. 저 멀리서 봉나무의 꼭대

기가 보였어요!

30분 정도 노를 저어가니, 꽤 넓고 비옥한 섬의 해변이 나타났답니다. 로빈슨은 보트를 대기 편하고 안전한 곳으로 들어섰어요. 그곳은 따뜻한 물이 은빛 해안으로 흘러들고 있었죠. 해안은 굴들로 덮여 있었고, 나무에서는 새콤한 사탕들이 자라고 있었어요.

고구마의 일종인 얌은 넘쳐나서 요리만 하면 됐어요. 빵나무에는 머핀과 당의를 입힌 케이크가 자라고 있어서 굽기만 하면 됐죠. 그래서 돼지들이 오트밀 때문에 한숨을 쉴 필요가 없었어요. 머리 위로는 봉나무가 높이 솟아 있었죠.

혹시 이 섬에 대해 자세히 알고 싶으면 《로빈슨 크루소》를 읽어보세요. 봉나무가 있는 섬은 크루소가 지낸 곳과 똑같았고 안 좋은 점만 없을 뿐이니까요. 나도 가본 적은 없어요. 1년 6개월 뒤에 그곳에서 즐거운 신혼여행을 보내고 온 올빼미와 고양이한테 얘기를 들었을 뿐이죠. 고양이와 올빼미는 그곳 날씨에 대해 신나서 말했어요. 다만 올빼미한테는 너무 따뜻했다고 하더군요.

나중에는 스텀피와 작은 개 팁킨스가 로빈슨을 찾아왔어요. 로빈슨은 섬 생활에 완벽하게 만족했고 아주 건강하게 지내고 있었죠. 스타이마우스로 돌아갈 생각이 전혀 없었어요. 내가 알기로 아직도 섬에서 살고 있을 거예요. 점점 더 살이 찌고 또 쪘죠. 하지만 요리사는 끝내 로빈슨을 찾지 못했답니다.

20. 사납고 못된 토끼 이야기

여기 사나운 못된 토끼가 있어요. 저 사나운 수염 좀 보세요. 발톱이랑 위로 올라간 꼬리도요.

여기 착하고 순한 토끼가 있어요. 엄마 토끼가 당근을 줬네요.

못된 토끼도 당근이
먹고 싶나 봐요.

"나도 좀 줘"라는 말
도 없이 다짜고짜 빼앗
아가버렸어요!

그리고 착한 토끼를 아주 심하게 할퀴기까지 했죠.

착한 토끼는 슬금슬금 도망쳐서 굴 안에 숨었어요. 착한 토끼가 슬퍼하네요.

총을 든 남자예요.

남자는 벤치에 뭔가가 앉아 있는 것을 봤어요. 정말 신기하게 생긴 새라고 생각했죠.

남자가 나무 뒤로
살금살금 다가갔어요.

그런 뒤에 총을
쐈어요. 빵!

이렇게 되어버렸네요.

남자가 총을 들고
헐레벌떡 뛰어갔지만
벤치에서 발견한
것은 이게 다예요.

착한 토끼가 굴 밖
을 몰래 내다보니,
 못된 토끼가 정신
없이 도망치는 게 보
이네요.

꼬리와 수염이 몽땅 없어져버렸어요!

21. 미스 모펫 이야기

이 야옹이는 모펫 아가씨예요. 쥐 소리가 들리는 것 같아요!

찬장 뒤에서 생쥐가 몰래 내다보면서 모펫 아가씨한테 장난을 쳐요. 생쥐는 새끼 고양이를 무서워하지 않아요.

모펫 아가씨가 휙 달려들지만 너무 늦었어요. 생쥐는 놓치고 머리만 세게 부딪치고 말았어요.

모펫 아가씨는 찬장이 너무 단단하다고 생각했어요!

생쥐가 찬장 위에서 모펫 아가씨를 내려다 보네요.

모펫 아가씨가 행주로 머리를 꽁꽁 싸매고 난로 앞에 앉아 있어요.

생쥐는 모펫 아가씨가 무척 아파 보인다고 생각했죠.

그래서 초인종 줄을 타고 미끄러져 내려왔어요.

모펫 아가씨는 점점 더 아파 보여요. 생쥐가 좀 더 가까이 다가오네요.

모펫 아가씨는 아픈 척 머리를 양발로 감싸 쥐었어요.

그리고 행주에 난 구멍으로 생쥐를 봤죠. 생쥐가 아주 가까이까지 다가오네요.

그러다가 갑자기 후다닥— 다가오더니 모펫 아가씨가 생쥐한테 달려들었어요!

생쥐가 모펫 아가씨한테 장난을 치니까 자기도 똑같이 장난칠 작정이군요.

저런 걸 보면 모펫 아가씨도 전혀 착하지 않네요.

모펫 아가씨가 행주로
생쥐를 둘둘 싸매서,
공처럼 던져 올리네요.

그런데 모펫 아가씨는
행주에 난 구멍을 그만 깜
빡 잊고 있었어요.
 행주를 풀어보니 생쥐
는 이미 온데간데없었죠!

생쥐는 요리조리 빠져나가서 벌써 도망쳐버렸어요.
지금 찬장 위에서 신나게 춤추고 있네요!

22. 애플리 대플리 자장가

애플리 대플리
조그만 갈색 생쥐,
뉘 집 찬장으로 들어가네.

뉘 집 찬장에는
온갖 맛난 게 있지.
케이크, 치즈, 잼, 비스킷
온통 생쥐들이 좋아하는 거라네.

애플리 대플리
눈은 작아도 눈치는 빠르지.
애플리 대플리
파이를 너무 좋아한다네!

누가 코튼테일네 문을
두드리는 거지?
똑, 또옥! 똑, 또옥!
저 소리를
언제 들어봤더라?

몰래 밖을 내다봤지만
아무도 없네.
대신 당근 선물 바구니만
계단에 놓여 있네.

들어봐요! 또 들려!
똑, 똑, 또옥! 똑, 또옥!
어,
작은 검정 토끼 같은데!

고슴도치 가시핀 할아버지
가시 꽂을 방석을 가져본 적 없네.
검정 코에 회색 수염
길 건너 물푸레나무 그루터기에서 살지.

할머니 알아?
구두 속에 사는 할머니 말이야.
새끼들이 너무 많아서
어쩔 줄 몰라 하는 할머니 알아?

구두 집에서 살았다니까
그 할머니는 틀림없이 생쥐일 거야!

디고리 디고리 델벳!
검은 벨벳을 입은 조그만 할아버지,
땅을 파고 또 파지.
디고리 델벳이 파놓은 흙무더미를
직접 볼 수 있다네.

감자와 고깃국물을
근사한 갈색 냄비에 담아 오븐에 넣네.
그리고 뜨겁게, 뜨겁게 내오지!

옛날에 상냥한
기니피그 살았네.
빗어 넘긴 머리
페리위그 같았네.

귀여운 넥타이를 맸다네.
하늘처럼 새파란 넥타이를.

그런데 수염과 단추가
무척이나 컸다네.

23. 세실리 파슬리 자장가

세실리 파슬리는 작은 굴에 살았네.
신사들을 위해 맛있는 맥주를 빚었지.

신사들이 매일같이 와서
세실리 파슬리는 그만 도망쳐버렸네.

거위야, 거위야, 수거위야
어디를 그리 헤매니?
위로 올라갔다, 아래로 내려갔다
우리 마님 방에 들어가다니!

이 돼지는 시장에 가고
이 돼지는 집에 남았네.

이 돼지는 고기를 조금 먹고

이 돼지는 하나도 먹지 못했네.

아기 돼지가 울고 있네.

꿀꿀! 꿀꿀!

집으로 가는 길을 못 찾겠어.

야옹이가 난롯가에 앉아 있네.
어찌 저리 예쁠까?
강아지가 들어와 말하네.
"야옹이 님! 집에 계세요?"

"안녕하세요, 야옹이 님?
야옹이 님, 안녕하세요?"
"고마워, 강아지야.
나도 잘 지내고 있어!"

눈먼 생쥐 세 마리, 눈먼 생쥐 세 마리가
뛰어가는 것 좀 보세요!
다 같이 농부의 아내를 쫓아가네.
그런데 농부의 아내가 부엌칼로 꼬리를 잘라버렸네!
지금까지 이런 것을 본 적 있나요?
눈먼 생쥐 세 마리!

멍멍, 멍멍, 멍멍!
넌 누구 집 개니?
"땜장이 꼬마 톰이에요.
멍멍, 멍멍, 멍멍!"

조그만 정원이 하나 있지.
우리들만의 정원이라네.
매일매일 물을 주었지.
우리가 심은 씨앗에.

우리는 작은 정원을 사랑한다네.
그래서 정성스럽게 가꾸지.
시든 잎이나 벌레 먹은 꽃은
찾아볼 수 없을 거라네.

니니 내니 내티코트
하얀 패티코트에
빨간 코—
오래오래 서 있을수록
키가 작아지네.

미출간 작품

1. 작은 생쥐 세 마리

작은 생쥐 세 마리가 앉아서 물레를 돌리고 있었어요.

고양이가 지나가다가 훔쳐보았어요.

"우리 착한 아기 생쥐들, 거기서 뭘 하고 있죠?"

"신사용 코트를 만들고 있어요."

"제가 잠깐 거기 들어가서 실 자르는 일을 도와줄까요?"

"오, 아니요!
고양이, 당신은 우리 머리를 집어삼킬 거예요!"

2. 간사한 늙은 고양이

여기 이 고양이는, 간사한 늙은 고양이예요.
다과회에 쥐를 초대했지요.

여기 이 쥐는,
　가장 폼 나는 옷을 입고 계단을 내려오고 있네요. 둘은 부엌에서 차를 마시기로 했어요.

"안녕하세요, 쥐 선생님?
　여기 의자에 앉으실래요?" 하고 고양이가 말했어요.

"나는 내 빵과 버터를 먼저 먹을게요." 하고 고양이가 말했어요. "그러고 나서 쥐 선생님은 먹다 남긴 부스러기를 드세요."

"초대한 손님을 이런 식으로 대하다니, 참 무례하군요!" 쥐가 중얼거렸어요.

"이제 내가 마실 차를 따를게요." 하고 고양이가 말했어요.
"그리고 쥐 선생님은 우유 단지에 남은 방울을 핥아드세요. 그러면 나는 디저트를 먹을게요!" 하고 고양이가 말했어요.

"고양이가 디저트로 나를 잡아먹을 게 뻔해. 애초에 여기 오지 말았어야 했는데!" 하고 불쌍한 쥐가 말했어요.

고양이는 우유 단지를 아예 뒤집어버렸어요.
이 탐욕스런 늙은 고양이!
고양이는 우유 한 방울도 쥐에게 주고 싶지 않았던 거예요.

하지만 쥐는 테이블로 뛰어올라가 단지를 톡톡 가볍게 쳤어요. 그러자 우유 단지가 고양이 머리에 쏙 들어가버렸어요!

고양이는 머리가 단지에 낀 채로 부엌 곳곳을 쿵쾅쿵쾅 돌아다니면서 난리를 피웠어요.

쥐는 테이블에 앉아 머그잔에 차를 따라 마셨어요.

그러고 나서 머핀을 종이가방에 싸들고 빠져나왔어요.

그러고는 머핀을 앉은자리에서 먹어치웠어요. 여기까지가 제가 알고 있는 쥐의 마지막 얘기예요.

그리고 고양이는 부엌 테이블 다리에 단지를 부딪쳐서 깼답니다. 여기까지가 제가 알고 있는 고양이의 마지막 얘기예요.

3. 여우와 황새 왕

"선생님" 하고 여우 토드 씨가 황새 왕에게 말했어요. "제가 차를 한잔 대접하고 싶은데, 어떠신가요?" 황새 왕은 고개를 끄덕였어요. 그러고는 여우 토드 씨와 함께 집으로 갔어요. 황새 왕은 엉큼성큼 걸었고, 토드 씨는 종종걸음으로 걸었어요.

토드 씨는 베풀 줄을 몰랐어요. 손님으로 초대해놓고는 황새의 덩치를 가늠해보니까 후회가 된 거예요. 그래서 꾀를 생각해냈지요. 여우는 황새에게 이렇게 말했어요. "저는 손님에게 차를 대접할 때, 빅슨 증조할머니의 더비 차 세트를 쓴답니다." 그는 평평한 받침용 접시 두 개에 차를 따랐어요.

 황새 왕은 뾰족한 부리 끝을 접시에 담갔어요. 하지만 한 모금도 마실 수가 없었어요. 얼마 있다가 황새는 인사를 하고 가 버렸어요. 덕분에 남은 차는 토드 씨가 다 핥아먹었지요.

토드 씨는 손님을 불러놓고 쩨쩨하게 행동했던 일이 마음에 걸렸어요. 그래서 황새 왕이 점심 초대를 하자 깜짝 놀랐어요.

초대장은 성격이 예민한 댕기물떼새가 가져다줬지요.

황새 왕은 높고 오래된 집 지붕 위로 우뚝 솟아 있는 굴뚝 꼭대기에 살고 있었어요.

 토드 씨는 날개가 없었기 때문에 날아서 지붕으로 올라갈 수가 없었어요. 그래서 황새 왕이 마당으로 내려와서 토드 씨를 집 안으로 안내했죠. 그리고는 나선식 계단을 따라 올라갔지요.

다락에 올라가자 맛있는 수프 냄새가 났어요. 수프는 주둥이가 좁은 병 두 개에 담겨 있었어요.

황새 왕은 병에 긴 부리를 쑥 집어넣고 수프를 먹었어요. 하지만 토드 씨는 입술을 핥거나 코로 냄새만 맡아야 했죠.

 얼마 있다가 토드 씨가 자리에서 일어나 "좋은 하루 보내세요!"라고 인사를 했어요.
 황새 왕은 빈 병에서 부리를 꺼냈어요. 그는 평소에도 말수가 적은 편이었어요. 황새 왕이 토드 씨에게 건넨 말은 "주는 만큼 받는 거지!"라는 한 마디가 전부였어요.

4. 토끼들의 크리스마스 파티

손님들이 하나둘씩 모여드는군요.

저녁 만찬도 준비가 되었군요.

춤이 시작됐어요.

장님놀이(수건으로 눈을 가린 한 명이 술래가 되어 주위에 있는 한 명을 붙잡아 누군지 알아맞히는 놀이)를 하고 있네요.

난로 옆에 둘러앉아 사과도 구워먹어요.

이제 집으로 돌아갈 시간이군요.

| 작품 해설 |

100년간 전 세계 사람들의 관심을 받은
세상에서 가장 사랑스러운 토끼 이야기

약 100년 전, 영국 작가 베아트릭스 포터(Beatrix Potter)가 쓴 '피터 래빗 시리즈'는 20세기 최고의 아동문학으로 손꼽힌다. 전 세계 24개 언어로 번역 출간되었고, 2억 부 이상이 팔린 이 그림 동화는 23권의 시리즈로 엮어져 있다. 작은 시골 농장, 숲 속 등을 배경으로 주인공 피터 래빗과 동물 친구들이 엮어가는 하루하루의 소박하고도 재미있는 이야기가 펼쳐지며 우리나라에도 전편이 완역 소개되었다. 보기만 해도 힐링이 되는 베아트릭스 포터의 그림들 또한 여러 가지 방법으로 활용되며 시리즈의 인기를 이끄는 중요한 역할을 하고 있다.

세상에서 가장 사랑스러운 토끼를 탄생시킨 베아트릭스 포터는 1866년 7월 영국 런던의 법률가 집안에서 태어났다. 부모는 그녀를 'B'라는 애칭으로 부르곤 했으며, 랭커스터 면화 목장과 방적 공장을 경영하던 부모 덕에 부유한 삶을 살았다. 기록에 따르면 어린 베아트릭스에게는 여러 명의 가정교사가 있었고 밤에 잠잘 시간이나 특별한 경우에만 부모를 볼 수 있었다고 한다.

야생동물이 사는 들판에 둘러싸인 집에서 살았던 베아트릭스는 꽃과 동물, 자연에 관심이 많아서 어린 동생이자 친구인 버트람과 함께 토끼와 박쥐, 쥐와 고슴도치를 키웠고 자연을 그리며 놀았다. 버트람이 기숙학교로 떠나자 많은 시간을 홀로 방에서 보내야 했는데, 동생이 누나를 생각해서 방에 가져다놓은 작은 동물 인형들만이 그녀의 곁을 지켰다.

어린 베아트릭스는 동물 인형들을 다각도에서 세심하게 그렸다. 9세에 벌써 옷을 입은 동물들의 그림을 그리기 시작해 빅토리아 시대의 옷을 근사하게 차려입고 스케이트를 타는 토끼를 그리기도 했다. 그녀는 애완동물의 독특한 특징을 발견해 일기에 암호로 적어놓았는데, 어머니의 눈을 피하기 위해 너무 작게 적어서 돋보기를 써야 볼 수 있었고 그녀가 사망한 후 15년이 지나서야 암호를 풀었다고 한다.

한때 벤저민 바운서와 피터 파이퍼라는 이름의 토끼 두 마리를 길렀는데, 둘의 장난스런 행동들은 《벤저민 버니 이야기》와 《피터 래빗 이야기》의 모티프가 되었다. 색채 감각도 남달랐던 베아트릭스는 책을 쓰기 전에는 늘 그림을 그렸다. 오늘날 빅토리아앨버트미술관으로 이름이 바뀐 사우스켄싱턴박물관에 자주 가서 그림을 그리곤 했다는 이야기가 전해진다.

베아트릭스는 자신의 취미이자 특기인 '자연 관찰'에 몰두하다가 진균류에 대한 관심이 커져 학회에 논문까지 제출했다. 하지만 여자라는 이유로 학회 모임에서 직접 발표를 거부당했고, 결국 동화 작가가 되기로 마음을 먹었다. 베아트릭스가 작가이자 삽화가로 본격적으로 활동을 시작한 것은 27세 때 가정교사의 어린 아들 노엘 무어에게 편지를 보내면서부터였다.

편지에는 흑백 그림이 그려져 있었다. 그 4장의 편지에 담긴 이야기가 토대가 되어 오늘날의 '피터 래빗 시리즈'가 만들어진 것이다. 편지에 담긴 이야기는 세계 무대에 장난꾸러기 토끼의 등장을 예고했다.

베아트릭스는 글을 다듬어 여러 출판사들에 보냈지만 거절당한 뒤 1901년에 개인 자금으로 《피터 래빗 이야기》를 출판했다. 250부의 초판은 아주 잘 팔렸는데, 셜록 홈즈의 작가 코난 도일도 자녀들에게 그 책을 사줄 정도였다고 한다. 1년 뒤, 그녀의 책은 프레더릭 원 출판사에서 컬러판으로 정식 출간되었다.

당시에 나온 베아트릭스 포터의 책들은 어린이를 위한 동화책의 완벽한 본보기로, 다음에 무슨 일이 일어날지 보기 위해 아이들이 기대에 차서 페이지를 넘기도록 구성되어 있었다. 또한 글과 그림도 자연스럽고 보기 좋게 균형이 맞춰져 있어서 아이들에게 선풍적인 인기를 끌 수밖에 없었다.

베아트릭스 포터는 여기에서 멈추지 않았다. 당시 상점에서 시리얼 제품 등의 마스코트 인형들을 판매하는 것을 보고, 직접 피터 래빗 인형을 만들어 판매하면서 저작권 등록을 했다. 지금까지도 피터 래빗은 선풍적인 인기를 바탕으로 인형은 물론 많은 생활용품의 디자인 요소로 활용되고 있다.

한편 여러 해 동안 함께 일한 프레더릭 원 출판사의 가장 나이 어린 편집자 노먼 원이 청혼을 한다. 하지만 약혼하고 몇 달 후, 노먼은 안타깝게도 백혈병으로 사망하고 베아트릭스는 슬픔을 극복하기 위해 레이크 지방에 있는 조용한 니어 소리 마을의 힐탑 농장에서 살기 시작했다. 소박한 시골 생활의 아름다움에 영감을 받은 그녀는 힐탑을 배경으로 많은 동화를 쓰면서 점차 환경보호 활동에 관심을 가지게 된다.

동화책과 상품의 로열티에 부친의 막대한 유산까지 물려받은 베아트릭스는 땅을 구하는 데 많은 돈을 썼다. 무차별적인 개발을 자연에 대한 폭력으로 받아들이고, 자신이 가진 돈으로 자연을 보존하기 위해 최대한도로 땅을 사들인 것이다. 그 덕분에 오늘날의 레이크 지방은 도시와 집, 마을조차 없는 아름다운 풍광을 자랑한다.

47세에 베아트릭스 포터는 힐탑 근처의 캐슬 농장을 구입할 때 인연을 맺은 윌리엄 힐리스와 결혼했다. 찾아오는 아이들을 실망시키지 않기 위해 늘 토끼를 키웠고 아이들에게 그 토끼들이 피터 래빗의 후예들이라 말하고는 했다. 아이들을 아끼고 사랑했던 베아트릭스를 위해, 30여 년 전에 설립된 베아트릭스포터협회에서는 전 세계 아이들에게 보낸 그녀의 편지 중 400여 통의 편지를 골라 모음집을 내고 그녀의 전기를 출판했다.

"아이의 영적 세계를 유지하는 것보다 천국이 더 현실적일 수 있다. 지식과 상식으로 균형을 잡고 더 이상 밤의 날아오름을 두려워하지 않지만, 아직도 우리는 삶의 이야기를 아주 조금밖에 이해하지 못한다."

1943년 12월 77세의 일기로 세상을 떠난 베아트릭스는 농장 14개와 집 20채, 4천 에이커의 땅을 자연보호 민간단체인 내셔널 트러스트에 남겼다. 그녀가 사망하고 3년 후인 1946년 힐탑에 있는 집이 대중에 공개되었고, 현재까지도 매년 7만 5천 명의 관광객이 다녀가고 있다.

자연을 사랑했던 베아트릭스가 어린이들을 위해 남긴 '피터 래빗 시리즈' 속 동물 주인공들은 각양각색의 인간 군상을 대변한다. 늑대에게 알을 빼앗길 뻔한 바보 오리, 다람쥐들이 바치는 뇌물을 받아 챙기는 올빼미, 그런 올빼미를 놀려대는 다람쥐, 이득이 없어지자 가난한 주인을 속여서 복수하는 고양이 등은 귀

엽거나 혹은 나쁘거나 하는 '인간적인' 모습으로 즐거움과 함께 우리를 돌아보게 한다.

어쩌면 베아트릭스는 이런 현실의 모습을 이야기 형식으로 보여주고 싶었는지도 모른다. 물론 재미있는 이야기이지만, 작가의 말처럼 '삶의 이야기를 아주 조금밖에 이해하지 못하는' 우리들은 아이러니하게도 다양한 동물 이야기를 통해 조금 더 현실을 가깝게 느끼게 된다. 베아트릭스 포터는 어릴 적부터 바깥 세계와 교류가 어려웠지만, 날카로운 통찰력으로 의인화된 동물들을 자연스럽게 묘사했다. 그 생생하게 살아 숨쉬는 묘사 덕분에 동화 속 주인공들은 아직까지도 사라지지 않고 그 인기를 더해가고 있다.

| 작가 연보 |

1866년　영국 런던의 니어 소리라는 작은 마을에서 방적 공장을 경영하던 상류층 법률가 집안에서 태어났다. 조용하고 수줍음 많은 성격으로, 동물 사랑이 남달라서 토끼부터 개구리, 고슴도치, 심지어 박쥐까지 집 안에서 많은 동물을 길렀다.

1878년　미술 수업을 받기 시작했다.

1880년　사우스켄싱턴박술관(1899년 빅토리아앨버트미술관으로 개칭)에서 주는 미술 관련 상을 받았다.

1882년   가족들과 함께 영국 북서부 지역인 레이크 지방으로 휴가를 떠났다가 그곳의 아름다운 풍경에 큰 감동을 받고 영감을 얻는다. 이곳은 후에 '피터 래빗'의 탄생 배경이 되었다.

1890년   벤저민 바운서라는 이름을 가진, 일생 첫 번째 토끼를 기르기 시작했다.

1893년   벤저민 바운서가 죽고 나서 피터라는 이름의 새로운 토끼를 맞이했다.

1901년   여러 출판사에서 출판을 거절당하자, 《피터 래빗 이야기》 250부를 자비 출판했다. 반응이 아주 좋아 순식간에 초판이 팔려 나갔다.

1902년   프레더릭 원 출판사를 통해 《피터 래빗 이야기》를 정식 출간했다. 이는 그녀가 쓴 최초의 소설이었다. 《피터 래빗 이야기》는 발간과 동시에 엄청난 판매량을 기록했다.

1903년   《다람쥐 넛킨 이야기》《글로스터의 재봉사》《벤저민 버니 이야기》를 출간했다.

1904년   《말썽꾸러기 쥐 두 마리 이야기》를 출간했다.

1905년   레이크 지방으로 거주지를 옮긴 후, 그동안 책을 팔아 모은 돈과 자신의 유산을 모두 합쳐 그곳의 땅과 농장, 집을 구입하고 《티기 윙클 부인 이야기》 《파이와 파이틀 이야기》를 출간했다. '피터 래빗'의 담당 편집자인 노먼 원이 청혼을 하고 둘은 비밀리에 약혼을 했다. 그러나 한 달 뒤 노먼 원이 갑작스럽게 백혈병으로 세상을 떠나자, 충격을 받고 더욱 일에만 몰두했다.

1906년   《제레미 피셔 이야기》 《사납고 못된 토끼 이야기》 《미스 모펫 이야기》를 출간했다.

1907년   《톰 키튼 이야기》를 출간했다.

1908년   《제미마 퍼들덕 이야기》 《새뮤얼 위스커스 이야기》를 출간했다.

1909년   캐슬 코티지 농장을 사고 《플롭시의 아기 토끼들 이야기》 《진저와 피클 이야기》를 출간했다.

1910년 《티틀마우스 아주머니 이야기》를 출간했다.

1911년 《티미 팁토스 이야기》를 출간했다.

1912년 《토드 씨 이야기》를 출간했다.

1913년 《피글링 블랜드 이야기》를 출간했다. 노먼 원의 죽음 이후 홀로 지내다가 47세에 자신의 변호사인 윌리엄 힐리스와 결혼했다. 이후 캐슬 코티지에서 지냈다.

1917년 《애플리 대플리 자장가》를 출간했다.

1918년 《도시 쥐 조니 이야기》를 출간했다.

1919년 린데스 하우에 있는 집을 사서 홀로 된 어머니에게 선물했다.

1921년 《피터 래빗 이야기》《벤저민 버니 이야기》가 프랑스어로 발간되었고《피터 래빗 이야기》가 점자판으로 발간되었다.

1922년 《세실리 파슬리 자장가》를 출간했다.

1930년 《꼬마 돼지 로빈슨 이야기》를 출간했다.

1936년 《피터 래빗 이야기》를 영화로 만들자는 월트 디즈니의 제안을 거절했다.

1943년 12월 22일 캐슬 코티지에서 77세를 일기로 사망했다. '피터 래빗 시리즈'의 탄생 배경이 된 500만 평에 이르는 땅과 농장, 저택을 기부하며 자연 그대로 잘 보존해달라는 단 한 가지 유언을 남겼다. 현재까지도 포터의 유언대로 피터 래빗이 탄생한 '레이크 지방'은 영국의 보호를 받으며 보존되고 있다.